KB114838

30인의
회귀자

30인의 회귀자 7

이성현 장편소설

초판 1쇄 찍은 날 § 2018년 4월 24일
초판 1쇄 펴낸 날 § 2018년 5월 1일

지은이 § 이성현
펴낸이 § 서경석

총괄팀장 § 최하나
편집책임 § 이지연

펴낸곳 § 도서출판 청어람
등록번호 § 제387-1999-000006호
등록일자 § 1999. 5. 31
어람번호 § 제1-2891호

주소 § 경기도 부천시 부일로 483번길 40 서경B/D 3F (우) 14640
전화 § 032-656-4452 팩스 § 032-656-4453
http://www.chungeoram.com
E-mail § chungeorambook@daum.net

ⓒ 이성현, 2017

ISBN 979-11-04-91715-8 04810
ISBN 979-11-04-91551-2 (세트)

※ 파본은 구입하신 서점에서 교환하여 드립니다.
※ 저자와 협의하여 인지를 붙이지 않습니다.
※ 이 책은 도서출판 청어람과 저작자의 계약에 의해 출판된 것이므로,
   무단 전재 및 유포·공유를 금합니다.

7

절망에서 희망으로

이성현 장편소설

FUSION FANTASTIC STORY

30인의
회귀자

청어람
도서출판

30인의
회귀자

목차

C O N T E N T S

제1장 이레귤러   007

제2장 전진과 후퇴   049

제3장 변화된 운명   119

제4장 변화 속에서   177

제5장 과거의 은인   229

제6장 뒤엉킨 갈림길   285

제1장

이레귤러

갑작스러운 비공정의 등장.

대마법사 렌딜의 합류.

그 두 가지만으로도 델타 섬의 분위기가 시끌벅적하게 변했다.

건물 최상층에 위치한 제독실 앞에는 비공정의 주인인 렌딜을 보기 위해 많은 이가 몰려들었다. 다들 한마디씩 꺼내는 바람에 회의 중인 제독실 안까지 시끄러워졌고, 보다 못한 카를로스가 나서야만 했다.

"아이고, 정말 죄송합니다."

방 밖의 사람들을 허겁지겁 쫓아낸 카를로스가 렌딜에게 허리를 조아렸다.

렌딜과 함께 지내 어느 정도 익숙한 그레인 일행과 달리 카를로스는 긴장할 수밖에 없었다. 처음에는 렌딜의 가벼운 말한마디, 아무 의미 없는 손짓 하나하나에 일일이 반응하면서 식은땀을 줄줄 흘릴 정도였다.

"흐음, 이곳에서 모은 정보가 예상외로 유용하겠구먼."

"가, 감사합니다."

"아니, 빈말이 아닐세. 현재 우리에게 가장 필요한 정보야."

렌딜이 주목한 부분은 현재 교단 내에서 입지가 위태로운 성직자나 배교자로 몰려 위기에 빠진 이들에 대한 내용이었다.

그는 그레인 일행에게 결사대를 떠난 이상, 결사대와도 다른 방향으로 투쟁을 전개해야 한다고 제시했다.

"결사대가 전생의 배신자나 적이었던 자들을 미리 제거하는 방식이라면 우리들은 그 반대로 하면 어떻겠나? 보다시피 자네들만으로도 이미 적지 않은 조력자를 얻었으니, 지금이라면 전생이나 지금이나 변함없이 실력이 있는 자들을 더 많이 끌어들일 수 있을 걸세. 바로 나처럼."

그레인이 결사대에 있을 때는 임무를 받아 조력자들을 구출했다면, 이제는 직접 조력자가 될 이들을 찾아 나서자는 제안이었다. 그것도 교단의 실력자들까지 포함해서.

조직을 무너뜨리는 방법 중 하나는 조직 안에서 반드시 벌어질 분열을 놓치지 않는 것.

그래서 드레이크는 마탑에 머무르는 동안, 델타 섬에 주둔 중인 해적단원들에게 교단의 정보를 수집하라는 명령을 내렸다.

"한동안 비공정 수리와 마법진 구상에만 매달리다 보니 그 외의 부분을 신경 쓰지 못했지. 다른 사람들에게 맡기긴 했어도 직접 확인해 보는 것만 못하니까."

원탁에 둘러앉은 그레인 일행을 쭉 둘러보던 렌딜의 시선이 베스티나에서 멈췄다.

"아 참, 베스티나. 너무 늦게 물어보는 거지만 천사의 날개에는 이제 익숙해졌나?"

렌딜의 물음에 베스티나는 대답 대신 자리에서 일어났다.

뒤로 한 걸음 물러선 베스티나가 서로 교차되도록 반으로 접었던 날개를 좌우로 크게 펼쳤다.

"오오……."

툭.

넋을 잃은 카를로스가 쥐고 있던 깃털 펜을 떨어뜨렸다.

"오호, 제법 다룰 수 있게 된 모양이구먼."

"다 레이나 덕분이에요."

"내가 뭘. 그냥… 어느 정도 알고 있었던 걸 알려준 것뿐이잖아."

레이나는 쑥스러워하면서도 전생에 대해 모르고 있는 카를로스를 의식해 두리뭉실하게 넘어갔다.

그녀는 와이번의 날개를 이식받았던 전생의 경험을 고스란히 베스티나에게 알려줬다. 덕분에 베스티나와 레이나는 어느새 서로 말을 놓고 다니는 사이가 되었다.

"그런데 눈은 괜찮나? 흑백으로만 보인다던데… 마법으로 어찌 해결할 방법을 찾아보겠네."

"아무것도 보이지 않는 건 아니라서 괜찮습니다."

베스티나는 그레인 쪽을 바라보고선 싱긋 웃었다. 눈으로 볼 수 있는 색의 수는 줄어들었지만, 날개를 이식받기 이전에 비해 확실히 표정이 풍부해진 베스티나였다.

"아, 그 타고 오신 비공정이란 배 말입니다, 뭐라고 부르면 될까요?"

카를로스의 질문에 렌딜은 턱수염을 매만지며 생각에 잠겼다. 베이그란트의 서에 적혀 있던 이름을 떠올리면서.

"혹시 이름이 따로 없다면 제가……."

"이름은 이미 정했네. 콜드란세 2호라고."

"2호? 설마 1호도 있습니까? 그것도 비공정입니까?"

"그건 아닐세. 비공정이 '진짜' 비공정이었을 때 이름이 콜드란세였고, 그 이름을 계승한다는 의미로 2를 붙인 걸세."

"아쉽군요. 한 척이 더 있었다면 더 좋았을 텐데 말입니다."

카를로스는 입맛을 다시면서 떨어뜨렸던 깃털 펜을 주워 들었다.

"참, 제독님. 아까 물어보다가 만 것인데, 결사대를 떠났다는 소식만 전달받았지 그 과정에서 무슨 일이 벌어졌는지는 듣지 못했습니다. 어떤 사유 때문입니까?"

"그냥 각자 가고자 하는 길이 달라서 그랬어. 나도 모르는 사이에 뜻이 다른 사람들 사이의 간격이 너무 벌어졌거든."

드레이크는 구체적인 설명 대신 짤막하게 대답했다.

에르닌은 마치 자신이 죄를 지은 것처럼 어깨를 움츠렸고, 렌딜은 말없이 딸의 머리를 쓰다듬었다.

"흐음, 알겠습니다. 그러면 앞으로 크라켄 해적단은 결사대를 나온 분들과 함께 움직인다고 봐야 하는데, 조직이라고 해야 하나, 단체라고 해야 하나… 아무튼 명칭이 있어야 하지 않겠습니까?"

"제가 대답하겠습니다. 이레귤러, 입니다."

"네? 이레귤… 아차."

카를로스는 자신도 모르게 그레인의 말을 따라 하다 급히 입을 다물었다.

"그 말은… 여러분들에게는 그다지 좋은 의미가 아니라고 들었습니다만."

카를로스는 말을 최대한 고르면서 제독인 드레이크와 두 명의 부제독을 번갈아 가며 쳐다보면서 눈치를 봤다.

항상 유쾌한 모습을 보여주던 드레이크가 유독 이레귤러라는 단어에는 민감하게 나온 걸 기억하고 있었기 때문이다.

"그렇긴 합니다. 하지만 저희들에겐 특별한 사정이 있어서 이레귤러라는 단어를 그렇게 받아들인 거죠."

"그렇다면 이제부터 전과 다르게 쓰겠다는 이야기입니까?"

"이레귤러는 저희들처럼 하이브리드 중 시련을 받지 않는 자를 의미하죠. 앞으로는 단어 그대로의 의미로서, 동시에 결사대를 떠난 저희들을 지칭하는 명칭으로 새롭게 쓸 작정입니다."

그레인 일행을 중심으로 새롭게 구성될 조직의 명칭을 무엇으로 정할지는 마탑을 떠나기 전 논의된 사항이었다.

아무래도 전생과 관련된 화제가 나올 수밖에 없었기에, 회귀자들과 회귀라는 사실 자체를 받아들인 자들만으로 이야기가 진행되었다.

다들 한마디씩 적당해 보이는 명칭을 제시하면서, 암묵적으로 '이레귤러'라는 단어는 제외되었다. 그런 상황에서 에르닌의 한마디가 회귀한 자들의 의식을 변화시켰다.

"이레귤러라는 말이 왜 안 좋은 의미인지 모르겠어, 나는."

전생에 결사대와 교단과의 혈전이 이어지는 와중에, 이레귤러는 교단 측에서 결사대원들을 지칭하는 멸칭으로 변질되었다. 그랬기에 결사대원들은 '시련을 받지 않는 자'라고 스스로를 지칭했다.

그러나 그건 어디까지나 전생에서 이뤄졌던 일.

현생에서 결사대와 교단과의 대결은 아직 몇 년 되지도 않았고, 이레귤러라는 말에 딱히 멸시의 의미가 포함되지 않았다.

이레귤러를 조직의 이름으로 삼게 되면, 이름만으로도 시련을 받지 않는 이들을 끌어모을 수 있다.

그리고 또 하나.

'우리들 마음속에 이레귤러가 전생의 의미로만 남아 있다면 이번 기회에 극복하는 편이 나을 수도 있다고 말했지.'

자신의 주장을 펼치면서도 주변의 눈치를 보느라 작은 목소리로 이야기하던 당시의 에르닌을 떠올리며 그레인은 옅게 미소를 지었다.

순간 그레인과 시선이 마주친 에르닌은 안대에 가려지지 않은 왼쪽 눈을 깜박였다.

"그러면 대충 볼 건 다 보고, 할 말도 다 한 듯하고. 자네들, 여기서 오래 쉴 작정은 아니지?"

"마탑에 틀어박혀 수련만 하느라 몸이 근질근질합니다. 제가 자리 비운 사이, 부하들 몸도 굳었을 테니 이번 기회에 확 풀어 줘야죠."

드레이크는 팔소매를 걷어 올리더니 잔뜩 힘 준 알통을 자랑스럽게 보여줬다.

"그러면 내일이나 모레쯤 출발합세. 콜드란세 2호의 성능도 확인할 겸해서."

"어디로요?"

"우선 이곳은 무조건 보류하기로 하고……."

사실 가장 먼저 포섭해야 할 상대였지만, 회귀자들에게 있어서 남다른 의미를 지닌 이였기에 렌딜은 '그'의 이름이 적힌 문서를 미련 없이 뒤로 휙 던졌다.

"여길세. 여기에서 그리 멀지 않아서 최적이야."

렌딜이 모두의 눈앞에 내민 문서에는 지도가 그려져 있었다.

해안가 근처의 항구도시 중 하나이면서, 교세가 강한 곳인 크루시트 항구였다.

　　　　　　*　　　　　　*　　　　　　*

카르디어스 신성력 1400년 1월 17일.

크루시트 항구.

대륙 남부의 항구 중 하나로서, 공식은 아니지만 성스러운 곳으로 신도들에게 알려진 곳.

단순히 신도들의 믿음만 깊은 것만 아니라 해당 교구에 배속된 성직자들의 인품이 뛰어나기로 유명한 곳이었다.

주임 사제의 방침에 의해 선착장 바로 옆의 넓은 공터에선 배고픈 자들을 위한 구호 식량이 3일에 한 번씩 배급되었다. 또한 돈이 없어서 치료를 못 받는 병자들을 해당 교구의 성직자들이 사비를 털어 성당 안에서 치료하곤 했다.

크루시트 항구의 성당은 낡고 허름했지만, 그 점이 오히려 성직자들의 청렴함을 돋보이게 해주었다.

그랬던 크루시트 항구에, 오늘만은 신도들이 웃음 대신 슬픔으로 한자리에 모였다.

좁고 허름한 성당을 대신해 더 많은 신도가 참여할 수 있도록 미사가 진행되던 공터 안에는 평소와 달리 적막이 감돌았다.

총 여섯 개의 십자가에 매달린 여섯 명의 배교자.

그들 중 네 명은 해당 교구의 성직자들이었고, 얼마 전까지만 하더라도 주임 사제를 맡고 있던 아르구테스도 포함되었다.

"배교자 아르구테스를 포함한 여섯 명의 배교자에게 고한다."

왼손에는 성서를, 오른손에는 철퇴를 든 이단 심문관 오르디안은 아르구테스가 매달린 십자가 앞에서 크게 외쳤다.

"그대들의 죄목은 3차례에 걸친 종교재판에 의해 충분히 입증되었다. 이에 본 이단 심문관은 교단의 명에 의해 그대들을 불로 정화하고자 하노라."

배교자들이 매달린 십자가 아래엔 기름에 흠뻑 젖은 장작들이 수북하게 깔려 있었다.

'정화… 라.'

고문으로 점철된 종교재판이 끝난 이후, 아르구테스는 삶에 대한 미련을 버렸다.

그는 마지막까지 자신에게 뒤집어씌워진 누명을 인정하지 않을 작정이었지만, 억울하게 같이 잡혀 들어간 다른 사제들을 풀어준다는 약속을 믿고 저지르지도 않은 죄를 인정했다.

그러나 이단 심문관 오르디안은 약속을 지키지 않았다.

"그대들은 죽음으로써 죄를 씻어야 하는 자들이지만, 한때나마 교단에 몸담았던 자였으니 마지막 자비를 베풀겠다. 지금 많은 이가 보는 앞에서 다시 한번 스스로의 죄를 인정하고 뉘우친다면 신의 곁으로 가서 용서를 빌 수 있도록 축복을 내리겠노라."

"축복?"

고개를 푹 숙이고 있던 아르구테스가 돌연 눈을 부릅뜨고 고개를 획 들어 올렸다.

"신의 권능을 성자도 아니고 일개 이단 심문관인 네가 감히 내리겠다고? 그것이야말로 배교자가 할 말이 아니던가!"

마치 죽은 듯 가만히 있던 아르구테스가 강한 기세로 나오자 오르디안은 순간 움찔했다.

"모두들 보시오! 배교자임을 전혀 뉘우치지 않고 마지막까지 반항하는 추악한 모습을!"

오르디안은 공터를 가득 메운 신도들을 향해 외쳤다. 그러나 그의 의도와 달리 사람들 사이에선 여전히 침묵만이 감돌 뿐이었다.

처형식이 거행되는 와중에 욕을 하거나 오물을 던지는 이들이 나오게 마련이었지만, 공터에 모인 이들 중 누구도 그런 짓을 하는 자는 없었다. 십자가에 매달린 이들이 절대 저런 식으로 처형되어서는 안 될 자라는 걸 모두들 알고 있었다.

그러나 서슬이 퍼런 성당 기사단원들과 이단 심문관을 상대로 이의를 제기하기엔 역부족이었다.

"정화의 의식을 집행하겠다!"

결국 시민들의 공감을 얻어내지 못한 오르디안은 분을 이기지 못하고 공터 정중앙에 피워놓은 화톳불로 다가갔다.

철퇴 대신 활활 타오르는 횃불을 들고 다가오는 오르디안의 모습에 아르구테스는 눈을 질끈 감으며 이를 악물었다.

'교단이 왜 이렇게까지 변질되었을까……'

죽음이 눈앞에 임박했지만, 어차피 신에게 바치기로 한 몸이었다는 걸 상기하며 삶에 대한 미련을 버렸다.

그러나 이런 식으로 있지도 않은 배교자를 마구 양산해 내는 교단의 행보는 용납할 수 없었다.

'하지만 너무 늦었지. 진실이 통할 거라 생각했던 내가 어리석었던 거야.'

바로 얼굴 가까이에서 느껴지는 열기에 아르구테스는 마음속으로 마지막 기도를 읊었다.

천천히, 하나하나 또박또박 기도문을 읊는 그의 얼굴에는 비장함이 서려 있었다.

그런데 기도를 마쳤음에도 전신을 휘감을 뜨거움이 전혀 느껴지지 않았다.

아니, 반대로 허름한 옷 안으로 파고드는 서늘함에 소름이 돋았다.

"이, 이게 어찌 된 일이지?"

십자가 아래에 있는 장작에 불을 붙이려던 오르디안은 주변을 휘감은 냉기에 오들오들 떨었다.

들고 왔던 횃불은 불이 꺼진 것으로도 모자라 꽁꽁 얼어붙어 있었다.

냉기가 흘러온 방향으로 고개를 돌린 오르디안은 전혀 예상 못 한 광경에 입을 크게 벌렸다.

공터에 모여든 시민들 역시 마찬가지 표정이었다.

"저 배는 언제?"

다른 이들이 전혀 눈치채지 못하게 항구에 정박한 거대한 배의 그림자가 공터를 뒤덮었다.

날 수 없는 비공정 콜드란세 2호의 기능 중 하나인 은폐 기능을 방금 전 해제했기 때문이다.

"에잉, 교단은 어딜 가나 여전하군. 맨날 억울한 사람들 붙잡고 뭐 하는 짓인지……."

거대한 그림자 안에서 홀연히 나타난 크루겐이 한숨을 길게 내쉬었다.

"네놈은 누구냐?"

"나? 나 혼자만이 아닐 텐데?"

크루겐이 옆으로 내밀었던 오른손을 펼치자, 같이 따라오던 그레인이 모습을 드러냈다.

"그럭저럭 시간에 맞췄군."

"흐음, 어디 보자. 저기 있는 정 가운데의 십자가에 매달린 사람이 아르구테스 주임 사제, 맞겠지?"

"뭣들 하느냐! 당장 저놈들을 잡아라!"

오르디안의 외침에 성당 기사단원들이 다급히 둘에게 달려갔다.

그러나 그들은 지면과 함께 꽁꽁 얼어붙은 양발을 내려다보며 옴짝달싹못했다. 크루겐의 힘으로 어둠 속에 숨어들어 가 있을 때 그레인이 미리 시전한 잠재 기술 툰드라가 이미 공터 전체를 뒤덮은 후였다.

"그레인, 한 놈은 포로로 잡아두는 게 좋겠지?"

"가능하다면."

"알았어. 저놈이 좋겠는데?"

크루겐은 비공정의 그림자 속으로 다시 녹아들어 가더니 오르디안의 등 뒤에서 불쑥 나타났다.

"아무래도 너는 그냥 잡기엔 좀 아쉬워. 남들을 괴롭힌 만큼의 대가는 받아야지?"

"히익!"

깜짝 놀란 오르디안은 꽁꽁 얼어붙은 횃불을 뒤로 휘둘렀다.

그러나 다시 어둠 속으로 사라진 크루겐은 그의 눈에 전혀 보이지 않았다.

"그러니 악몽을 보여줄게."

"아, 악몽이라니?"

"기대하라고."

잠시 후, 어둠에 휩싸인 오르디안의 입에서 처절한 비명이 터져 나왔다.

*　　　　*　　　　*

피할 수 없는 죽음을 앞두고 십자가에 매달려 있는 아르구테스.

그는 여전히 눈을 감고 있었지만 귀를 통해 상황이 급변했음을 알 수 있었다.

모여든 시민들이 웅성거리는 소리와 자신을 불태우러 다가왔던 오르디안의 비명이 끊이지 않고 이어졌다.

그사이 비공정 콜드란세 2호에서 내린 병사들이 공터로 빠르게 이동했다.

"주, 주임 사제님! 저길 보세요!"

"저희들을 구하러 온 사람들 같습니다!"

아르구테스와 함께 정화될 운명이었던 사제들이 크게 소리쳤지만, 그는 여전히 눈을 뜰 수 없었다.

어둠 속에 들리는 모든 것이 환청이었고, 자신은 이미 세상을 떠난 몸이라는 걸 확인하게 될까 두려워서였다.

'정말 나는 죽지 않는 걸까? 아니, 그것보다는… 왜 신도들이 도망가지 않았지?'

여전히 귓가에 들려오는 시민들의 목소리에 아르구테스는 근심을 떨쳐낼 수 없었다. 이 난리 속에서 누군가 휘말려 다치지는 않을까 걱정되었다.

그러나 그의 우려와는 정반대로 유혈 사태는 벌어지지 않았다. 병사들에 의해 성당 기사단원들은 제대로 된 반항 한번 해보지 못하고 전원 포박되었고, 그레인은 공터 전체로 펼쳤던 냉기를 거두어들였다.

"크루겐, 아까 그 녀석은?"

"저쪽에 누워 있어."

크루겐은 공터 바닥에 쓰러진 채로 꿈틀거리고 있는 오르디안을 가리켰다. 크루겐이 보여준 악몽을 버티지 못하고 기절한 그의 입에서 하얀 거품이 흘러나오고 있었다.

그레인은 아르구테스를 묶고 있던 밧줄을 풀고 그를 십자가에서 내려오도록 부축했다.

"괜찮으십니까? 아르구테스 주임 사제."

"저, 저를 아십니까?"

"우선 눈을 뜨십시오. 더 이상 두려워하실 필요는 없습니다."

아르구테스는 굳게 닫혀 있던 눈꺼풀을 천천히 떴다.

다행스럽게도 그에 눈에 들어온, 사제들이 구출되는 장면은 환상이 아닌 현실이었다.

'나 혼자만 살아남은 게 아니라 정말 다행이야.'

아르구테스는 안도의 한숨을 내쉬며 자신을 구해준 그레인과 크루겐을 바라봤다.

감사하다는 말부터 전하고 싶었지만, 방금 전까지 죽기 일보 직전이었던 터라 뭐가 뭔지 혼란스러웠다.

"저희들이 누구인지 궁금하신 모양이로군요."

그레인은 왼쪽 팔의 소매를 걷어 올리면서 빙룡의 어금니를 보여주었다.

"코어? 그렇다면 당신과 옆에 계신 분까지 모두… 하이브리드?"

"네, 그렇지만 교단 소속은 아닙니다. 이레귤러이기 때문입니다."

"이레귤러?"

"네, 제가 속한 곳의 이름이기도 합니다."

"그, 그렇다면……."

"네, 시련을 받지 않는 자들을 주축으로 결성된 조직입니다."

그레인과 아르구테스가 이야기를 나누는 사이, 이레귤러의 다른 멤버들이 그레인을 향해 천천히 걸어왔다. 거대한 덩치의 펠릭스와 이채로운 색의 눈동자를 지닌 베스티나를 보자마자 그들 역시 하이브리드임을 직감했다.

"저분들까지 이레귤러란 말입니까? 솔직히… 믿기 힘들군요."

그러나 한자리에 네 명씩이나 되는 이레귤러가 모였다는 걸 직접 확인하고도 받아들이기 힘들었다.

이레귤러는 교단 입장에서 존재하는 것 자체를 거부당한 자들.

발견되는 족족 비밀 연구소로 끌려갔고, 살아서 돌아온 이들은 아무도 없었다. 그런 이레귤러들이 교단으로부터 도망쳐 살아남은 것으로도 모자라 이렇게 조직까지 형성했다는 걸 아르구테스는 받아들이기 어려웠다.

"의심되신다면 그 팔찌로 확인해 보셔도 됩니다."

"팔찌? 아, 그 팔찌라면……."

아르구테스는 그레인의 말을 이해하는 순간 인상을 찌푸렸다.

애초에 써본 적도 없었다. 하이브리드에게 코어를 이식받을 당시의 고통을 재현한다는 설명을 듣는 순간, 팔목에서 즉시 빼내 서랍 깊숙한 곳에 처박았다. 그 후 단 한 번도 꺼낸 적이 없었다.

"알고 있습니다. 주임 사제께선 하이브리드들 상대로 그 팔찌를 쓴 적이 없었다는 것을."

"그, 그것을 어떻게……."

"우선은 비공정으로 자리를 옮기는 건 어떻습니까? 아르구테스 주임 사제님과 나누고 싶은 이야기가 많습니다. 치료도 받으셔야 할 것 같고요."

그레인이 항구에 정박 중인 비공정을 가리켰다.

"저는……."

아르구테스는 자신의 머리 위로 드리워진, 거대한 그림자를 만들어낸 비공정을 응시했다.

예상치 못한 또 다른 고난이 자신에게 닥치지 않을까 우려했다.

"교단이 주임 사제님을 체포하러 언제 다시 올지 모릅니다. 지금 당장 결정하기 곤란하다면, 적당한 은신처를 마련해 드릴 수도 있습니다."

그레인은 또 다른 선택지를 제시하되, 결정을 독촉하지는 않았다.

아르구테스는 대답하기에 앞서 그레인과 함께 서 있는 이들을 한 명씩 살펴봤다.

이단 심문관과 성당 기사단원들을 순식간에 제압한 실력의 소유자들이다. 이들이 맘만 먹었다면, 이렇게 제안할 필요 없이 억지로 자신을 끌고 갔을 거라는 생각에 미치자 아르구테스는 고개를 끄덕거렸다.

"비공정으로 가겠습니다."

"감사합니다."

"저를 구해주신 은인에게 그냥 돌아가 달라고 말한다면 저 사람과 다를 바 없겠죠."

아르구테스는 여전히 제정신을 못 차린 오르디안을 내려다보며 그의 옆을 스쳐 지나갔다.

병사들의 부축을 받아 비공정에 올라선 아르구테스는 선착장에 모여든 시민들을 내려다봤다. 아르구테스가 혹시라도 또 무슨 일을 당할까 봐 조마조마해하면서 기도하는 이들이 눈에 띄었다.

*　　　　*　　　　*

그레인을 따라 비공정으로 온 아르구테스와 다른 사제들은 부상을 치료하기 위해 의무실로 갔다.

종교재판이라는 이름 아래 자행된 고문은 그들의 전신에 깊은 상처를 남겼다. 하지만 치료 자체는 순식간에 끝났다.

"정말 믿기지 않는군요."

아르구테스는 오른팔의 손목에서 팔꿈치까지 길게 이어져 있던 상처 위를 살며시 어루만졌다.

갈고리에 의해 길게 찢어졌던 살갗 위로 돋아난 새살이 아무리 살펴봐도 신기하게만 느껴졌다.

"성자님 말고도 빛의 권능을 다룰 수 있는 분이 계셨다니, 놀라울 따름입니다."

"빛의 권능이라니… 그렇게 대단한 힘은 아니에요. 단지 빛의 힘을 쓸 수 있는 코어를 추가로 이식받은 것에 불과합니다. 제대로 다루려면 아직 멀기도 하고요."

맨 마지막으로 의료실로 들어온 베스티나가 접고 있던 한 쌍의 날개를 펼치는 순간 아르구테스는 눈을 크게 떴다.

그 뒤, 날개에서 퍼져 나온 빛이 아르구테스와 다른 사제들의 전신을 감쌌다. 강렬한 빛에 아르구테스는 눈을 질끈 감았지만, 그를 괴롭히던 고통이 사라지는 걸 느끼며 도로 눈을 떴다.

"저에게도 빛의 힘이 있었다면, 더 많은 이에게 도움이 되었을 텐데……."

"빛의 힘이 없어도 빛날 수 있음을 보여준 분은 다름 아닌 아르구테스 님, 당신 아닙니까? 그동안 크루시트 교구에서 행한 선행을 포함해, 이전까지 거쳐 간 교구에서의 평을 들었습니다. 믿음에 충실하면서 많은 이를 돌본… 현재의 교단 내에서 보기 드문 분이라고 잘 알려져 있더군요."

둘의 대화에 끼어든 그레인의 칭찬에도 불구하고, 교단이라는 단어에 아르구테스의 고개가 아래로 내려갔다.

"이제는 지나간 일이 되었군요. 배교자라는 낙인이 찍힌 이상, 저는 이제 아무것도 아닙니다."

그레인 일행의 도움 덕분에 목숨을 보존했지만, 그렇다고 배교자라는 입장이 바뀐 건 결코 아니었다.

"다시 교단으로 복귀하는 건 불가능해졌고, 성직자로서 행동하는 것 역시 마찬가지입니다. 지금의 저는 살아서 숨 쉬고 있지만 죽은 거나 마찬가지입니다."

"꼭 교단에 속해 있어야 합니까?"

그레인의 말에 아르구테스는 고개를 휙 들어 올렸다.

아르구테스의 시선은 자신보다 20살은 어려 보이는 청년을 향하고 있었다.

"죽음이 임박했음에도, 교단에 다시 돌아갈 수 없다는 걸 알면서도 이단 심문관에게 일갈하시던 분은 바로 당신 아니었습니까?"

"봐, 봤습니까?"

"보는 대신 들었습니다."

비공정이 소유했던 여러 기능 중, 먼 곳을 살펴볼 수 있는 기능은 결국 복구하지 못했다.

대신 소리를 감지하는 기능만은 가까스로 복구한 덕분에 둘의 대화를 멀리서도 들을 수 있었다.

"성직자라는 신분이 반드시 필요합니까?"

"……."

"교단의 성직자로서 그 누구보다 충실하게 임했던 당신을 버린, 교단이라는 조직이 반드시 필요합니까?"

연이은 그레인의 질문에 아르구테스는 다시 고개를 숙이며 입을 다물었다.

이성적으로 판단한다면 성직자라는 자리에 미련을 버리고 교단을 떠나라는 말에 수긍하는 것이 당연했다.

그러나 성직자가 된 이후 교단에 몸담은 시간이 어느덧 20여 년. 아르구테스는 쉽게 결정을 내릴 수 없었다.

"주임 사제님, 당신은 신의 이름을 빌어 자신들의 욕망만을 추구하려는 이들에 의해 사라져서는 안 되는 인간입니다."

"저는… 그렇게 대단한 사람이 아닙니다. 그저 신의 말씀이 담긴 성서에 적힌 대로 행동했을 뿐입니다. 아니, 그렇게 하려고 노력했습니다. 그 결과가 바로 지금 제가 처한 상황이지만요."

현 교황이 교단의 수장이 된 이후, 카르디어스 교단은 안에서부터 썩어 들어가기 시작했다.

아르구테스는 그동안 거쳐 왔던 교구마다 목격했던 교단의 횡포를 그냥 넘어가지 않았다.

그러나 일개 주임 사제에 불과한 그의 충언은 상층부에 전달되지도 못하고 도중에 끊기곤 했다. 결과적으로 상층부에서 그를 보는 눈은 결코 곱지 않았고, 아무런 대답도 돌아오지 않자 아르구테스는 점점 지쳐만 갔다.

"교단이 신의 이름 아래 저지른 악행이나 횡포에 대해서 익히 알고 있었습니다. 하지만 저는 제 입지를 지키기 위해 교단의 어두운 면모를 외면하곤 했습니다. 저는… 그 정도밖에 안 되는 인간입니다."

"아닙니다. 이제까지 하셨던 선행과는 별개로, 교단의 그릇된 처사에 맞서 직접 행동하셨다는 걸 알고 있습니다."

"네?"

"이것이 그 증거입니다."

그레인은 품에서 편지 한 장을 꺼내 아르구테스의 손에 넘겨줬다.

"이건… 설마!"

편지에 적힌 내용을 천천히 읽어 내려가던 아르구테스의 양손이 부들부들 떨리기 시작했다.

"그 애들이… 저를 살려주었군요."

아르구테스는 편지를 떨어뜨리더니 두 손으로 입을 감쌌다.

"저는 단지 하이브리드라는 이유만으로 교단 내에서 차별받는 걸 받아들일 수가 없어서……."

"그렇게 생각하는 이들은 교단 내에 사제님 말고도 더 있을지 모릅니다. 하지만 실제로 하이브리드들을 감싸준 자는 극히 드뭅니다. 다행스럽게도 그런 분들 중 한 분이 바로 아르구테스 주임 사제님, 당신이었습니다."

"크흑……."

떨어뜨렸던 편지를 주워 든 아르구테스는 당장에라도 터져 나올듯한 눈물을 참는 데 급급했다.

"이렇게 된 이상, 사제님이 말씀하신 '그 애'들을 만나서야 하지 않겠습니까?"

*　　　*　　　*

크루시트 항구 옆, 숲속에 자리 잡은 오두막.

워낙 우거진 수풀 안은 한낮에도 어두컴컴했고, 몬스터들이 종종 출몰하는 까닭에 일반인들은 얼씬도 안 하는 지역.

그레인 일행은 아르구테스의 안내를 받아 수풀 안쪽으로 이동했다.

일렬로 숲을 가로지르는 그들 중에는 같이 배교자로 처형당할 뻔했던 일반 사제들까지 동행했다. 아르구테스와 마찬가지로, '그 애'들이 무사한지 직접 확인하고 싶었기에.

"여기가 맞습니까?"

"네. 그런데 너무 조용하군요."

아르구테스는 '그 애'들에게 은신처로 마련해 준 오두막을 바라봤다. 담쟁이넝쿨로 둘둘 휩싸인 오두막 주위에는 적막만이 감돌았다.

"이미 떠났을지도 모르겠습니다."

이단 심문관 오르디안이 거짓으로 만들어낸 배교자들 중에는 아르구테스를 포함한 다른 사제들은 물론, 같이 일하고 있던 하이브리드들까지 포함되어 있었다.

종교재판에 회부되기 전날 밤, 아르구테스는 그의 아래에 있던 세 명의 하이브리드에게 한 가지 부탁을 했다.

"나나 다른 사제들이 처형당하더라도, 너희들은 반드시 살아야 한다."

숲 안에 있는 오두막에 숨어 있다가 기회를 봐서 다른 곳으로 도망치라는 말을 남긴 아르구테스는 다음 날 아침, 종교재판에 회부되었다.

"그레인, 내가 먼저 들어가 볼까?"

크루겐이 머플러를 코 위로 잡아당기며 어둠 속으로 녹아들려는 찰나, 그레인은 오른팔을 내밀며 저지했다.

"안에 누군가가 있어."

"잉? 그래?"

순간 문이 벌컥 열림과 동시에 그레인을 노린 화염구가 날아왔다.

"그레인!"

"걱정 마. 예상했어."

그러나 그레인은 전혀 당황하지 않고 얼음벽으로 화염구를 막아냈다.

"나오십시오."

불길이 완전히 사라진 걸 확인한 그레인이 얼음벽을 거두자, 법의를 걸친 세 명의 청년이 오두막 밖으로 뛰쳐나갔다.

그들 중 아까 그레인에게 화염구를 날렸던 청년의 오른손이 일렁이는 화염에 휩싸여 있었다.

"그만둬. 주임 사제님이 잡혀 있잖아."

"제길……."

동료의 지적에 청년은 화염을 거두었다.

그들의 적의는 그레인에게 집중되었지만 정작 그레인은 아무렇지 않은 표정으로 편지를 꺼내더니 작성자의 이름을 다시 한번 확인했다.

"혹시 세이브린이란 분, 계십니까?"

"나야."

세이브린이라 불린 청년은 그레인 앞으로 걸어가더니 왼손에 쥐고 있던 검을 아래로 툭 내던졌다.

"휴우, 처음부터 이랬어야 했어. 주임 사제님이 잡혀가셨는데 나만 속 편하게 지낼 순 없지. 자, 잡아가라고."

세이브린은 손바닥이 보이도록 두 팔을 앞으로 내밀었다. 그러나 그레인은 그를 포박하기는커녕, 반대로 가볍게 미소를 지었다.

"감사합니다. 덕분에 아르구테스 님을 구출할 수 있었습니다."

"뭐? 구출?"

"무슨 말이야? 너희들, 교단 소속이 아니었어?"

"이제 보니 성당 기사단원… 으로는 보이지 않네."

전혀 예상 못 한 말에 세 명의 청년은 서로를 멍한 표정으로 바라봤다.

그레인 일행은 조용히 자리를 비켜줬고, 아르구테스와 다른 사제들이 청년들에게 다가갔다.

"모두 무사했구나. 너희들을 다시 보게 되어서 정말… 기쁘구나."

"주, 주임 사제님!"

세 명의 청년과 아르구테스가 서로 얼싸안자, 같이 온 사제들이 눈시울을 붉혔다.

"너희들 덕분에 내가 살아남을 수 있었단다."

아르구테스는 인자한 미소를 지으며 청년들의 등을 다독거렸다.

종교재판에 회부되었다는 정보를 제보해 준 이들은 다름 아닌 크루시트 교구의 하이브리드들이었다.

"주임 사제님, 아까 저 사람이 한 말, 정말인가요?"

"맞단다. 그리고 나와 같이 오신 이분들은 하이브리드이자 세이브린, 너처럼 이레귤러란다."

"지, 진짜입니까?"

세이브린은 놀란 눈으로 그레인 쪽을 휙 바라봤다.

그레인은 말없이 팔소매를 걷어 올리며 빙룡의 어금니를 보여줬다.

"저, 저걸 봐! 빙룡의 어금니잖아?"

"그렇다면 저 사람이 그레인이야?"

"탈주자로 수배 중인 그 그레인? 이레귤러이면서?"

세 청년의 감정은 적의에서 놀람으로, 그리고 감탄으로 시시각각 변화했다.

"수배? 아, 이레귤러였으니……."

반면 아르구테스는 그레인의 이름이 이렇게나 알려져 있을 줄은 몰랐다는 반응이었다.

"그러고 보니 절 못 알아보셨더군요. 교단에서 뿌린 수배서를 보지 못했습니까?"

"그것이… 수배서 자체에 신경 쓰지 않았습니다. 교단에서 배교자나 탈주로 수배된 이들에 관심을 가지기보단 더 유익한 일에 매진하고 싶어서였습니다."

"어차피 이단 심문관들이 눈에 불을 켜고 그런 사람들을 잡으러 다니겠죠. 교단이나 이단 심문관 입장에선 그런 자들이야 말로 존재해서는 안 되는 악인이니까요."

"당신이 악인이라는 생각은 들지 않습니다."

아르구테스는 정색하면서 그레인의 말을 부정했다.

그러나 그레인은 현실 자체를 부정할 생각은 없었다.

"교단 입장에서는 악인이 맞을 겁니다. 그리고 지금의 교단이 악인으로 지명했다는 건, 그만큼 헛되지 살지 않았다는 방증이라고 생각됩니다."

그레인의 말투 자체는 딱딱하고 차가웠지만, 듣는 이들의 표정은 굳지 않았다.

"하긴, 그렇게 따지니 저도 악인인 셈이로군요."

"그리고 이곳에 계신 모든 분이 '교단의 악인'이면서 교단의 원칙에서 벗어난 이레귤러이기도 합니다."

그레인은 이레귤러라는 단어를 단순히 하이브리드로 한정 짓지 않고 광범위한 의미로 사용했다.

그동안 쓰길 꺼려 했지만, 한번 쓰기 시작하니 생각 외로 유용했다. 같은 '이레귤러'들에게 동질감을 부여할 수 있다는 점이 큰 장점이었다. 무엇보다 자신들이 누구인지 구구절절하게 설명할 필요가 없었다.

"아무래도 그레인과 같이 온 사람들도 수배자, 맞겠지?"

"저 검은색 머플러는… 혹시?"

계속 그레인을 주시하던 청년들의 눈이 그와 같이 온 일행에게로 옮겨졌다.

"스펙터의 코어를 이식받은 크루겐?"

"그렇네? 그레인과 항상 같이 다닌다고 했으니 맞겠네?"

"이제야 알아채네."

크루겐은 피식 웃으면서 팬텀 대거를 한 손으로 저글링했다.

"옛 동료들이나 너희들이나 왜 날 뒤늦게 알아보는지, 이거야 원. 역시 인지도부터 확실히 쌓아야겠어. 말이 나온 김에 내가……."

"그렇다면 뒤에 서 있는 사람은 펠릭스 대공?"

"무려 코어를 두 개나 이식받았다고 했지?"

"그러면 저쪽의 여자가 벤트 섬을 수석으로 수료했다던 베스티나겠네?"

그러나 항상 그래왔던 것처럼 관심이 다른 이들로 금세 옮겨가자 크루겐은 돌리던 팬텀 대거를 떨어뜨렸다.

그레인, 크루겐, 펠릭스, 베스티나.

한꺼번에 네 명의 하이브리드가 탈주한 일은 예전 벤트섬에서의 탈주 이후로 처음이었다. 그만큼 그 네 명을 체포하기 위한 교단의 집념은 끝을 몰랐고, 모든 교구에 네 명의 수배서가 배포되었다.

덕분에 교단 소속의 하이브리드들 중 그레인 일행을 모르는 이는 거의 없었다.

"묘하군요. 제가 아는 한 저 애들이 저런 눈으로 누군가를 보는 경우는 처음입니다."

"저렇게 대놓고 저희들을 응시하니 조금 쑥스럽군요."

같은 이레귤러라고 해도 교단을 떠난다는 파격적인 선택을 실행으로 옮긴 그레인 일행이 세 청년에게는 남달라 보일 수밖에 없었다.

"그러면 이제 어떻게 하시겠습니까?"

본론으로 들어가자는 그레인의 말에 아르구테스의 입가에서 미소가 사라졌다.

"하이브리드를 인간으로 대해주는 성직자는 교단에 거의 없습니다. 서글프지만 현실을 부정해 봤자 달라지는 건 없으니까요."

전생의 결사대는 교단 전체를 적으로 간주했다.

사실 그럴 결정을 내릴 수밖에 없는 상황이었다. 교단의 노예로서 핍박받았고, 이레귤러로서 존재하는 것마저 허락받지 못한 그들에게 교단은 싸워 쓰러뜨려야 할 적이었지 손잡을 수 있는 대상이 결코 아니었다.

그러다 보니 자연스럽게 카르디어스 교를 믿는 자들까지 결사대의 적이 될 수밖에 없었다. 거기에 교단의 책략까지 더해지자 대다수의 인간을 적으로 돌리게 되었다.

"하지만 극소수나마 아르구테스 님 같은 분들은 분명히 존재합니다. 그런 분들이 교단의 방침에 의해 허무하게 사라지는 걸 보고 있을 수만은 없습니다."

"……."

"진정한 믿음을 추구했던 당신을 저버린 것으로도 모자라, 정화라는 이름으로 죽이려 했던 곳이 어디입니까?"

"하지만 저는 저 애들이나 여러분들처럼 강한 힘을 지닌 것도 아닙니다."

"교단을 쓰러뜨리지 않는 이상, 현 상황을 타개할 방법은 없습니다. 그러나 쓰러뜨리는 방법에는 무력만 있는 게 아닙니다."

그레인은 오른손을 내밀었다.

"저희들과 함께하겠습니까?"

아르구테스는 그레인의 손을 내려다보며 깊은 생각에 잠겼다.

모두가 입을 다물고 아르구테스가 어떤 결정을 내릴지 조용히 기다렸다.

그레인은 이전 마탑에 있을 당시, 회귀자들과 회귀에 대해 알고 있는 자들끼리 모인 자리에서 렌딜이 했던 말을 떠올렸다.

"자네들, 전생에 저지른 실수가 많았다고 하더군. 특히 교단 내에서 하이브리드를 옹호했던 이들을 적극적으로 끌어들이려고 하지 않았다면서? 조직에 있어서는 같은 편이었다가 적으로 돌아서는 자들이 제일 무서운 법이야. 가령 그런 자들이 전체의 1/10에 불과할지 모르더라도, 그 1/10이 나머지 9/10에 해당하는 세력을 붕괴시키는 데 큰 역할을 담당하게 될 걸세. 전생에 연이 있었던 자들을 다시 모으는 것도 좋은 방법이지. 하지만 도움을 '받았던' 이들만이 아니라 도움을 '줄 수도' 있는 자들까지 포용해야 한다네. 설사 그런 이들이 교단의 인간들이라 할지어도 말일세. 그것이야말로 회귀라는 길을 걸어가면서 얻을 수 있는 이득 중 하나 아니겠나? 그래도 자네들이 전생에 겪은 고난과 설움을 무시할 수는 없는 법이지. 그러니 나는 교단 내에서 하이브리드를 '인간'으로 대해준 이들을 한정으로 손을 내밀어보지 않겠냐는 걸로 제안해 보겠네. 선한 자라 하여도 우선은 자네들에게 '선한' 자들이어야 하지 않겠나?"

그레인 입장에선 전생에 겪었던 교단의 핍박이 뇌리에 깊게 박혀 있었던 터라, 일부를 제외하곤 교단의 일원을 같은 편으로 끌어들여야 한다는 발상 자체가 쉽게 안 떠올랐다.

결사대가 되기 이전부터 오랜 시간 동안 고든과 연을 이어왔던 쉐일이나, 교단에 의해 모든 것을 잃어버린 에리스 백작 부인 같은 경우만이 조력자에 해당했다.

'그리고 당시의 결사대는… 어떤 의미로는 오만했지.'

다들 보통의 인간을 넘어서는 힘을 손에 거머쥐었기에 자신들만의 힘으로도 교단을 쓰러뜨릴 수 있다는 자만심을 품고 있었다. 더구나 시련에서 벗어났다는 점 때문에 보통의 하이브리드들과는 보이지 않는 벽을 형성했다.

그 부분은 회귀 후에도 크게 달라지지 않았다.

현생의 그레인이 주로 만난 이들은 전생과 연이 있었던 이들이었다. 혹은 하이브리드이거나, 상대방 쪽에서 먼저 그레인에게 다가오는 식으로 연이 생겼다.

그러나 지금은 앞서 말한 조건과 상관없는 그레인 쪽에서 아르구테스에게 먼저 접근했다.

어쩌면 전생에선 적으로 만났을지도 모르는 자였거나, 교단과의 투쟁이 시작되기도 전에 죽었을지도 모르는 상대.

한 가지 확실한 건 현생의 아르구테스는 하이브리드를 인간으로 대해준 '인간'이라는 점이었다.

'이제는 달라져야겠지.'

회상에서 벗어난 그레인의 시야에 누군가의 손이 들어왔다.

그레인의 시선을 느낀 아르구테스는 뻗던 손을 도중에 멈추고 손을 오므렸다.

그러나 망설임은 잠시뿐, 아르구테스는 손을 펼치더니 그레인의 오른손을 붙잡았다.

"결정하셨군요."

"솔직히 저 혼자만으로는 이렇게 나설 수 있는 용기를 낼 수 없었습니다. 저 애들 덕분에 비로소 한 걸음 앞으로 내디딜 수 있게 되었습니다."

아르구테스가 잠시 망설이던 순간, 조마조마하며 그를 물끄러미 바라보던 세 명.

이미 그레인과 합류하는 쪽으로 마음이 거의 기울어졌지만, 세 명의 하이브리드 덕분에 아르구테스는 새로운 운명으로 발을 디딜 수 있었다.

"이제는 전처럼 소극적이 아닌, 적극적으로 나서고자 합니다."

*　　　　*　　　　*

다시 항구로 돌아온 아르구테스를 향해 많은 이가 몰려들었다.

그들은 자신들을 성심껏 돌봐준 아르구테스를 구하는 데 선뜻 나서지 못했음에 미안해했다.

아르구테스를 그들을 원망하지 않았다. 힘을 지니지 못한 이들이라는 걸 알기에 분노하기보다 납득하는 쪽을 택했다.

아르구테스와 사제들, 그리고 세 명의 하이브리드가 비공정에 탑승하자, 시민들은 선착장에 몰려들었다. 그들은 아르구테스가 떠날 수밖에 없는 상황이라는 걸 받아들였고, 기꺼이 그를 배웅했다.

"……."

아르구테스는 선수 근처에 서서 멀어져 가는 항구를 바라봤다.

아직까지도 손을 흔들며 배웅 중인 시민들을 응시하는 그의 눈이 붉게 충혈되었다.

그레인은 말없이 그의 왼편에 섰다. 이런 상황에서 먼저 말을 꺼내기보단, 그저 묵묵히 하는 말을 들어주는 게 최선이었기에.

"비록 교단에서는 저를 저버렸고, 신께서도 그러했을지도 모르겠군요. 하지만 시민들과 여러분들은 절 버리지 않았습니다. 물론 그 애들도."

배교자라는 누명을 쓴 자신을 비난하지 않았던 시민들.

미약하지만 그들 나름대로 신념을 표현했던 그들이 고마울 따름이었다.

"앞으로의 길은 더욱 험난하겠죠?"

그레인은 여전히 입을 다문 채로 고개를 끄덕거렸다.

"그 애들 덕분에 제가 구원받았으니, 앞으로는 그 애들을 위해 살아가도록 하겠습니다."

아르구테스가 걸친 법의가 바닷바람에 펄럭거렸다.

때를 기다리며 걸쳤던 백색, 그 후 새롭게 결성된 결사대에 합류하면서 입었던 정반대의 색.

이제는 그 둘 중 어느 색도 고를 수 없는 지금의 입장이 아르구테스와 겹쳐 보였다.

"나를 믿는 이들이 내 이름을 대면서 거짓을 종용한다면 그것은 가장 큰 죄악이니라."

나직하게 성서의 한 구절을 읊은 아르구테스는 고개를 옆으로 돌렸다.

"알고 계신다는 표정이라니, 의외로군요."

"한때나마 저 역시 아르구테스 님처럼 교단에 몸담고 있었으니까요."

'그것도 두 번이나.'

진실을 밝히면서, 진실을 숨긴 그레인의 표정은 그 어느 때보다 복잡했다.

*   *   *

카르디어스 신성력 1400년 2월 20일.

언제나처럼 집무실에서 홀로 식사를 마친 스코트는 창문으로 성안을 내려다봤다.

얼핏 봐서 베릴란트 성의 분위기는 평소와 다를 바 없어 보였지만, 자세히 살펴보면 몇 달 전과 비교해 차이점은 분명히 존재했다.

우선 포르테가가 소유한 세 곳의 마탑이 모두 폐쇄되어 그 누구의 출입도 불가능해졌다. 거의 찾는 이가 없었던 성내 성당은 사제가 하나도 없는 텅 빈 건물이 되어버렸다. 그리고 거리 곳곳에 펠릭스를 수배하는 전단지가 다닥다닥 붙어 있었다.

'지금쯤이면 이미 시작했겠군.'

고개를 올린 스코트의 시선은 먼 곳을 향했다.

두 눈으로 볼 수 있는 거리는 아니지만, 한창 전투가 벌어지고 있을 남쪽을 응시했다.

'전력상 무난하게 승리하겠지. 다른 누구도 아니고 1호가 직접 나선 전투이니.'

베릴란트 왕국 바로 아래에 위치한 국가, 헤른 왕국.

국경선과 관련된 크고 작은 분쟁으로 인해 베릴란트 왕국과는 원래부터 사이가 좋지 않았다. 거기에 교단을 대하는 분위기 자체가 서로 상극이었기에 양측 모두 전면전이 일어날 날만 기다리고 있었다.

'다들 결사대의 힘을 보고 놀라고 있겠지.'

얼마 전, 스코트는 헤른 왕국의 대규모 병력이 이동 중이라는 첩보를 접했다. 거기에 교단 소속의 성당 기사단이 대거 합류했다는 추가 정보가 더해지자 그냥 보고만 있을 수 없었다.

그는 결사대의 대장 맥스에게 병력을 지원해 주며 헤른 왕국군을 처리해 줄 것을 당부했다. 동시에 한 달 전에 끌어들인 조력자들에게 하이브리드가 얼마나 강한 존재인지 피력할 수 있는 기회임을 결사대에게 상기시켜 줬다.

'그래도 역시 형이 없는 건 아쉽군. 결사대가 분열되지 않았다면 더욱 압도적인 모습을 선보일 좋은 기회였는데……'

공식적으로 펠릭스에게 교단은 물론이고 베릴란트 왕국의 수배령이 내려진 상태였다. 왕국 측에서는 교단과의 관계를 악화시켰다는 이유를 내세우면서 교단에서 내건 현상금의 수십 배가 넘는 금액을 현상금으로 내걸었다.

단, 반드시 살려서 체포할 것과 교단이 아닌 베릴란트 정부에 신고해야 한다는 조건이 걸려 있었다.

그로 인해 펠릭스의 행보를 교단에 보고하는 이들은 거의 없었다. 동시에 펠릭스에 대한 정보가 고스란히 왕국으로만 들어와, 펠릭스를 보호하는 격이 되어버렸다.

스코트가 의도한 대로.

"폐하."

"무슨 일인가?"

스코트는 자신의 뒤에 서 있는 크로드 쪽으로 몸을 올렸다.

"과연 그들이 결사대에 진심으로 협조할지 우려됩니다."

전생에는 결사대의 동료였지만, 지금은 동료 이전에 부하가 되어버린 크로드의 걱정에 스코트의 입술 사이로 피식 웃음이 새어 나왔다.

"왕족이나 귀족도 아닌 너는 쉽게 이해할 수 없겠군."

스코트는 뒷짐을 지더니 느린 걸음으로 왕좌 앞을 스쳐 지나갔다.

"고귀한 핏줄이란 본인의 능력 유무에 상관없이 자부심을 지니게 마련이다."

그는 전생에 하이브리드가 되었던 자신의 경험을 떠올리며 다시 창문 쪽으로 시선을 돌렸다.

"이전까지 하이브리드가 된 자들은 대부분 고아 출신이었다. 애초에 가진 것 없이 살아왔기에, 누군가에게 자유를 바치는 대가로 힘을 얻을 수 있다면 결코 손해 보는 장사가 아니지. 하지만 왕족이나 귀족은 다르다."

고아였거나 비참한 어린 시절을 보낸 대다수의 결사대원 속에서 스코트만은 남달랐다.

왕족, 그리고 마음만 먹었다면 왕위도 노려볼 만한 자리에 있었던 그는 다른 결사대원들과 생각의 방향 자체가 다를 수밖에 없었다.

"그런 자들이 누군가에게 평생 얽매여서 살아가야 할 운명과 맞닥뜨리게 된다면, 어떻게 될까?"

"…운명에 굴복하지 않으려고 할 것입니다."

"그렇다. 독실한 신자가 아닌 그들은 자신을 구속시키려 하는 교단에 결코 순순히 굴복하지 않을 것이다."

크로드의 뇌리에 전생의 스코트가 잠시 떠올랐다가 사라졌다.

그레인과 맥스 못지않게 교단과의 혈전 속에서 최전방에 섰던 그의 모습이.

"하이브리드가 되어서 이전과 비교도 할 수 없을 정도의 힘을 얻는다 해도 말이다."

스코트는 손바닥이 위로 향하도록 양팔을 내밀었다.

전생에는 아이언 골렘의 코어를 이식받아 무기 그 자체가 되었던 신체.

지금은 평범한 남성의 육체였지만 전혀 아쉽지 않았다.

"물론 예외는 있겠지만……."

*   *   *

화르륵.

거센 불길이 전장 한가운데에서 치솟았다.

"후퇴! 후퇴하라!"

헤른 왕국군 측 지휘관의 외침에 병사들이 화급히 도망쳤다.

"물러서지 마라! 밀려서는 안 된다!"

성당 기사단장은 부하들에게 항전을 포기하지 말라고 외쳤지만, 그의 명령을 따르는 이들은 아무도 없었다. 그는 포기하지 않고 거듭 목청 높여 소리쳤지만, 그의 목소리는 무너진 전열 속에서 공허하게 울려 퍼질 뿐이었다.

"괴, 괴로워……."

"살려줘……."

전신이 까맣게 불타 버린 헤른 왕국의 병사들은 땅바닥에 쓰러진 채 신음했다.

병력으로만 따지면 헤른 왕국군과 성당 기사단원의 수는 상대의 두 배 이상.

그러나 상대측 지휘관인 회색 머리카락의 청년이 전진하는 걸 막을 수 없었다. 그가 천천히 앞으로 걸어갈 때마다 주변에 솟구친 불길 속에서 적 병사들은 서서히 타들어갔다. 그에게 다가가 공격을 시도하기는커녕 가까이 다가가지도 못하고 죽어 가는 병사들이 부지기수였다.

지옥의 불길처럼 활활 타오르는 화염 속에서 전투의 형세가 서서히 결사대의 승리 쪽으로 기울었다.

"정말 대단하군."

"과연 베릴란트 왕국이 섭외할 만한 실력이로구먼."

"저들이 결사대인가……."

거의 일방적인 학살로 진행 중인 전투를 높은 절벽 위에서 내려다보고 있는 자들이 있었다.

스코트의 초대를 받은 후, 반강제적으로 조력자가 된 이들이 었다. 그들 역시 병사들을 이끌고 왔지만, 정작 전투에는 참여 하지 않았다.

결사대의 대장 맥스는 지금 이 위치에서 자신들이 싸우는 모습을 지켜만 봐달라고 요청했다.

결사대가 얼마나 강한지를 증명하기 위해서.

실제로 절벽 위에 모인 이들 모두 입을 모아 결사대의 힘을 칭찬하기 바빴다.

"이대로라면 그 잘난 교단의 멸망도 머지않았군."

"……."

감탄하는 이들 사이로 유독 한 명의 표정이 어둡게 변했다.

'하이브리드가 저렇게 강할 줄이야.'

폴레인 왕국의 후작 솔틴은 결사대의 압도적인 승리가 기쁘지만은 않았다.

스코트를 통해 교단이 감췄던 진실을 알게 된 이후, 아들과 자신을 속인 교단에 대한 복수로 불타올라 결사대에 전면적인 협조를 약속한 터였다.

그러나 혜른 왕국군이 일방적으로 학살당하는 모습을 본 그의 머리에는 복수심 대신 두려움이 자리 잡았다.

'교단의 하이브리드들은 그나마 그 팔찌로 굴복시킬 수 있지만, 저들에게는 그것마저 통하지 않으니……'

솔틴의 관자놀이를 타고 한 줄기 땀이 주르륵 흘러내렸다.

'저들의 검 끝이 지금은 교단을 향하고 있지만, 그다음에는? 교단이 괴멸된 이후에는?'

제2장

전진과 후퇴

카르디어스 신성력 1400년 5월 13일.

카르디어스 교단의 배교자 처형은 많은 이가 보는 앞에서 공개적으로 진행된다.

교단에 등을 돌리는 자들의 결말이 어떠한지 보여줌으로써 다른 신도들에게 경각심과 두려움을 안기기 위해서였다. 배교자의 색출, 신문과 처형에 대한 권한 자체가 국가로 넘어간 베릴란트 왕국을 제외한 다른 지역에서는 확실히 효과를 봤다.

그러나 올해 초부터 시작된 예상치 못한 변수에 배교자의 처단은 상당한 차질을 빚고 있었다.

"와! 정말 크구먼!"

"저게 말로만 듣던 비공정인가 봐?"

"소문을 들어보니 원래는 하늘을 날았다면서? 지금도 그랬다면 정말로 끝내줬을 것 같은데."

허름한 선착장 부근에 몰려든 시민들의 입에서 한결같은 감탄사가 터져 나왔다.

거대한 규모와 함께 고대의 유산이라는 점이 많은 이의 눈길을 사로잡았다. 배교자들이 매달려 있던 십자가에 집중되었던 시선을 단 한 척의 배가 순식간에 빼앗았다.

"비공정이다!"

그러나 배교자의 처형을 준비 중이던 이단 심문관과 성당 기사단원들에겐 재앙 그 자체였다.

"어, 어떻게 할까요?"

"이대로라면 도저히 승산이 없습니다!"

성당 기사단원들은 이전에 들었던 비공정과 '이레귤러'에 대한 소문이 사실임을 알고 절망했다. '그들이 여기에는 오지 않겠지'라며 혹시나 하고 품었던 기대는 산산조각 났고 만약을 대비해 평소의 5배나 되는 병력을 모아놨지만, 막상 비공정을 보는 순간 싸울 의욕조차 나지 않았다.

"그, 그러면⋯⋯."

이단 심문관은 잠시 머뭇거리더니 도저히 상대가 안 된다는 걸 파악하고 잽싸게 줄행랑을 쳤다.

"어?"

"이, 이것 봐요! 혼자 도망쳐 버리면 저희들은⋯⋯!"

뒤도 안 돌아보고 달려가는 이단 심문관을 향해 항의가 빗발쳤다.

그러나 성당 기사단원들과 이단 심문관과의 거리만 벌어질 뿐이었고, 결국 그들도 이레귤러를 피해 황급히 자리를 떴다. 덩그러니 남겨진 화톳불의 주위에는 그들이 내팽개친 무기들이 우수수 남았다.

그사이 비공정에서 내린 그레인 일행에게로 시민들의 이목이 집중되었다.

"이번에도 도망가 버렸군."

"예전에는 찰거머리처럼 귀찮게 달라붙더니, 요즘은 손을 풀 기회조차 안 주고 튀어버리네. 정말 약삭빠르단 말이야."

크루겐은 팬텀 대거를 한 바퀴 돌리더니 검집에 집어넣었다.

순간 시민들은 움찔하며 물러섰지만, 이내 언제 그랬냐는 듯 그레인 주위로 몰려들었다. 그레인이 이동하는 방향으로 시민들이 함께 따라가는 광경을 비공정의 갑판 위에서 본 드레이크가 혀를 내둘렀다.

"저 녀석, 예나 지금이나 무뚝뚝한 건 여전한데도 사람들이 마구 달려드네."

전생에는 화염의 힘으로 인간들에게 두려움의 대상이었던 그레인.

현재는 억울하게 배교자로 처형당할 뻔한 이들을 구해주는 '구원자'의 이미지로 자리 잡기 시작했다.

그렇다고 사람들에게 화사한 미소를 짓거나 손을 들어 친근하게 인사하진 않았다. 이전처럼 자신의 일에 충실할 따름이었다. 그래서 그레인을 둘러싼 이들 중 환호성을 지르거나 난리법석을 부리는 이들은 없었다.

그들은 자신도 모르는 사이에 그레인의 이미지에 맞춰 행동하고 있었다.

조용히 그레인을 따르는 사람들을 드레이크가 흐뭇하게 내려다보는 가운데, 앞서 배에서 내린 병사들이 십자가에 매달린 배교자들을 급히 풀어줬다.

"괜찮으십니까?"

그레인은 날카로운 인상을 지닌 50대 남자에게 다가갔다.

"당신들이 그 소문의 이레귤러인가?"

"네, 그렇습니다."

"그렇다면 나는… 살아남은 거로군."

고위 사제 자이투르스는 그레인만큼이나 무덤덤한 얼굴로 바뀐 운명을 받아들였다.

이전 그레인 일행이 구출했던 아르구테스 주임 사제처럼 선행을 널리 펼치며 많은 이에게 신망을 얻던 이였다.

단, 그는 과거의 아르구테스보다 훨씬 적극적으로 교단 내의 비리나 횡포에 맞섰다. 자신보다 높은 지위의 추기경 앞에서도 위축되지 않고 당당하게 행동했다. 특히 하이브리드에 대해서는 같은 성직자인데 왜 차별을 해야 하나며 목소리를 높였다.

그런 그를 따르는 신도와 사제들이 많았지만, 필연적으로 그를 질시하는 적 역시 많았다. 결국 반대 세력의 모함에 배교자로 몰려 죽음을 맞이하기 직전이었다.

"아쉽군."

"혹시 이미 처형당한 사람이라도 있습니까?"

"그게 아닐세. 만약 이대로 내가 죽었다면 그걸 계기로 교단 내 개혁 세력이 들고 일어섰을 텐데……"

특이하게도 자이투르스는 죽음을 빗나간 현 상황을 다소 아쉬워하고 있었다.

올바름을 추구하기 위해선 목숨도 아깝지 않다는 그의 성향이 고스란히 묻어나는 말에 크루겐이 질렸다는 표정을 지었다.

그러나 그레인은 이미 예상했다는 듯이 살짝 미소 지을 뿐이었다.

"죽어서 이룰 수 있는 것보다 살아서 할 수 있는 일이 더 많습니다."

"원론적으로는 맞는 말이지만 그래도 아쉬운 건 아쉬운 걸세."

"그리고 한 줌의 재가 되어버렸다면 사제님을 구하려고 도움을 청한 이들의 노력이 헛되었을 겁니다."

"도움을? 모두 도망갔을 텐데?"

"사제님 아래 있던 하이브리드들입니다."

"그 녀석들이? 이런……"

"그리고 또 한 명, 고위 사제님을 뵙고 싶어 하는 분이 슬퍼하셨을 겁니다."

"누구 말인가?"

"고위 사제님께서도 잘 알고 계신 분입니다."

"설마……."

"오래간만입니다, 자이투르스 고위 사제님."

인파를 헤치고 천천히 걸어오는, 사제 복장의 사내를 본 자이투르스의 눈이 크게 떠졌다.

"자네는… 아르구테스! 아르구테스 주임 사제가 아닌가!"

교단에 몸을 담고 있음을 상징하는 흰색.

결사대가 선택한 검은색.

그 두 곳 중 어디도 아닌 아르구테스의 선택은 그 중간이었다.

회색의 법의를 걸친 아르구테스가 자이투르스의 무사함을 축복하기 위해 성호를 긋다가 도중에 멈추고 손을 내렸다. 교단을 떠난 입장이라는 걸 새삼 깨달으면서.

"정말로 자네가 맞나? 진짜로… 살아 있는 건가?"

자이투르스는 아르구테스의 얼굴에 손을 가져갔다. 살아 있는 육체에서만 느낄 수 있는 따듯한 온기를 확인한 자이투르스의 손이 심하게 떨기 시작했다.

"역시 제가 죽었다고 알려져 있었습니까?"

"이레귤러의 습격에 살해당했다는 교단의 발표 따위 나는 믿지 않았네! 그래도 혹시나 하는 생각에……."

"지금 보고 계시는 것이 바로 진실입니다."

"다행이야! 정말로! 아아……."

자이투르스는 아르구테스의 양어깨를 강하게 움켜쥐더니 왈칵 눈물을 쏟아냈다.

이런 식으로 처단당할 뻔한 배교자들을 이레귤러가 구한 것이 벌써 다섯 번째.

구출된 이들 대다수는 이레귤러와 뜻을 함께했고, 그들을 설득하는 데 있어서 맨 처음 합류한 아르구테스가 큰 역할을 했다.

인망 높기로 교단 내에서도 잘 알려진 그가 '이레귤러'와 손을 잡자, 구출된 다른 사제들은 망설임 없이 합류를 요청했다.

처음이 힘들지만 한 번 성공한 일이 다음에도 성공하기엔 쉬운 법.

유달리 날카롭고 특이한 성격이라 이전처럼 쉽게 설득이 가능할까 우려했던 자이투르스의 건도 결국 기우에 그쳤다.

"뭐랄까, 저 배 한 척으로 일이 이렇게 쉽게 풀릴 줄은 몰랐어."

크루겐은 압도적인 자태를 뽐내고 있는 비공정을 가리키며 말했다.

많은 이를 태우고 바다 위를 빠르게 이동할 수 있는 비공정의 성능 자체만으로도 이레귤러에 많은 도움이 되었다.

그러나 비공정 그 자체만으로 다른 이들을 설득하는 데 도움이 되었다. 이는 비공정의 소유자 렌딜조차도 예상하지 못한 변수였다.

강한 힘을 지닌 조직이 하는 말과 행동은 신빙성 유무를 따지기 이전에 강한 설득력을 지닌다. 교단이 그러했듯이.

비공정은 그 자체가 이레귤러라는 집단이 소유한 하나의 커다란 힘으로 비춰졌다.

그렇다고 모든 일이 이레귤러에게 유리하게 돌아가지만은 않았다.

"다행히 이번에도 그 조직과는 만나지 않았군."

"그 정보 말이지?"

전원 하이브리드로 구성된 이단 심문 조직이 활동을 시작할 예정이라는 첩보.

실제로 아르구테스 밑에서 일하던 하이브리드인 세이브린이 그 조직으로 오지 않겠냐는 제안을 받은 적이 있었다.

그는 아르구테스가 아닌 다른 사람 밑에서 일하기 싫었고, 이레귤러라는 사실을 숨기고 있던 터라 거절했다고 말했다.

"가능하면 그 이단 심문 조직과는 만나지 않았으면 해. 아까 그 녀석들처럼 순순히 물러날 것 같지 않거든. 아무래도 타인을 설득할 때, 피를 보면 힘으로 굴복시킨다는 이미지가 강하잖아?"

"결사대처럼 말이로군."

"언젠가는 우리들도 그럴 때가 오겠지만."

*   *   *

"다행이로군. 잘했네."

비공정의 개인 집무실에서 그레인의 보고를 받은 렌딜은 흡족한 표정으로 고개를 끄덕거렸다.

"자이투르스 고위 사제에 대한 건은 이전처럼 아르구테스 님께 맞기면 되겠지?"

"네."

"순조롭구먼. 앞으로의 일도 계속 이렇게 진행되었으면 좋겠건만."

렌딜은 '자이투르스 구출 작전'이란 제목의 문서를 뒤로 넘기면서 아직 남아 있는 일들을 재차 확인했다.

"결사대와의 비밀 연락은?"

"듀란을 통해 서신을 주고받고 있습니다."

"방향은 다를지라도 같은 목적을 가진 집단을 너무 멀리해서는 안 되지. 언젠가는 이레귤러와 결사대가 힘을 합칠 날이 올지도 모르네."

"……네."

그레인은 살짝 굳은 표정으로 작게 대답했다.

결사대와의 관계 개선이 머리로는 이해해도 아직 감정적으로 받아들이기 힘든 문제라는 점은 여전했다.

"그러면 다음 건은……."

다음 목적지로 이동 중인 비공정 안 집무실에서 여러 안건들에 대한 결정이 이어졌다.

렌딜이 물어보고 그레인이 대답하는 식으로 대화가 진행되는 가운데, 드레이크가 조심스럽게 렌딜 옆에 바짝 다가갔다.

"렌딜 님, 지난번에 말씀드린 그 건은 어떻게 되었는지……."

"음? 그 건이라니?"

"혹시 까먹으셨습니까? 그 오러 캐논이라는 물건에 대한 겁니다! 혹시 크기를 작게 해서 여러 개 설치하는 식으로 변경은 불가능한지 물어봤잖습니까! 마력총보다는 더 큰 크기로 해서……."

비공정이 원래 소유했던 기능 중, 유달리 드레이크가 미련을 가졌던 부분이 있었다.

바로 오러 캐넌.

매일 눈을 뜨자마자 비공정의 선수로 달려가 장식품이 되어버린 오러 캐넌을 내려다보는 게 그의 일상 중 하나였다. 그렇게 하염없이 오러 캐넌을 보던 드레이크의 머리에 기발한 발상이 떠오른 게 일주일 전이었다.

"그건 제스테일이 이미 연구 중일세."

"어? 그, 그랬나요?"

"내가 검토하겠다는 말만 하고 확답을 미처 못 했군. 다른 사람들도 합류해서 한창 진행 중이니 걱정 말게나."

"감사합니다!"

"감사는 내가 아니라 그 녀석에게 해야지. 아, 그리고 이거 알아두세. 그 녀석을 가르칠 때 내가 칭찬에 워낙 인색해서 말이지, 반대급부로 칭찬에 매우 약한 녀석이 되어버렸어. 종종 찾아가서 칭찬 몇 마디만 해도 진척이 빨라질 걸세."

"알겠습니다!"

"그렇다고 너무 사탕발림은 하지 말고. 그 녀석, 며칠째 밤낮을 쉬지 않고 그 연구에 몰두 중이야. 이러다가 쓰러지지나 않을는지 걱정되거든."

렌딜은 문서를 읽으면서 드레이크와 이야기를 술술 했다.

"그리고 자네가 기뻐할 일이 하나 또 있네. 자네를 여기로 부른 이유는 사실 그거일세."

"네?"

"어제부로 비공정의 조작 방식을 일부 개선했다네. 마법적인 방식 하나로만 운행되던 것에서 이동 자체는 누구나 조작 가능하도록 바꿨지. 보통의 배를 모는 것처럼 말일세."

고대 마법 문명의 유산 중 하나인 비공정의 조작은 마법을 다룰 수 있는 이들만 가능했고, 그들 중에서도 주로 렌딜이 담당해 왔다. 정작 크라켄 해적단의 제독인 드레이크는 손가락만 빨면서 구경하던 처지였다.

"그, 그렇다는 이야기는!"

"그러니 앞으로 드레이크, 자네가 콜드란세 2호의 제독일세. 자네 부하인 레이나란 처자가 부제독이 될 걸세. 생각 외로 마법에 대한 이해가 빨라서 다른 부분의 조작도 가능하거든."

"제독? 내가? 비공정의?"

제독이라는 말에 드레이크가 눈을 휘둥그레 떴다.

"지난번에 자네가 한 일에 대한 소소한 보상이라네."

한 달 전, 쉬르 왕국과 다른 국가 연합의 지원을 받아 결성된 교단의 함대와 바다 위에서 마주친 적이 있었다.

격렬한 해전을 예상하며 다들 긴장했지만 드레이크만은 여유롭게 적 함대를 바라봤다.

갈고리를 빼내고 거대한 크라켄을 다수 소환한 이후, 드레이크는 교단 측 함대로부터 뒤돌아섰다. 여기저기서 터져 나오는 교단 측 해병들의 비명을 코러스 삼아 그는 능청맞은 얼굴로 콧노래를 불렀다.

"내, 내가 비공정을… 진짜로……"

드레이크는 넋을 잃은 채로 혼잣말을 중얼거렸다.

"설마 하늘을 날지 못해서 실망인가?"

"아뇨! 아닙니다요! 제 꿈 중 하나가 엄청나게 거대한 배를 직접 몰아보는 거였습니다! 이제 그 꿈을 이뤘습니다! 얏호!"

드레이크는 마치 소년처럼 팔짝팔짝 뛰며 기쁨을 감추지 못했다.

"저렇게 좋나? 허허……"

렌딜은 집무실 안을 방방 뛰어다니는 드레이크를 보며 이해할 수 없다는 반응을 보였고, 그레인은 가볍게 웃음 지을 뿐이었다.

"그러면 다음 건은… 오래간만에 배교자 구출 말고 다른 일을 해보게 되겠구먼."

렌딜의 책상 위에 결정을 기다리는 서류는 단 한 장 남아 있었다.

"그레인, 코어 발굴을 위한 유적지 탐사에 투입될 인원은 몇 명인가?"

"경험자인 저와 크루겐이 우선적으로 참여하고, 저희들과 손이 잘 맞는 베스티나가 합류할 예정입니다."

"그 외 인원은? 대공께서는 이번에 참여하지 않나?"

"대공 전하는 제외하기로 했습니다."

"그래? 그렇다면 한 명 더 필요하지 않나?"

아까 드레이크의 기뻐하던 표정 못지않게 렌딜의 얼굴에는 기대감이 가득했다.

"렌딜 님?"

"이번 일, 나도 참여하겠네!"

　　　　　　*　　　　　　*　　　　　　*

이레귤러가 한동안 교단 내의 배교자 구출에 주력한 지도 어느덧 4개월째.

비공정 안에 구출된 이들을 위한 공간을 따로 마련해 줄 정도로 성과를 이뤘다.

덕분에 긍정적인 이미지 확보와 조직의 규모를 늘리는 데 성공한 이레귤러는 다른 방향으로 전진을 꾀했다.

바로 기존에 있던 하이브리드들을 본질적으로 강하게 만들 수단, 즉 코어의 추가 이식에 쓸 새로운 코어를 발굴이었다.

그레인을 포함한 네 명이 향한 곳은 자이투르스 고위 사제를 구출한 지역 근방에 있는 지하 유적.

그레인과 크루겐에게 어두컴컴한 지하 유적 안을 돌아다니는 일은 익숙했다. 렌딜 역시 젊었을 시절에는 혼자서 유적을 돌아다니며 경험을 쌓았기에 두려워하는 기색은 전혀 없었다.

"베스티나, 긴장됩니까?"

"이전과는 확실히 느낌이 다르네."

단 한 명, 베스티나만은 횃불이 밝힌 시야 여기저기를 꼼꼼하게 살폈다.

코어를 확보하는 일은 이전 결사대에 합류한 직후 여러 차례 겪었지만 맥스가 교단에게서 가로챈 후 숨겨났던 걸 회수하는 수준이었다.

그러나 이번은 직접 코어를 발굴하러 가는 길이라 긴장을 늦출 수 없었다.

"왠지 즐거워 보이십니다만……."

반면 횃불을 들고 일행의 선두에 선 렌딜의 걸음은 경쾌했다.

"응? 나 말인가?"

"방금 전 콧노래까지 흥얼거리는 거, 분명히 들었다고요."

그레인과 크루겐의 지적에 렌딜은 걸음을 멈췄다.

"그동안 내가 한 일이 좀… 이 아니라 많이 따분했다네. 가만히 책상 앞에 앉아서 서류를 결재하는 일 따위 답답할 뿐이고. 덕분에 몇 달 넘게 땅에 발을 디뎌본 기억밖에 없었지. 그러니 이번 기회에 숨 좀 돌려보려고 나온 것일세."

"혹시 이걸 위해서 비공정의 조작 방식을 개편한 것 아닙니까?"

"들켰나?"

렌딜이 뒤를 돌아보며 가볍게 웃었다.

"그런 것도 있지만, 아무래도 난 그 사제라는 사람들이 껄끄러워서 말이지. 고리타분해서 영⋯⋯."

사실 그레인 역시 마찬가지 심정이었다.

맨 처음 구출한 아르구테스는 교구에서의 평처럼 비공정에 와서도 문제가 전혀 없었다.

그러나 이후 추가로 구출한 교단의 성직자들에 이르러서는 조금씩 크고 작은 문제가 발생하기 시작했다.

사람은 쉽게 바뀌지 않는다.

교단에게 버림받았음에도 그들은 몸에 밴 습관을 쉽게 고치지 못했다. 그들끼리 모여 미사를 지내는가 하면, 더 이상 성직자가 아니라는 현실에 좌절하며 괴로워하기도 했다.

그러나 그런 이들을 받아들이기로 결정한 시점에서 이런 경우를 예상했기에 조용히 수습하는 선으로 끝냈다. 이레귤러의 기존 멤버들은 시간이 모든 걸 해결해 주리라 믿으면서 인내했다.

"렌딜 님께서 그렇게 생각하실 줄은 미처 몰랐습니다."

그럼에도 이레귤러의 초기 인원 중 조금도 내색하지 않았던 사람이 바로 렌딜이었다. 그런 그가 이런 식으로 말을 꺼낸 건 그레인으로서도 의외였다.

"그들을 그런 방식으로 받아들이자는 제안은 내가 했지만, 부담스러운 건 부담스러운 거야. 다른 사람들 앞에서 티 내지 않으려고 나름 노력했다네. 내가 이런데 자네들 심정은 오죽하겠나?"

"······."

"그 부분에 대해서는 항상 미안하게 생각하고 있네."

다시 움직이기 시작한 렌딜의 걸음은 이전보단 조금 느려졌다.

"그리고 무작정 바람 좀 쐬려고 나온 것만은 아니라네. 내가 자리를 비운 사이, 두 명이 어떻게든 비공정 안의 분위기를 바꿔주기를 바라고 나온 거네."

"한 명은 대공 전하겠군요."

렌딜은 비공정을 떠나면서 이전까지 자신이 하던 일을 펠릭스에게 승계했다.

"나머지 한 명은 모르겠나?"

"잘 모르겠습니다."

"그 실없는 자네 동료 말일세."

"드레이크 말입니까?"

비공정의 제독으로 정식 임명된 드레이크가 언급되자 그레인은 의외라는 표정을 지었다.

"무언가 바꾸려면 무작정 윽박지르기보단 살살 꼬드겨야 할 때도 필요한 법이지. 그 반대의 경우도 마찬가지고."

성격만 따져도 서로 반대편에 선 펠릭스와 드레이크.

그럼에도 둘은 공통점을 지니고 있었다.

베릴란트 왕국의 암흑가와 크라켄 해적단이란 다양한 이들이 뒤섞인 집단을 각각 이끌었다는 점이다.

"내가 자리를 비우는 척하면서 자연스럽게 둘이 내 역할을 나눠 가지도록 유도했지. 어차피 그래봤자 보름 정도겠지만, 그 사이에 서로 다른 성향의 두 사람이 얼마나 제 역할을 해줄지 기대 중이라네."

렌딜은 들고 있던 횃불을 오른쪽 벽에 걸치도록 마법을 구현했다.

"그리고 우리들도 제 역할을 해야겠지?"

좌우로 나뉜 갈림길 앞에 모여 있는 몬스터들을 가리키며 렌딜은 멈춰 섰다.

그레인과 크루겐이 그의 앞으로 가려고 나섰지만, 그보다 먼저 렌딜이 손을 옆으로 내밀며 제지했다.

"자네들은 쉬고 있게나. 오래간만에 손 좀 풀어보려고 하니까."

"괜찮겠습니까? 마법을 쓰기엔 좀……."

"이렇게 좁은 지형에선 비효율적이지."

렌딜은 그레인의 말을 가로채더니 등에 메고 있던 기다란 물건을 집어 들었다.

둘둘 감겨 있던 붕대를 풀자, 나머지 셋이 눈을 크게 떴다.

"그래서 이걸 쓸 걸세."

"그건… 검 아닙니까?"

"잉? 지팡이 아니었어요?"

"검을 쓸 줄 아시나요?"

렌딜은 자신에게 쏟아진 질문에 대답 대신, 허공에 대고 검을 휙휙 휘둘렀다.

"내가 언제 마법만 쓸 줄 안다고 그랬나?"

"그, 그렇긴 했죠."

"전생에 나에 대한 소문을 못 들었나? 아니, 40년 전 일이니 젊은 자네들은 모를 수도 있겠구먼."

순간 검신 전체에 빛이 감돌았다.

일정 이상의 경지에 오르지 못하면 구현이 불가능한 기술인 오러였다.

"난 40대란 늦은 나이에 마법에 입문했지만 그 이전까지 놀고 있었던 건 아니네. 이걸 다루느라 그랬지."

"아, 그렇다면……."

"자네 정도의 실력이라면 진작 눈치챘을 줄 알았는데 말이야."

'설마, 진짜로 오러까지 다룰 줄이야…….'

에르닌을 통해 현생의 렌딜을 처음 만났을 때 느꼈던 이질감.

당시에는 단순히 마나로 신체를 강화시킨 정도로 여겼지만, 지금 확인해 보니 오러였다는 걸 확신할 수 있었다.

"그러면 실력 한번 보여주겠네."

자세를 낮춘 렌딜이 몬스터들을 향해 돌격했다.

오러에 휘감긴 그의 검이 휘둘러질 때마다 남은 잔상에 그레인은 눈을 떼지 못했다.

          *   *   *

"휴우, 확실히 마법을 쓸 때와는 다르군."

가볍게 숨을 내쉰 렌딜이 쥐고 있던 검을 살짝 흔들었다.

칼날에 묻었던 피가 쓰러진 몬스터의 사체 위로 후두두 떨어졌다. 몬스터 사이를 마구 파고들었던 렌딜의 검은 여전히 오러로 빛나고 있었다.

"정말로 오러를 제대로 쓰시는군요."

"놀랐나?"

그리 강력한 몬스터는 아니었지만 원래 특기인 마법이 아닌 오러로 쓰러뜨린 점에 다들 경악했다.

"자, 어느 정도의 실력으로 보이나? 인사치레 같은 건 필요 없으니 냉정하게 판단해 주게나."

크루겐과 베스티나는 둘 사이에 선 그레인을 흘낏 바라봤다.

"최소한 플로이드 님과 동급, 혹은……."

그레인은 허리에 찬 장검의 검 자루를 살짝 매만졌다.

"그 이상으로 보입니다."

"그런가? 그렇다면 나도 많이 녹슬었군."

렌딜은 씁쓸하게 웃으면서 검집에 검을 집어넣었다.

"그런데 왜 검의 길을 추구하셨습니까? 포르테 가문은 대대로 마법사만 배출하지 않았습니까?"

렌딜은 잠시 생각에 잠기더니 검을 쥐지 않은 왼손으로 턱수염을 쓸어내렸다.

"흐음, 거 왜 있지 않은가? 젊었을 적에는 남들이 시키는 것과 다른 방향으로 가고 싶은 욕망 같은 거 말일세. 나도 한때는 젊었거든. 자네들도 젊으니… 아니, 젊었었지? 에잉, 자네들 얼굴을 보면 나이 감각이 무뎌져."

렌딜은 검을 검집에 집어넣고선 그레인 쪽으로 걸어왔다.

"게다가 젊었을 때 마법에는 영 소질이 없다고 판단된 점도 컸지. 그런데 웃기는 건 늦게나마 마법의 길을 걸어갈 때 그전까지 질주했던 검의 길이 많은 도움이 되었다는 걸세."

그레인의 시선이 렌딜의 오른손에 머물렀다.

지금은 흔적만 남아 있는, 굳은살이 생겼다가 사라진 자국에서 검을 쥐고 훈련에 매진했던 증거를 엿볼 수 있었다. 동시에 40년간 검을 완전히 버리지 못한 미련도 엿볼 수 있었다.

"전생에는 렌딜 님의 숨겨진 면모를 전혀 알지 못했습니다."

"하긴, 젊었을 땐 가명으로 활동했으니 몰랐겠군. 괜히 가문 이름 때문에 선입관이 생기는 걸 꺼려 했거든. 그때 썼던 가명이… 이런, 나이를 먹어서 그런가? 생각이 안 나는군. 아무튼 말일세……."

렌딜은 말끝을 더듬으며 그동안 하고 싶었던 말들을 떠올렸다.

"아, 그거였지. 그때 알았네. 목표를 향해 반드시 직선으로 달리지 않아도 된다는 걸. 그리고 실패를 두려워해서는 안 된다는 것도. 특히 마법은 실패를 통해 많은 발전을 이룬 분야일세."

"실패……."

렌딜이 말한 실패라는 단어가 그를 제외한 나머지 세 명에게는 남다르게 와닿았다.

하이브리드라는 존재 자체가 성자를 인위적으로 만들어내려던 과정 중에 발생한 실패의 부산물이었기에.

그리고 베스티나를 제외한 나머지 두 명에게 또 하나의 의미를 지녔다.

실패한 전생을 거쳤기에 실패하지 않은 현생을 질주 중이었다.

적어도 현 시점까지는.

"그래도 검과 마법을 하나로 융합하는 경지엔 결국 오르지 못했지. 20년만 더 젊었다면 계속 매달려 봤을 텐데, 참 아쉽구먼! 아무래도 나이가 나이다 보니. 게다가 지금은 더 중요한 게 있으니 말일세."

교단을 쓰러뜨리기 위해 모인 그레인 일행과 달리 렌딜에게는 또 하나의 소망이 있었다.

하나뿐인 딸을 다시 인간으로 되돌리는 일.

가벼운 언행과 달리 비장해진 렌딜의 표정에 그레인은 그의 속내를 알아챘다.

"그러고 보니 전생의 나는 격동하는 대륙과 딴 세상에 사는 것처럼 가문 밖으로 벗어나지 않았다고 들었네."

"그러셨습니다."

"평화로운 삶이었겠구먼. 딸이 하이브리드가 되는 슬픔도 겪지 않았겠고, 자네들을 만나기 전처럼 마법만을 파고드는 인생이었겠지."

렌딜은 자신은 모르는, 그러나 그레인과 크루겐은 알고 있는 전생의 자신을 상상해 봤다.

"하지만 말일세, 그건 왠지 죽은 거나 다름없는 삶이었을지도 모른다네. 무엇보다 자네들이 미래를 바꾸어준 덕분에 난 지금의 딸을 만날 수 있었지. 사실 그 부분에 대해 이전부터 고맙다는 말을 하고 싶었네."

렌딜은 평소답지 않게 자신의 이야기를 계속 늘어놓았다.

딸인 에르닌의 운명이 변화되기 전까지는 제한된 인간관계 속에서 살았기에 지금처럼 불특정 다수를 받아들여야 하는 현실에 압박을 느끼던 터였다.

그래서였을까, 속에 묵혔던 이야기를 털어놓는 지금이 너무나 홀가분했다.

"휴우, 이제야 속이 좀 시원하군."

길게 한숨을 내쉰 렌딜은 벽에 걸어놨던 횃불을 다시 집어 들었다.

"너무 말이 많았구먼. 자, 갑세."

*　　　　*　　　　*

총 20층으로 구성된 지하 유적.

그레인 일행은 각자 실력을 발휘하며 한 층씩 아래로 내려갔다.

발굴 과정은 생각보다 느렸지만, 예전 같으면 그냥 지나쳤을 것들을 렌딜 덕분에 놓치지 않을 수 있었다.

검과 마법, 두 분야에 능통함은 부수적인 것에 불과했다. 고대의 마법 문자는 물론, 신성 문자까지 두루 익히고 있는 렌딜 덕분에 많은 것을 챙길 수 있었다.

코어는 물론이고, 마법적 지식이 없으면 알아보기 힘든 시약 재료를 입수할 수 있었다. 실질적인 도움이 안 되는 역사적 기록이나 유물도 렌딜에게는 크나큰 즐거움이었다.

그렇게 유적 탐사가 진행되는 와중에 그레인 일행과 렌딜은 많은 이야기를 주고받았다.

회귀한 이들과 그렇지 못한 자들 사이의 오해.

하이브리드와 인간이라는 차이점으로 인해 발생하는 갈등 등등.

평소 꺼내기 힘들었던, 그러나 언젠가는 짚고 넘어가야 하는 문제에 대해 격의 없는 대화가 오고 갔다.

어쩌면 극심한 긴장 속에 진행되었을지도 모르는 유적 탐사.

그러나 모두의 실력과 경험 덕분에 큰 위기 없이 무난하게 진행되었고, 20여 일이 흐른 후 그들은 유적의 마지막 층에 도달했다.

＊　　　＊　　　＊

카르디어스 신성력 1400년 6월 5일.

화르륵!

강렬한 불길이 그레인의 머리를 노리며 뿜어져 나왔다.

"그레인, 막아줘!"

크루겐의 외침에 두꺼운 얼음벽이 세 명의 앞을 막아주었다. 각자 다른 방향에서 뿜어져 나오는 불길이 얼음벽 하나에 집중되자, 렌딜을 제외한 세 명이 각자 다른 방향으로 흩어졌다.

"이거, 생각보다 만만치 않은데?"

유적의 최하층에 그레인 일행을 기다리고 있던 몬스터는 여러 개의 머리를 지닌 거대한 뱀, 히드라.

총 여섯 개의 머리를 지닌 마수의 입에서는 연신 불길이 뿜어져 나왔고, 처음 접하는 몬스터를 앞에 두고 세 명은 빈틈을 찾는 중이었다.

'흐음, 역시 예상대로군. 까다로운데.'

상황을 지켜보고 있던 렌딜의 얼굴에 당혹함이 서렸다.

히드라를 쓰러뜨리는 것 자체만 놓고 본다면 그렇게 어려운 일은 아니었다.

문제는 히드라가 버티고 있는 뒤쪽 벽에서 감지되는 강렬한 마나의 기운이었다.

'내가 생각하는 그게 맞다면 섣불리 공격해서는 위험해.'

렌딜은 히드라를 발견하자마자 전투태세에 들어서려던 세 명을 제지했다. 히드라의 바로 뒤쪽 벽에 강렬한 마나의 기운이 있으니, 절대로 벽을 건드리지 말라고 주의하는 것도 잊지 않았다.

'뭔가 방법이 있을 텐데… 있어야 하는데……'

그레인과 크루겐, 베스티나가 히드라를 상대로 전투를 시작했고, 렌딜은 벽 너머의 변수를 어떻게 해결해야 할지 궁리했다.

그러나 마땅한 방법은 쉽게 떠오르지 않았고, 시간은 계속 흘러갔다.

치이익!

"앗차차!"

히드라의 여섯 개의 머리 중, 맨 왼쪽 머리에 크루겐의 팬텀 대거가 박히는 순간 검붉은 액체가 사방으로 튀었다.

다급히 뒤로 물러선 크루겐이 있던 자리에 연기가 짙게 피어올랐다.

"크루겐, 히드라의 독을 조심해!"

"알았어!"

다급히 대답한 크루겐이 어둠 속으로 녹아들었다.

화르르륵!

그레인은 자신을 향해 집중된 여러 갈래의 불길을 얼음벽으로 둘러싸 막았다. 여섯 개의 얼음벽이 형성한 육각형 안에서 그레인은 트윈 엣지를 꺼내 양손에 하나씩 쥐었다.

'저 벽 너머에서 느껴지는 정체불명의 마나를 어떻게든 막아야 해. 하지만 얼음 창으로 벽을 뚫기엔 위험하고, 도중에 녹아내릴 가능성도 커.'

점점 녹아내리는 얼음벽을 바라보며 그레인은 궁리에 궁리를 거듭했다.

'잠깐, 그 방법이라면?'

그레인의 뇌리에 예전 마탑에서 수련하면서 들었던 렌딜의 조언이 떠올랐다.

'그래, 그런 식으로 냉기를 구현하면 가능할 수도 있어.'

"렌딜 님, 잠시 시간을 좀 벌어주십시오!"

"알겠네!"

그레인이 뒤로 급히 물러섰고, 렌딜이 앞으로 이동하면서 서로 자리를 바꿨다.

정체불명의 마나에 영향을 끼칠까 봐 툰드라의 구현은 처음부터 포기했다. 대신 아까 고안한 방법을 시도하기 위해 그레인은 주변을 견고한 얼음벽으로 감쌌다. 기존과 달리 얼음벽을 완전히 투명하게 만들었기 때문에 멀리 떨어진 히드라의 움직임을 파악하기 충분했다.

나머지 세 명의 움직임도 함께 파악하던 그레인이 고개를 위로 들었다. 바닥과 천장과의 거리를 눈으로 가늠하고선 베스티나 쪽을 바라봤다.

'저 정도 높이라면 충분하겠군. 그렇다면……'

"베스티나, 히드라의 화염을 위로 유도해 주십시오!"

"유도하라고? 알았어!"

베스티나는 대답하기 무섭게 날개를 펼치며 위로 떠올랐다.

히드라가 지닌 여섯 개의 머리 중 세 개가 베스티나를 향해 방향을 틀었다. 베스티나는 천장에 닿을락 말락 한 높이에서 좌우로 이동하며 화염 줄기를 분산시켰다. 서로 교차하는 화염 속을 베스티나는 아슬아슬하게 피했다.

그사이 그레인은 아래로 내민 양손에 각각 얼음 창을 구현했다. 이전과 달리, 얼음 창 안에 추가로 응축된 냉기를 집어넣었다.

얼음 창의 목표는 히드라가 아닌 그 뒤의 벽.

마나의 응집체 자체는 얼리지 않고, 주변을 얼음으로 둘러싸 보호할 작정이었다.

"자네, 방법은 있나?"

렌딜은 히드라를 상대하면서 뒤돌아보지 않고 물었다. 등 뒤에서 느껴지는 그레인의 마나가 심상치 않았기에 그냥 넘어갈 수 없었다.

"벽 안으로 냉기를 직접 주입하겠습니다."

"가능하겠나? 어떤 반응을 일으킬지 모르네!"

"직접 얼리는 게 아니라 주변을 얼음으로 감쌀 겁니다. 절 믿어주십시오!"

그레인의 외침에 렌딜은 뒤돌아선 채로 고개를 끄덕거렸다.

나머지 일행이 각자 다른 방향으로 히드라의 머리들을 유도한 상태. 그레인은 상황을 주시하다가 잽싸게 얼음벽 옆으로 나오더니 얼음 창을 번갈아 가며 던졌다.

'이런, 너무 서둘렀나?'

그레인은 표정을 일그러뜨리며 다시 얼음벽 뒤로 몸을 숨겼다.

첫 번째 얼음 창은 히드라가 뿜어낸 화염에 녹아내렸고, 두 번째 날린 얼음 창은 화염을 피하느라 너무 먼 곳에 박혀서 무용지물이 되었다.

'침착해야 해. 서두른다고 해결되는 일이 아니야.'

자신도 모르는 사이 초조해진 마음을 추스르면서 그레인은 왼손에 또 하나의 얼음 창을 형성했다. 그러면서 히드라가 자신을 주목하지 않도록 한쪽 무릎을 꿇고 조용히 기다렸다.

파바박!

베스티나가 구현한 얼음 창이 히드라의 등을 맞추자, 여섯 개의 머리가 일제히 그녀 쪽을 바라보며 화염을 뿜어냈다.

'지금이야!'

그레인이 던진 얼음 창이 히드라의 왼쪽을 지나, 마나의 응집체로부터 멀리 떨어진 벽에 박혔다. 그와 동시에 얼음 창 안의 응축된 냉기가 벽 너머 빈 공간에 빠르게 퍼져 나갔다.

'아직 끝나지 않았어. 이제부터 진짜 시작이야.'

그레인은 손가락 끝을 굽혔다 펴는 일을 반복하면서 벽 안을 메운 냉기를 조심스럽게 제어했다.

'마나의 응집체를 직접 얼리지 않으면서 둘러싸는 식으로……'

단순히 벽 안쪽의 '무언가'를 얼리는 일이라면 이런 식의 세세한 제어는 불필요했다.

그러나 벽 너머에서 뿜어져 나오는 마나의 응집체를 직접 볼 수 없었기에, 마나가 느껴지는 부위에 서서히 다가가는 식으로 냉기를 제어 중이었다.

"으윽!"

얼음벽을 뚫고 뻗어나간 불줄기에 그레인의 얼굴이 확 일그러졌다. 히드라의 여섯 개의 머리 중 하나가 그레인을 노리고 화염을 뿜어내는 순간, 그레인은 다급히 옆으로 피했지만 완전히 벗어나지는 못했다.

"그레인!"

베스티나가 날개를 접으며 다급히 그레인 옆에 착지했다. 내려오기 전에 그녀가 구현한 얼음벽이 추가로 뿜어져 나온 불길을 막아줬다.

파아앗.

순백의 날개에서 피어오른 빛이 유적 최하층을 가득 메웠다. 불길이 훑고 지나간 그레인의 오른팔 역시 빛에 감싸이더니, 시커멓게 변해 버린 피부가 벗겨지면서 그 안쪽에서 새살이 돋아났다.

"괜찮아?"

"괜찮… 습니다."

전생에는 느끼지 못했던 화염의 고통.

이미 불길은 완전히 사라졌고, 불타 버렸던 부위도 원래대로 돌아갔지만 화상 특유의 뜨겁고 쓰라린 느낌이 여전히 오른팔에 남아 있는 듯했다.

그럼에도 그레인의 왼팔은 여전히 벽을 향해 내밀고 있었다. 극심한 고통 속에서도 벽 너머의 냉기를 제어하는 걸 잊지 않았다.

"방어는 나에게 맡겨!"

히드라의 여섯 머리에서 동시에 뿜어져 나온 불길이 그레인을 향해 뻗어갔고, 베스티나 역시 지지 않고 얼음벽을 연달아 구현하면서 정면으로 다가오는 불길을 막아냈다.

냉기와 화염의 밀고 밀리는 격전이 펼쳐지는 동안, 그레인은 펼쳤던 왼손을 꽉 움켜쥐었다. 마나의 근원을 건드리지 않으면서 주변을 얼음으로 둘러싸는 데에 성공했다.

"이제 됐습니다!"

"정말이야?"

"하지만 아직입니다!"

그레인은 한 쌍의 단검, 트윈 엣지 중 하나를 왼손으로 뽑아 들었다.

아까 보이지 않는 벽 너머에서 냉기를 제어했을 때 느꼈던, 여전히 손끝에 남아 있는 감각이 사라지기 전에 히드라를 쓰러뜨릴 준비를 했다.

그레인이 움켜쥐고 있는 트윈 엣지에 거듭해서 냉기를 불어넣자 칼날 위로 서릿발이 돋아났다.

"지금입니다!"

그레인의 외침에 베스티나는 얼음벽을 형성하던 냉기를 다급히 거두어들였다.

둘의 앞을 가로막고 있던 얼음벽이 빠르게 녹아내리며 사라졌고, 그레인이 던진 트윈 엣지가 히드라를 향해 빠르게 날아갔다.

화르륵!

히드라의 각기 다른 여섯 개의 머리가 입을 크게 벌리더니 트윈 엣지 하나만을 노리며 강한 불길을 뿜어냈다.

뜨거운 불길을 가르며 날아가던 트윈 엣지가 순간 공중에서 멈추더니 푸른빛을 발했다.

휘이잉!

불길을 뚫고 사방으로 퍼져 나간 냉기가 마치 일렁이는 화염처럼 히드라의 머리들을 노리고 각기 다른 방향으로 뻗어나갔다.

'냉기를 화염처럼 그리고 다시 냉기로……'

렌딜이 알려준 '서리불꽃'.

그레인은 냉기를 단순히 고체가 아닌, 화염처럼 자유롭게 퍼져 나가는 형태로 구현했다. 전생에 화염의 힘을 다루던 때를 머릿속에 상기하면서.

화염의 특성은 불길이 닿는 부분에만 열기가 전달된다.

그레인은 트윈 엣지에서 퍼져 나간 냉기를 일렁이는 부분에만 머물도록 제한시켜 힘이 분산되는 걸 막았다. 고체가 아니었기에 직선이 아닌 곡선으로 방향을 트는 것도 가능했다.

"호오?"

방어에 전념하던 렌딜의 입에서 감탄사가 터졌다.

불꽃처럼 일렁이면서 자유롭게 뻗어나간 그레인의 냉기가 불길을 피해 히드라의 여섯 머리를 동시에 휘감았다.

"정말로 이런 식으로 구현할 줄이야……."

예전에 한번 보여주긴 했지만 진짜로 냉기가 화염처럼 구현되는 장면을 렌딜은 멍하니 바라봤다.

히드라는 냉기가 오는 방향으로 화염을 연신 뿜어냈지만 그때마다 그레인은 냉기를 제어해 방향을 틀었다.

사방팔방 뿜어져 나오는 화염.

그 화염 사이로 요리조리 피하며 히드라의 비늘 안으로 파고드는 그레인의 냉기.

의미 없는 공격만을 반복하는 히드라의 전신에 서릿발이 돋아나면서 움직임이 눈에 띄게 둔해졌다.

"이 각도라면… 가능하겠군!"

렌딜은 순간 이동 마법으로 히드라의 왼편으로 급히 이동했다.

그리고 오른쪽으로 높이 도약하더니 오러로 빛나는 검을 크게 휘둘렀다. 검이 지나간 자리에 대각선 아래 방향으로 섬광이 잔상처럼 남았다.

"좋았어!"

바닥에 착지한 렌딜이 왼손을 강하게 움켜쥐었다.

단 한 번의 공격에 여섯 개의 머리가 모조리 잘려 나간 히드라가 온몸을 비틀며 광분했다.

휘이잉!

베스티나는 본체와 분리되어 바닥에 꿈틀거리던 히드라의 머리들을 바라보며, 그녀만의 잠재 기술 '빙안'을 발동시켰다.

순식간에 여섯 개의 머리가 얼음 속에 갇혀 더 이상 움직일 수 없었다.

"다시 머리를 뽑아내려고? 그건 안 되지!"

히드라의 머리가 잘려 나간 부위에서 새 머리가 돋아나려고 했지만, 그걸 보고 있을 크루겐이 아니었다.

휙! 휙!

크루겐은 뛰어오르면서 자세를 낮추더니 잽싸게 팬텀 대거를 휘둘렀다. 그는 머리가 잘려 나간 자리에 더 깊은 상처를 남기면서, 독이 튀어 오르는 타이밍에 맞춰 어둠 속에 녹아들기를 반복했다.

쿵!

히드라의 거대한 덩치가 바닥에 쓰러지자 일대에 먼지가 자욱하게 피어올랐다.

그레인은 검 자루 끝에 달린 와이어를 잡아당기며 트윈 엣지를 다급히 회수했다. 모두들 먼지가 가라앉기를 기다리며 긴장했지만, 우려하는 사태는 일어나지 않았다. 힘이 약해진 히드라는 특유의 강한 재생력을 더 이상 발휘하기엔 무리였고, 고통으로 꿈틀거릴 뿐이었다.

잠시 후, 더 이상 움직이지 않는 히드라의 사체를 응시하며 렌딜이 이마의 땀을 훔쳤다.

"휴우, 이제야 끝났군."

렌딜은 허리에 매고 있던 검집에 검을 집어넣었다.

"원래 히드라가 이렇게 강할 리가 없는데 말이야. 아마도 저 정체불명의 마나에 영향을 받아서겠지. 아까 자네가 벽 안을 얼음으로 가두면서 히드라의 불길이 좀 약해진 느낌이기도 하고."

"이젠 괜찮겠습니까?"

"우선 벽을 부순 뒤에."

렌딜은 오른손을 들어 올리더니 손날에 마나를 부여해 허공에 대고 쓱쓱 그었다.

손날의 움직임을 따라 멀리 있는 벽 위에 금이 쫙쫙 그어지더니 박살 난 벽돌 파편이 아래로 우수수 떨어졌다. 잠시 후, 오러가 아닌 마법으로 무너진 벽 안쪽에서 반투명한 얼음벽이 모습을 드러냈다.

"이제 냉기를 거두어도 되네."

"알겠습니다."

굳건한 얼음벽이 스르륵 녹아내리자, 얼음에 가려 보이지 않았던 석재 받침대가 모두의 눈에 들어왔다.

그 위에는 검은색의 구가 놓여 있었다.

"예상했던 것보다 크군."

렌딜은 검은 구에 가까이 다가가더니 두 팔로 조심스럽게 안아 들었다. 지름이 1m 정도 되는 거대한 구였지만, 렌딜 혼자서 들어 올릴 수 있을 정도로 가벼웠다.

"그래도 내 예상이 맞았어. 그래, 그거였어."

"렌딜 님, 저것이 뭔지 알고 계십니까?"

"코어라네."

"네?"

"잉? 우리들의 몸에 이식된 그것과 똑같다고요?"

베스티나와 크루겐이 이해할 수 없는 눈으로 렌딜을 응시했다.

그레인은 그의 대답에 무의식적으로 코어가 이식된 자신의 왼팔을 내려다봤다.

"정확히는 마나 코어라는 명칭으로 불리지. 순수한 마나만을 응축시켜 저장할 수 있는 도구야. 이거나 자네들 몸에 이식된 코어나 모두 상당한 양의 마나가 내제되어 있다는 공통점이 있다네. 그런데 전생에 본 적이 없었나?"

렌딜의 물음에 그레인은 고개를 저었고, 크루겐 역시 마찬가지 반응을 보였다. 전생의 기억을 반복해 더듬어보아도 마나 코어라는 것 자체를 본 적이 없었다. 게다가 마법에 관해서는 그때나 지금이나 문외한이었기에 모르는 게 당연했다.

"잠시 나에게서 물러나 있게나. 엄청난 양의 마나가 안에 들어 있는 만큼 조심스럽게 다뤄야 하는 물건이거든."

도로 받침대 위에 마나 코어를 올려놓은 렌딜은 품에서 돌돌 말린 붕대를 꺼냈다.

혹시라도 미끄러질까 집중해서 천천히 마나 코어를 붕대로 감는 렌딜의 관자놀이에 땀이 흘러내렸다.

"휴우, 이젠 됐네."

붕대 곁에 빽빽이 적혀 있는 마법 문자가 빛을 발하면서 마나 코어의 주위를 맴돌았다. 물리적인 충격은 물론이고, 주변의 마법에 영향을 받지 않기 위한 조치였다.

"사실 내가 자네들을 따라온 이유 중 하나가 바로 이것이라네. 이전에 이곳을 탐사한 적이 있는 사람에게서 강렬한 마나가 느껴졌다는 말을 들었거든. 뭐, 없다면 어쩔 수 없었지만 이렇게 진짜 찾게 되니… 기쁘다네."

렌딜의 입가에 자연스럽게 피어오른 웃음.

단순히 귀중한 물건을 손에 얻어서는 나올 수 없는 흐뭇한 미소였다.

"이렇게 강력한 마나가 응축된 물건이라면 여러모로 쓰일 수 있겠군요."

"중요한 건 마나 코어가 비공정의 동력으로 쓰인다는 거지. 덕분에 비공정의 기능을 더 끌어올릴 수 있겠어. 머리를 쥐어짜 봤지만 이것만은 현재의 마법 기술로 재현하기 힘들었거든."

"대마법사인 렌딜 님이라 하여도 말입니까?"

자신의 이름 앞에 붙은 칭호에 렌딜은 머쓱한 웃음을 지었다.

"전에도 말했던 것 같지만, 마법이란 항상 발전만 하는 게 아니라네. 아주 먼 옛날에 제작된 비공정을 지금의 마법 기술력으로는 새롭게 제작하지 못한다는 게 그 증거 중 하나이지."

마법이란 분야의 정점에 다다랐다고 평가받은 렌딜이지만, 그는 결코 오만하지 않았다.

마법을 파고들면 파고들수록, '앞서간 자'들이 만들어놓은 것을 여전히 극복하지 못했음을 직접 느끼고 체험했기 때문이다.

"그리고 인간 역시 마찬가지라네. 항상 전진만 할 수 있는 게 아니야. 때로는 뒤로 물러서야 할 때가 있는 법이야."

렌딜의 의미심장한 말에 그레인은 조용히 고개를 끄덕거렸다.

"그러면 이제 볼일은 다 봤으니 순간 이동 마법으로 돌아가야 할… 자네는 뭐 하나?"

렌딜은 히드라의 사체 앞에서 무언가를 만지작거리고 있는 크루겐을 바라봤다.

다른 이들이 이야기하는 내내 크루겐의 관심은 다른 쪽에 쏠려 있었다.

치이익.

"어! 이런……."

크루겐은 잽싸게 오른손을 거두어들였다.

히드라의 머리가 잘려 나간 부위에서 뚝뚝 떨어지는 독을 받으려고 했지만, 아래에 대고 있던 시험관이 순식간에 녹아버리며 실패해 버렸다.

"크루겐!"

그레인이 급히 크루겐에게 달려갔다.

"괜찮아?"

크루겐은 그레인의 얼굴 앞에 장갑을 낀 오른손을 내밀더니, 앞뒤로 돌리면서 멀쩡하다는 걸 보여줬다.

"손에 닿기 직전에 빼내서 다친 곳은 없어. 그것보다 아깝네. 이번에는 잘될 줄 알았는데. 끄응."

크루겐의 왼손 손가락 사이에는 아직도 세 개의 시험관이 끼워져 있었지만, 이런 식이라면 계속 시도해 보나마나 같은 결과만 보였다.

"자네, 뭘 하는가 싶었더니만… 히드라의 독이 필요했나?"

"네. 그런데 보다시피 담는 것조차 안 되네요."

"히드라의 독은 워낙 독해서 그런 걸로 담을 수 없다네. 그거, 이리 줘보게."

렌딜은 크루겐에게 빈 시험관을 하나 건네받았다.

"이렇게, 쉽사리 녹아내리지 못하도록……."

렌딜은 손가락을 쥐었다 펴기를 반복하면서 시험관의 표면에 마나의 장벽을 여러 겹으로 둘러쌌다.

그런 뒤 본인이 직접 시험관에 독을 채우고서 아까처럼 마나의 장벽으로 둘러싼 마개로 시험관을 봉했다.

"자, 이 정도면 충분한가?"

"이왕 하신 김에 하나 더 부탁드릴 수 있을까요? 이번에는 독을 농축시켜서요."

"못 할 거야 없지. 그리고 더 좋은 방법이 생각났네. 우선은……."

렌딜은 크루겐에게 히드라의 껍질을 벗겨 오라고 지시했다.

독에 닿지 않게 조심스럽게 벗겨낸 껍질을 크루겐이 가져오자, 렌딜은 왼 손바닥 위에 놓고 오른손으로 아까와 똑같은 동작을 반복했다.

그러나 결과물은 방금 전과 달랐다. 손가락 끝에서 흘러나오는 마나로 가는 '실'을 형성하더니 아까 잘라낸 히드라의 껍질을 꿰매기 시작했다.

"이 정도면 되겠지. 그러면 다음은……."

시험관에 쏙 들어갈 크기로 히드라의 껍질을 '재단'한 렌딜이 왼손을 히드라의 사체 쪽으로 내밀었다.

바닥에 흘러내려 작은 웅덩이를 이루고 있던 히드라의 독이 렌딜의 마나에 이끌려 꿈틀거리기 시작했다. 시간이 흐를수록 점점 작아지기 시작한 독 웅덩이가 어느새 시험관 하나를 간신히 채울 만한 양으로 줄어들었다.

"히드라의 독이 아무리 강해도 정작 히드라에겐 통하지 않잖은가? 그러니 껍질을 쓰면 된다네."

"아, 그렇죠!"

"자, 여기 있네. 그런데 굳이 이걸 가져갈 필요가 있나?"

"그게 말이죠……."

크루겐은 히드라의 독을 담은 두 개의 시험관을 허리 주머니에 넣었다.

"이렇게나 강한 독으로도 죽이기 힘든 상대를 언젠간 만나야 하거든요."

"굳이 누군가를 죽일 독이라면 더 강한 것도 많을 텐데… 필요하다면 제작해 줄 수도 있다네."

"아니에요. 더 강한 독이야 이것 말고도 수두룩하겠죠. 하지만 고통만은 히드라의 독이 제일 강하죠? 해독하기도 까다로우면서."

주머니의 바깥쪽을 어루만지며 크루겐은 입꼬리를 살짝 올렸다.

*　　　*　　　*

"어? 저기! 저길 봐!"

"그분들이 오시는 것 같은데?"

갑판 위를 청소 중이던 드레이크의 부하들이 손을 모아 선수 쪽을 가리켰다.

비공정의 선수 근처에 그려져 있는 마법진 위로 빛이 솟아올랐다. 잠시 후, 빛이 사라지면서 그 안에서 흐릿하게 떠올랐던 네 명의 모습이 선명해졌다.

"으, 햇빛이……."

그레인은 눈을 질끈 감으며 고개를 옆으로 돌렸다.

눈썹 근처에 손을 대고 정면으로 고개를 돌렸지만, 눈부신 태양빛에 여전히 눈이 부셨다. 보름이 넘도록 어두컴컴한 지하 유적에 있었던 터라 푸른 하늘 위에서 쏟아지는 햇빛을 당장 받아들이기엔 무리였다.

다른 이들 역시 마찬가지였고, 베스티나 혼자만이 아무렇지 않게 주위를 둘러볼 수 있었다. 빛의 코어를 이식받은 그녀에게 강렬한 햇빛은 아무런 영향도 주지 못했다.

"이런, 이런. 저녁쯤에 돌아올 걸 그랬나? 어두운 곳에 계속 있다 보니 시간 감각이 둔해졌어. 오늘이… 흐음, 6월 4일인가?"

"5일입니다."

"그런가? 벌써 시간이 그렇게나 흘러갔구먼. 일주일도 채 못 되는 시간인 줄 알았는데. 그래도 오래간만에 몸을 움직이니 머리도 좀 개운해진 기분이로군."

렌딜은 눈을 깜박거리면서 지하 유적에서 느끼지 못했던 시원한 바람을 만끽했다.

그사이 선원들의 보고를 받고 막 갑판 위로 올라온 드레이크가 허겁지겁 렌딜을 향해 달려왔다.

"무사하시군요!"

"내가 자리를 비운 사이 별일 없었나, 드레이크 제독?"

"렌딜 님이 걱정하실 일은 없었습니다. 오히려 상황이 좀 나아진 편이죠. 그나저나 성과는 어떤가요? 제스테일 님이 반드시 '그것'을 가지고 오길 바라시던데… 응?"

드레이크는 돌연 하던 말을 멈추고 고개를 두리번거리더니 코를 킁킁거렸다.

"이게 무슨 냄새지? 이끼 냄새 같기도 하고, 곰팡이 냄새도 섞인 것 같고. 크루겐, 너 그동안 제대로 씻긴 했냐?"

드레이크의 지적에 크루겐은 발끈하며 얼굴에 두른 머플러를 내렸다가 도로 코 위로 올렸다.

자신의 몸에서 풍기는 냄새 못지않게 적응하기 힘든 냄새가 드레이크로부터 풍겼기 때문이다.

"유적 탐사하느라 정신없었던 사람에게 뭘 바라는 거야? 그러는 너야말로 네 몸에서 나는 짠 내 좀 어떻게 해봐!"

"짠 내? 바닷사람이라면 당연한 향기 가지고 괜한 트집 잡지 마!"

"향기 같은 소리하고 있네. 잠깐, 너 술도 마셨냐?"

"폭 넓은 사교를 위해서야!"

드레이크와 크루겐은 서로를 마주 보며 똑같이 따라 하듯 코를 부여잡고 인상을 썼다.

'어? 그렇다면 나도?'

팔소매에 코를 가져간 베스티나의 안색이 확 변했다.

"그, 그레인. 나는 먼저 좀⋯⋯."

"알겠습니다. 보고는 저와 크루겐이 하겠습니다."

"미안해!"

베스티나는 그레인의 말이 끝나기 무섭게 갑판 아래로 통하는 출구를 향해 황급히 달려갔다.

"저런, 굳이 갈 필요는 없는데 말이야."

렌딜은 아무렇지도 않다는 표정으로 마나를 오른손에 모으더니, 머리 위에서 발끝까지 쓱 훑었다. 그러자 아까 드레이크가 지적했던 냄새가 순식간에 사라졌다.

"그리고 자네도. 그리고 크루겐도."

렌딜은 마법으로 나머지 인원의 냄새를 모두 지우고서 손을 탁탁 털었다.

그러나 두 사내의 다툼은 여전히 계속되었다.

"자네 친구들은 여전하구먼."

"그러게 말입니다."

그들이 자리를 비운 사이에도 드레이크는 여전했다.

단, '다른 이들'마저 그러면 곤란하다는 생각에 렌딜의 얼굴
이 살짝 굳었다.

"그나저나 그동안 비공정 분위기는 어땠나?"

"분위기 말입니까?"

드레이크는 주위를 둘러보더니 씨익 미소를 지었다.

"좀 끝내줬습니다요."

*　　　　*　　　　*

렌딜 대신 집무실을 지키고 있던 펠릭스.

집무실 분위기는 전과 크게 달라진 점은 없었다. 굳이 바뀐
부분을 꼽는다면, 그의 체중을 버티기 위해 렌딜의 것보다 훨
씬 크고 튼튼한 의자가 마련되었다는 것뿐이었다.

"베스티나와 렌딜 님은?"

"베스티나는 사정이 있어서 먼저 개인실로 돌아갔습니다. 렌
딜 님은 유적에서 발굴한 물건들을 정리하기 위해 연구실로 가
셨습니다."

"그러면 모두 무사히 돌아왔다는 이야기로군. 성과는?"

"크루겐, 보여 드려."

크루겐은 보따리에서 코어를 꺼내 하나씩 탁자 위에 올려놓았다.

"이것 말고도 여러 개가 있지만, 마법에 쓰이는 것들이라 렌딜 님이 연구실로 가져갔지요."

"그런가. 나름 성과가 있는 것 같아서 다행이로군."

"그나저나… 저희들이 없는 사이 비공정 안 분위기가 바뀐 것 같습니다만."

그레인과 크루겐이 집무실로 오는 도중 마주친 옛 교단 소속 성직자들의 반응이 다소 묘했다.

우물쭈물하는 그들의 행동은 이전과 명백히 달랐다. 둘을 다소 어렵게 대한다는 기분을 지우기 힘들었지만, 그렇다고 두려워한다는 눈빛은 아니었다.

눈치를 보는 듯한 느낌이랄까.

"별일 아니다. 렌딜 님과 다른 방식으로 대했을 뿐이었다."

"구체적으로 어떤 일이었습니까?"

"그건……."

펠릭스는 무릎에 손을 올리고 이야기를 시작했다.

*　　　　　*　　　　　*

하이브리드를 인간으로 여기는 이들만 구출했다 하여도, 그들은 오랫동안 교단의 성직자로서 그곳에 몸을 담았던 이들이었다.

그렇기에 생길 수밖에 없었던 눈이 보이지 않는 균열들.

렌딜이 자리를 비운 사이, 그 작은 금들이 하나로 이어지면서 다른 이들과의 충돌이 발생했다.

선원들, 옛 사제들, 그리고 이레귤러의 멤버들이 갑판 위에서 서로 뒤엉켜서 언쟁을 시작한 것이다.

아르구테스와 드레이크가 그들 사이에 끼어들어 말리려고 했지만, 한번 불붙은 싸움은 쉽게 가라앉을 기미조차 보이지 않았다.

자칫 잘못하면 누군가 피를 보게 될지도 모르는 상황.

팽팽한 긴장 속에서 더 격한 싸움으로 퍼져가려는 순간, 갑판 아래에서 거대한 덩치의 펠릭스가 모습을 드러냈다.

"모두 뭣들 하는 짓인가!"

펠릭스의 일갈에 뒤엉켜 싸우던 이들은 얼어붙은 듯 움직이지 못했다.

그는 서로 멱살을 붙잡고 싸우던 이들에게 떨어지라고 손짓했다. 사람의 머리 하나만 한 주먹을 강하게 움켜쥐고 있는 그의 지시를 거역할 수 있는 자는 아무도 없었다.

드레이크가 황급히 그에게 다가가 사정을 설명하려 했지만, 펠릭스는 필요 없다며 손을 저었다. 모두의 관심이 싸움에 쏠린 사이, 갑판 위로 통하는 출구 안쪽에서 모든 상황을 지켜보고 있었기에.

"지금 너희들이 어떤 입장에 처했는지 모르는 것 같군."

그 누구도 이제까지 말하지 못했던, 그러나 반드시 해야 했던 말들이 펠릭스의 입에서 쏟아져 나왔다.

옛 성직자였던 이들의 마음 한편에는 아직도 교단에 대한 미련이 남아 있었다. 교단에게 버림받고, 교단을 떠났음에도 여전히.

그들은 신에게는 버림받지 않았다는 기대를 안고서 예전 교단에 머물렀을 때처럼 기도를 하고 신에 대한 믿음을 포기하지 않았다. 그리고 더 나아가 그것을 다른 이들에게 권하기까지 했다.

그런 그들에게 펠릭스는 과격하면서 직설적인 말로 현실을 깨달으라며 꾸짖었다. 그의 말이 계속 이어지면서 분위기는 무거워졌고, 사제였던 이들은 선원들의 멱살을 붙잡았던 손을 아래로 내리고 고개를 푹 수그렸다.

"이곳에서 균열을 일으키면서까지 믿음을 관철하고 싶다면 직접 성지에 데려다주겠다."

말을 마친 펠릭스는 비공정 아래를 손으로 가리켰다.

당연히 비공정에서 내리는 이는 아무도 없었고, 사제들은 그가 갑판 아래로 내려갈 때까지 계속 고개를 숙이고만 있었다.

*　　　　*　　　　*

"와, 진짜 그렇게 대놓고 지르셨어요? 사실 그치들에게 현실 인식 좀 하라고 쪼고 싶었지만, 괜히 나섰다가 분위기만 망칠 것 같아서 끙끙댔는데……."

크루젠은 당시의 상황을 상상하면서 뒤통수를 긁었다.

만약 그 자리에 자신이 있었다면 꽤나 난감했을 거란 생각을 하면서도 후련하다는 기분을 감추지 않았다.

"그런데 한바탕한 것치고는 그렇게 분위기가 썩 나쁜 것 같지는 않던데요? 저희를 어색하게 대하긴 했지만, 반대로 너무 두려워하지는 않았거든요."

"제독의 역할이 컸지."

"드레이크가요?"

다시 시작된 펠릭스의 이야기는 드레이크가 '드레이크'답게 행동했던 일로 이어졌다.

                    *   *   *

펠릭스가 자리를 뜨자, 남은 사제들은 기죽은 얼굴로 갑판만 내려다보고 있었다.

그런 그들의 어깨를 툭툭 건드리며 다가온 사내가 있었다.

"기분도 꿀꿀한데 한판 어때요?"

드레이크는 오랫동안 사용해서 손때가 묻은 카드 뭉치를 넌지시 내밀었다.

얼마 전까지 교단에 몸을 담았던 그들은 도박은 안 된다며 손사래를 쳤지만, 드레이크는 물러서지 않고 능글맞은 얼굴을 불쑥 내밀었다.

"왜요? 여러분들, 더 이상 성직자도 아닌데요? 교리를 지킬 이유는 더 이상 없잖아요."

그의 끈질긴 설득에 사제들은 갑판 아래 식당으로 내려갔다.

갑자기 벌어진 도박판에 사제들은 처음에 어색해하며 대다수가 구경만 했지만, 시간이 흐르면서 하나둘씩 참여했다.

거기에 드레이크가 평소 아껴두던 술까지 개봉하자, 분위기가 점차 달아오르기 시작했다. 교단이라는 테두리에 갇혀 있었던 전직 사제들은 처음 맛보는 속세의 즐거움에 조금씩 빠져들기 시작했다.

그 후로 몇 번 더 충돌이 발생하긴 했지만, 펠릭스의 호통과 드레이크의 회유가 번갈아 가며 이어지면서 분위기가 점차 바뀌었다.

각자의 불만을 억지로 참지 않고, 서로 부딪치더라도 말하는 방향으로.

* * *

"참고로 아르구테스가 판돈을 가장 많이 땄다고 하더군."

"그분이요? 정말 의외네요. 나중에 판 벌이면 나도 끼워달라고 할까……."

크루겐은 허리 주머니 안의 동전을 슬쩍 만지면서 미소 지었다.

"드레이크답군."

그레인의 뇌리에 돈을 따기는커녕 '분명히' 잃으면서 억울해할 드레이크의 얼굴을 떠올랐다. 자연스럽게 그의 입술 사이로 피식하는 웃음이 새어 나왔다.

"왜 술 냄새를 풀풀 풍기나 싶었는데, 그치들과 계속 술 마셨나 본데."

"아마도 새벽 넘게 술잔치를 벌였을 거다. 사제들도 낀."

"뭐라고 안 하셔도 되요?"

"크게 소란을 피우지 않고 이곳 규칙만 지키면 상관없다."

"확실히… 이전과 달리 서로 눈치를 보기 시작하니 낫긴 하네요. 엄밀히 따지면 그건 그것대로 번거롭지만 말이죠."

렌딜과 함께 지하 유적으로 떠나기 전까지의 분위기는 답답한 감이 없지 않았다.

지금은 조금이나마 분위기가 변화했음을 분명히 느낄 수 있었다. 예상보다 긍정적인 방향으로.

"그런데 전하, 내키지 않더라도 그치들에게 다독거리는 말 한마디 정도는 해주시는 게 낫지 않아요? 너무 쓴소리만 하는 입장이 되어버리면 전하만 손해 보잖아요."

"상관없다. 그런 식으로 문제가 해결될 수만 있다면 그걸로 족하다. 예전 베릴란트 성에 머물렀을 때에도 이런 일은 여러 번 겪었으니 크게 개의치 않는다."

사고로 인해, 그리고 코어의 이식으로 인해 변해 버린 펠릭스의 인상.

그는 자신이 할 수 있는 것과 없는 것을 확실히 구별했고,

없는 쪽에 크게 미련을 두지 않았다.

"그리고 내가 누군가에게 따뜻한 말을 해봤자 얼굴과 어울리지도 않는다."

"흠흠! 그 질문에 대답해야 하는 저희들의 입장이 꽤나 난처하다는 거, 아시나요?"

"따뜻한 말은 물론 가벼운 농담도 어울리지 않는군, 나에게는."

펠릭스는 쏩쓸하게 웃으면서 시선을 아래로 내렸다. 렌딜이 자리를 비운 사이 그가 임의로 처리한 문서들이 무질서하게 탁자 위에 쌓여 있었다.

"아, 그레인. 이걸 잊을 뻔했다."

펠릭스는 탁자 구석에 놓여 있던 편지를 집더니 그레인 앞에 턱하니 놓았다.

"이건… 듀란의?"

"사적인 서신이라 여겨서 개봉하지 않았다."

그레인은 한 달에 한 번, 듀란과 정기적으로 서신을 주고받았다.

비록 다른 길을 택하긴 했지만, 그의 목적 자체는 바뀌지 않았기에 이런 식으로나마 결사대의 동향을 듀란을 통해 보고받고 있었다.

"어? 잠깐만. 지난번 편지가 온 지 아직 한 달 안 되었잖아? 보름도 안 지났는데? 그사이 급한 일이라도 생긴 건가?"

"……."

그레인은 크루겐의 말에 대답하지 않고 한 번 읽은 내용을 처음부터 다시 찬찬히 확인했다.

그러나 있어서는 안 되는 내용을 재차 확인한 그의 얼굴은 심각하게 변했다.

"왜 그래? 얼마나 심각하길… 래……."

옆에 고개를 내밀며 함께 읽던 크루겐의 표정 역시 그레인과 마찬가지였다.

"이 편지가 도착한 게 언제였습니까?"

"일주일 전 즈음이었다. 급히 알아야 할 내용이라도 있나?"

그레인은 대답 대신 편지를 뒤집어 펠릭스가 읽을 수 있도록 내밀었다.

천천히 내용을 읽던 펠릭스의 표정이 돌연 일그러졌다.

"동생이……?"

앞선 둘의 표정보다 더욱 심각하게.

*　　　　*　　　　*

카르디어스 신성력 1400년 5월 5일.

조력자들과의 비밀회의가 끝난 베릴란트 왕궁의 알현실.

회의의 성격상 모든 경비병이 물러난 알현실 안에는 왕인 스코트와 경호원인 크로드만 남았다.

"흐음……."

스코트의 한마디가 고요함을 깨뜨렸다.

비밀회의를 마친 지 10여 분이 흘렀지만, 돌아와야 할 경비병들이 보이지 않았다.

"크로드."

"네, 폐하."

"아무래도 이곳에 우리들 말고 쥐새끼들이 숨어 있는 것 같은데?"

"잠시 확인해 보겠습니다."

크로드는 왼손의 검지와 엄지를 입안에 넣고 휘파람을 불었다.

그러나 만약을 대비해 알현실 밖 여기저기에 잠복시켰던 비밀 경호원들의 반응은 전무했다. 크로드는 직접 밖으로 나가 확인하려고 했지만 도로 걸음을 멈췄다.

지금 같은 상황에서 자신마저 왕의 곁을 떠나서는 안 되었기에.

"미리 처리했나 보군."

스코트는 오른손으로 턱을 괴더니, 왼손으로 팔걸이 부분을 톡톡 건드렸다.

언젠가는 이런 일이 닥칠 거라 예상했기 때문에 크게 당황하지는 않았다.

"교단 측에서 보냈을 수도 있겠지만, 그것보다는……."

스코트는 비밀회의에 참석하기 위해 베릴란트 성에 몰래 들어온 조력자들부터 의심했다.

삼엄한 경계를 뚫고 성안으로 들어오려면 조력자들의 부하로 동행하는 편이 훨씬 수월했기에.

"그자들이 데리고 온 이들 중에 있을 수도 있겠군. 역시 모두를 믿을 수는 없고, 믿어서도 안 돼."

도와주겠다는 약속을 받아내긴 했지만 예외는 당연히 있을 수밖에 없다.

쨍그랑!

테라스 쪽으로 통하는 유리창이 모조리 깨지면서 알현실 안에 강한 바람이 불었다.

그와 동시에 촛대에 꽂혀 있던 촛불들과 벽에 걸려 있던 횃불이 모조리 꺼지면서 알현실은 어둠에 잠겼다.

"그렇게 나온다, 이거지?"

스코트는 아무렇지 않게 왕좌의 팔걸이 아래로 손을 슬쩍 내리더니, 손끝으로 숨겨져 있던 장치를 가동시켰다.

팟! 팟! 팟!

벽 안쪽에 숨겨져 있던 보석들이 순서대로 빛을 발했다.

"으, 으윽?"

"이 빛은?"

알현실에 숨어 있던 암살자는 총 열 명.

그들은 어둠을 밀어낸 빛에 순간 당황하면서 주춤거렸다.

그 짧은 틈을 놓치지 않고, 크로드가 뽑아 든 검이 가장 가까이에 있던 암살자의 가슴을 꿰뚫었다.

"폐하! 이들은 저에게 맡기시고……!"

그러나 크로드의 말이 채 끝나기도 전에 나머지 암살자들은 재빠르게 스코트를 향해 달려갔다.

'멀리서 대기 중인 경비병들에게 신호가 갔겠지. 하지만 오는 시간을 감안한다면……'

스코트는 이대로 크로드 혼자 싸우는 것보다는 함께 싸우는 쪽이 생존 가능성이 높다고 판단했다.

픽!

스코트의 정면에 있던 암살자가 머리를 뒤로 크게 젖힌 채로 제자리에 풀썩 주저앉았다. 다른 암살자들은 순간 움찔거리며 더 이상 스코트에게 다가가지 못했다.

"주먹을 써보기는… 오래간만이로군."

스코트는 내지른 주먹을 잽싸게 거둬들이면서 겨드랑이 사이를 붙였다.

"크로드."

"네, 폐하!"

"한 명만은 반드시 살려서 체포해라."

스코트가 양손에 장착한 한 쌍의 너클(Knuckle)이 빛에 반사되어 반짝거렸다.

*   *   *

픽! 픽!

너클을 장착한 스코트의 양손이 암살자들을 노리고 빠르게 뻗었다. 둔탁한 타격음과 함께 또 한 명의 암살자가 무릎을 꿇었고, 나머지는 섣불리 스코트에게 다가가지 못했다.

형과 달리 정확도와 속도 위주의 치고 빠지는 방식으로 싸우는 스코트의 얼굴은 냉정함 그 자체였다.

반면 복면으로 가려진 암살자들의 얼굴에는 당황하는 기색이 역력했다. 능수능란하게 두 주먹으로 공격하면서 자신들의 공격을 모조리 피하는 스코트의 움직임은 이전에 입수한 정보와는 너무 달랐다.

픽!

"이런 느낌을, 이런 곳에서……."

주먹을 통해 전달되는 익숙하면서도 동시에 낯선 감각에 스코트는 절로 쓴웃음을 지었다.

회귀한 직후, 스코트는 한동안 남들의 눈을 피해 수련에 몰두했다.

전생에 지녔던 힘을 더 강하게 다듬으려는 행동.

회귀한 직후 대다수의 회귀자가 한 번씩은 겪는 과정이기도 했다.

그러나 그는 이내 수련을 포기하고 다른 길을 택했다. 하이브리드가 되기를 포기한 이상, 인간으로서 강해지는 데엔 한계가 분명했기에.

퍼억!

자신을 노린 단검을 피하며 스코트가 아래에서 위로 휘두른 주먹이 암살자의 복부에 정확하게 꽂혔다.

"크억……."

"이런 식으로 다시 느끼게 될 줄은 몰랐는데."

단 한 번의 실수가 곧바로 죽음으로 이어질지도 모르는 긴박한 상황이 계속되었다.

그럼에도 자신의 머리를, 어깨를, 심장을 노린 단검들을 유유히 피하며 주먹을 내지를 때의 스코트는 웃고 있었다.

거의 잊었다고 생각했던 격투술의 동작 하나하나가 격렬하게 몸을 움직일 때마다 머릿속에서 되살아났다. 물론 하이브리드였을 때의 강함은 다시 돌아오지 않았지만.

그사이 스코트와 크로드는 서로 등을 맞댄 자세로 암살자들을 맞이했다.

아직도 경비병들은 도착하지 않았지만, 단둘을 상대하는 암살자들의 복면 안쪽은 어느새 식은땀으로 가득 찼다.

퍼억!

그가 주먹을 내지른 방향으로 핏방울이 흥건하게 튀었다. 마지막으로 서 있던 암살자의 턱이 박살 나면서, 두 무릎을 꿇더니 천천히 쓰러졌다.

"휴우……."

스코트는 길게 한숨을 내쉬며 너클을 낀 두 주먹을 천천히 들어 올렸다.

"다친 곳은 없나?"

"네? 네! 보시다시피……."

크로드가 양팔을 내밀며 무사하다는 걸 보이려는 순간.

그의 등을 향해 누군가가 던진 단검이 날아갔다.

"위험해!"

스코트는 크로드를 옆으로 강하게 밀쳤다.

크로드의 등을 노렸던 단검이 스코트의 오른팔을 스치고 저 멀리 날아갔다.

픽! 픽!

쓰러진 척하며 단검을 던졌던 암살자의 얼굴을 향해 스코트의 주먹이 연이어 적중했다.

"하마터면 큰일 날 뻔했군."

상대가 완전히 기절한 걸 확인한 스코트가 손등으로 이마의 땀을 훔쳤다.

그러나 단검이 스치고 지나간 오른팔을 본 스코트의 표정이 일그러졌다. 상처는 깊지 않았지만, 옷깃 사이의 상처는 붉은색이 아닌 녹색이었다.

"아니, 이미… 났군. 독… 이겠지?"

"폐하! 괜찮으십니까?"

"괜찮다고… 하기 힘들군."

스코트의 입술 끄트머리에서 흘러내린 피가 카펫 위에 뚝뚝 떨어졌다.

"예전 같았으면 이 정도는……."

전생에는 아이언 골렘의 코어를 이식받았던 양팔.

독을 바른 칼날 따위는 감히 파고들 수 없을 정도로 견고했던 과거의 팔과 현재의 팔을 잠시나마 혼동한 결과는 예상보다 크게 다가왔다.

"아무것도… 아니었을 텐데……."

털썩.

힘을 잃은 스코트가 앞으로 풀썩 쓰러졌다.

"폐하!"

크로드는 스코트의 상체를 급히 일으켜 세웠다. 고통으로 얼굴이 일그러진 옛 동료이자 현재 왕으로 모시고 있는 스코트의 상태는 결코 좋다고 볼 수 없었다.

콰앙!

활짝 열린 문 너머에서 뒤늦게 경비병들이 달려왔다. 급히 의사를 데리고 오라는 크로드의 외침이 울려 퍼지며 상황은 혼란으로 치달았다.

*　　　　*　　　　*

카르디어스 신성력 1400년 5월 20일.

베릴란트 왕국의 왕, 스코트가 불의의 기습에 쓰러진 지 보름이 흘러갔다.

다행히 스코트는 목숨을 건졌지만 대부분의 시간을 병상에 누워서 보내야만 했다. 독살에 대비해 평소 비약을 복용하면서 독에 대한 저항력을 키웠지만, 독의 효력 자체를 완전히 막기엔 무리였다.

대부분의 시간을 약을 복용하고 잠들어 있었기에, 하루 24시간 동안 그가 깨어 있는 건 고작 1시간 정도.

목숨이라도 건진 게 다행이라는 이야기가 도는 가운데, 성 밖의 상황은 급속도로 변했다.

쉬르 왕국과 카르디어스 교단의 연합 병력이 국경선을 넘어 베릴란트 왕국을 침공했다. 교단 측은 베릴란트 왕국의 왕 스코트를 배교자로 지목하며 신의 이름으로 처단하겠다며 진군했고, 지도자의 부재를 극복하지 못한 베릴란트 왕국군은 계속 밀리기만 했다.

"현재 게르니아 성이 함락되었다고 하오. 이대로라면 길어봤자 보름, 짧으면 열흘 이내로 쉬르 왕국의 병력이 베릴란트 성에 도달할 것이요. 어떻게 하면 좋겠소?"

"결사대 측에는 아직도 연락이 없습니까?"

"현재 남부 지역의 병력을 상대하느라 전진 속도가 지체되었다고 하오."

"원래 오기로 했던 지원 병력은 도대체 언제 도착하는 겁니까?"

"그것보다 롤랑 백작이 주축이 된 반역 세력은 어떻게 대응해야 합니까?"

왕궁 안 회의실에는 신하들이 머리를 맞대고 타개책을 궁리했지만, 이전처럼 힘들다는 답변만이 돌아왔다.

스코트가 왕위에 오른 이후 실시한 피의 숙청의 결과, 남아 있는 자들의 대다수는 스코트의 지시를 충실히 따르기만 하는 이들이었다. 결과적으로 그의 부재 시 대신해 일을 진행할 마땅한 인물이 없었다.

아니, 한때는 있었지만 현재는 다들 떠난 지 오래였다.

"폐하께서는?"

"성을 버리고 혼자만 피난 갈 수 없다고 대답하셨습니다."

"하아, 어떻게 해야 할까……."

해결책을 내놓지 못한 회의장 여기저기서 탄식과 한숨 소리가 흘러나왔다.

고요 속에서 회의의 진행자인 코르덴 재상이 손가락으로 탁자 위를 두들기는 소리만 들렸다.

바로 그때, 문이 열리면서 시녀 한 명이 급한 걸음으로 회의실 안에 들어왔다. 그녀는 고개를 두리번거리더니, 코르덴 재상을 발견하고 그에게 다가갔다.

"뭐? 왕비 전하께서 오고 계신다고?"

코르덴의 말에 다른 신하들이 일제히 자리에서 일어섰다.

잠시 후, 경호 병력을 대동한 밀레느가 회의장에 모습을 드러냈다. 신하들의 인사에 그녀는 오른손을 내밀며 저지하더니 도로 앉으라며 손짓했다.

"오래간만이에요, 코르덴 재상."

"전하! 그, 그동안 평안하셨는지……."

"묵은 이야기는 나중에 나누도록 하고, 우선은 본론부터 들어보도록 하죠."

코르덴 재상의 바로 옆에 앉은 밀레느는 신하들에게 현재 상황에 대해 보고하라고 명했다.

근심 걱정으로 가득한 이야기를 귀로 들으면서, 그녀의 눈은 가득 쌓여 있는 보고서를 빠르게 읽어 내려갔다.

그렇게 30여 분이 지난 후, 밀레느는 보고서의 마지막 페이지를 탁자 위에 내려놨다.

"알겠습니다. 쉬르 왕국과 교단의 연합 병력을 상대하기 위해선 지금의 병력으로는 모자란 게 사실이었군요."

"그러니 우선 폐하와 왕비 전하께서 대피를……."

"열흘 전에 크리쉬 후작에게 연락을 취했습니다. 아마 3일 이내로 병력을 이끌고 베릴란트 성에 도착할 것입니다. 추가로 다른 지역의 병력도 이곳으로 모일 예정입니다. 롤랑 백작의 반란은 결사대에서 빨리 처리하도록 제가 먼저 연락했습니다."

"그, 그렇습니까? 정말로 다행입니다!"

밀레느의 아버지인 크리쉬 후작은 딸의 결혼 이후 왕궁에 모습을 드러낸 적이 없었다.

상당한 영향력을 행사할 수 있는 입장임에도 나라를 위해 재야에 묻혀 지내겠다는 선택을 했다.

그렇다고 나라의 위기를 보고만 있을 인물은 아니었기에, 그는 딸이자 왕비인 밀레느의 요청에 흔쾌히 응했다.

"그래도 폐하와 왕비 전하, 두 분의 피난 행로를 정해놔야……."

"폐하께서는요?"

"네?"

"그분의 의향은 어떠하신가 물었습니다."

코르덴 재상은 놀란 눈으로 밀레느를 바라봤다.

오늘 재회하기 전까지 밀레느를 마지막으로 본 적은 무려 7년 전.

그가 기억하고 있는, 그리고 소문으로 들은 밀레느는 이렇게나 단호한 의지를 보여주는 여성이 결코 아니었다.

"피난하시겠다고 말씀하셨나요?"

"아닙니다. 절대로 성을 떠날 수 없다고 하셨습니다."

"그렇다면 저 역시 마찬가지입니다."

밀레느의 단호한 대답에 신하들은 긴장한 얼굴로 그녀를 바라봤다.

펠릭스와의 재회 이후, 밀레느는 변했다.

이전처럼 허무하게 하루하루를 보내는 일상을 중단하고, 베릴란트 왕국 내의 동향에 대해 심도 깊게 파고들었다.

베릴란트 성 내의 상황 변화와 교단의 움직임에 대해 지속적인 보고를 받으며 대륙의 판도를 읽었다.

권력에 대한 욕심 때문이 아니었다.

펠릭스가 운명을 바꾸기 위해 베릴란트 성을 떠난 것처럼 그녀 역시 능동적으로 운명을 바꿔야 한다는 간절함에서 비롯되었다.

교단과 베릴란트 왕국과의 충돌은 피할 수 없다고 판단한 밀레느는 이레귤러의 동향까지도 파악하려고 노력했다.

만약 스코트에게 불상사가 생길 경우, 그를 대신할 수 있는 능력을 갖출 수 있도록.

"폐하께서 쓰러지신 지금, 그분의 역할을 제가 모두 대신할 수는 없습니다. 그러나 카르디어스 교단과 쉬르 왕국의 침략에 굴하지 않고, 도망치지 않고 자리를 지키는 모습을 모두에게 보여줘야 합니다. 그 역할은 저의 몫입니다."

밀레느는 머리에 쓰고 있던 서클릿을 탁자 위에 내려놓았다.

"로다나, 갑옷을 준비하도록."

"알겠습니다!"

밀레느의 명을 받든 로다나가 우렁찬 대답과 함께 회의실 밖으로 나갔다.

나라가 교단에게 짓밟힐 위기를 헤쳐 나가기 위해서는 왕비임을 나타내는 서클릿 대신, 절대 물러설 수 없다는 의미의 갑옷이 필요했다.

결혼 이후 단 한 번도 별궁 밖으로 나오지 않아 연약한 이미지로만 비춰지던 왕비 밀레느.

그녀의 말투는 부드러웠지만, 말에서 드러나는 의지만은 스코트 못지않았다.

*　　　　*　　　　*

스코트가 암살자의 습격을 받아 병상에 누워 있다는 듀란의 편지에 비공정 안 분위기는 무겁게 변했다.

베릴란트 왕국의 왕 스코트가 이레귤러가 아닌 결사대와 뜻을 함께하고 있지만, 베릴란트 왕국은 대륙의 많은 나라 중 유일하게 교단과 맞서기를 공표한 나라였다.

만약 베릴란트 왕국이 두 세력의 힘 아래 굴복한다면 교단과 그 반대 세력 사이에서 눈치를 보는 국가들이 어디를 택할지는 뻔했다.

실제로 전생에 있었던 교단과의 투쟁에서 베릴란트 왕국의 멸망 이후 결사대의 세력은 서서히 약해지면서 몰락에 이르렀다.

당일 비공정의 중심인물들이 모인 회의에서 베릴란트 왕국을 구하자는 의견이 만장일치로 통과되었다. 특히 스코트의 형 펠릭스는 단독으로라도 베릴란트 왕국으로 가겠다는 의지를 표출했다.

회의가 끝나자마자 렌딜은 망설이지 않고 대륙을 가로지르는 강을 따라 베릴란트 왕국으로 향할 것을 지시했다. 원래 성능처럼 하늘을 날지는 못하지만, 느리게나마 지상 위로도 움직일 수 있기에 바다를 통해 빙 돌아가는 길이 아닌 최대한 짧은 경로를 택했다.

그러나 이틀 후, 전령의 보고를 받은 렌딜의 심정은 더욱 초조해졌다.

*　　　　*　　　　*

카르디어스 신성력 1400년 6월 7일.

"이대로라면 너무 늦을 텐데……."

렌딜이 뒷짐을 지고서 탁자 앞을 왔다 갔다 하기를 반복했다.

탁자 위에는 방금 전 전령에게서 받은 보고서가 펼쳐져 있었다.

쉬르 왕국과 교단의 연합 병력이 국경선을 넘어 베릴란트 왕국의 수도인 베릴란트 성에 거의 도착했다는 내용에 렌딜은 더욱 조급해졌다.

집무실 안의 다른 이들은 무거운 얼굴로 입을 다물었다.

그들 중에서 가장 마음이 심란할 펠릭스는 아무런 표정 변화 없이 의자에 앉아 있었다. 그러나 무릎 위에 올려놓은 그의 커다란 손은 얼핏 봐도 알 수 있을 정도로 떨고 있었다.

"하아, 내가 괜히 자리를 비우지만 않았다면……."

렌딜은 자신의 부재가 만들어낸 늦은 대처에 스스로를 탓했다.

"아빠, 베릴란트 성에 있는 마탑에 순간 이동용 마법진이 있지 않아? 그걸 이용해서 아빠와 함께 최대한 많은 병력을 이동시키는 건 어때?"

탁자 맞은 편 소파에 앉아 있던 에르닌이 조심스럽게 말을 꺼냈다.

"불가능하단다."

렌딜은 두 눈을 감으며 고개를 가로저었다.

"베릴란트 성은 항상 마나의 장벽에 여러 겹으로 둘러싸인 상태라서 그걸 뚫고 베릴란트 성으로 직접 갈 수 있는 순간 이동 마법은 나 하나에게만 적용시킬 수 있단다. 무엇보다, 그렇게 해서 나 혼자 베릴란트 성으로 간다 하더라도 상당한 양의 마나를 소모한 상태가 되어버린단다."

"아⋯⋯."

에르닌은 실망한 얼굴로 품에 안고 있는 토끼 인형을 내려다봤다.

베릴란트 성을 보호하는 마법이 역설적으로 다른 이들의 도움을 가로막는 벽이 되어버린 셈이었다.

둘의 이야기를 들으면서 천천히 고개를 들어 올리던 펠릭스의 시선이 도로 아래로 내려갔다.

"유적에서 발굴한 마나 코어를 비공정에 새롭게 장착하려면 시간이 더 필요하고⋯ 하아, 방법⋯ 방법이 필요한데!"

답답한 나머지 가슴을 내려치는 렌딜.

마법이 아닌 다른 방법을 떠올리는 데 몰두 중인 그레인과 크루겐, 베스티나.

당장에라도 베릴란트 성으로 달려가고 싶지만, 너무나 먼 거리였기에 인내할 수밖에 없는 펠릭스.

'잠깐, 이 방식대로라면⋯ 가능할지도 몰라!'

두 손을 꽉 붙잡고서 생각에 잠겨 있던 아딜나가 무언가를 떠올리면서 고개를 들어 올렸다.

"스승님! 이런 방식은 어떤가요?"

"이런 방식?"

"스승님의 마법으로 다른 이들을 순간 이동시키는 건 어떨까요?"

"날 빼고? 그러면 마나의 장벽을 뚫기가 더 힘들어질 텐데?"

"네, 단순히 순간 이동 마법의 대상을 바꾸는 식이라면 그렇겠죠. 하지만 이런 식으로 한다면……."

아딜나는 탁자 위에 놓여 있던 보고서를 뒤집더니, 깃털 펜으로 새로운 마법식을 빠르게 써 내려갔다.

한창 마법식을 작성하던 아딜나가 마법 문자가 아닌 글자로 추가 설명을 덧붙이는 순간, 렌딜이 놀란 눈으로 그녀를 바라봤다.

"이번에 얻은 마나 코어에서 모자란 마나를 보충하되, 그걸 내가 제어하는 식으로? 나는 순간 이동 마법에 포함되지 않은 상태에서?"

"네. 마법이 완성되기 전까지 그걸 다뤄줄 마법사가 한 명은 필요해요. 이렇게나 많은 마나를 다룰 수 있는 사람은 스승님이 제격 아닐까요?"

"그래, 그거라면 가능해!"

아딜나의 특기는 시공간을 다루는 마법.

이전 비공정을 순간 이동시킬 때 쌓았던 경험을 바탕으로 아딜나는 다른 종이 위에 추가로 마법식을 이어 썼다.

"물론 이런 식으로 개조하더라도 상당한 양의 마나를 필요로 한다는 점은 변함없어요. 당연하지만, 비공정에 타고 있는 이들 모두를 순간 이동시키는 건 불가능해요. 그래도 열에서 많게는 스무 명까지는 충분히 가능하다고 봐요."

아딜나의 시선이 집무실에 있는 이들의 얼굴에 한 번씩 머무르고 지나갔다.

그레인과 크루겐, 베스티나.

마지막으로 그녀의 시선이 멈춘 방향에는 어느새 고개를 들어 올린 펠릭스가 있었다.

제3장

변화된 운명

카르디어스 신성력 1400년 6월 8일.

베릴란트 성을 겹겹이 포위한 쉬르 왕국과 카르디어스 교단
의 연합 병력의 깃발이 성 밖에서 펄럭였다.

성을 지키기 위해 필사적으로 저항 중인 베릴란트 왕국군의
깃발 역시 바람에 휘날렸지만, 그동안의 치열했던 상황을 나타
내듯 피가 군데군데 묻어 있었다.

자정을 넘은 지금, 양측 병력은 소강상태에 들어갔다.

그러나 이른 새벽이 되면 혹은 지금 당장에라도 깨질 수 있
는 위태로운 평화에 불과했다.

"……."

왕궁의 최상층에서 어둠에 싸인 성을 내려다보는 누군가의 시선이 있었다.

창문 옆 탁자에 놓인 촛불에 비치는 왕비 밀레느의 표정에는 근심이 가득했다. 그녀의 뒤에 똑같이 걱정스러운 얼굴의 중년 남성이 허리를 조아렸다.

"왕비 전하, 지금이라도 늦지 않았습니다."

코르덴 재상이 밀레느 왕비에게 조심스럽게 말을 건넸다.

"저들에게 항복하자는 이야기가 결코 아닙니다. 훗날을 도모하기 위해서 폐하와 전하만이라도……."

베릴란트 왕국의 수도, 베릴란트 성이 수많은 병력에 둘러싸인 지도 어느덧 3일째.

크리쉬 후작의 지원 병력 덕분에 치열한 공성전을 버틸 수 있었다. 그러나 성을 둘러싼 포위망은 여전히 굳건했고, 추가로 병력을 이끌고 와야 할 결사대는 아직 도착하지 못했다.

베릴란트 왕국 남부에 쳐들어온 쉬르 왕국군을 상대로 결사대가 승리를 거뒀다는 소식을 들었을 때만 하더라도 희망을 품었다.

그러나 베릴란트 성을 향해 북상하는 도중에 마주친 롤랑 백작의 반란군을 상대 중이라는 전령의 보고 이후, 추가로 들어온 소식은 없었다.

"더 이상 결정을 미루시면 위험합니다."

재상의 독촉에도 그녀의 시선은 여전히 창문 밖을 향하고 있었다.

"전하······."

"지난 3일간 피땀을 흘려가며 성을 지킨 병사와 시민들을 위해서라도 저는 이곳에 있어야 합니다. 재상의 뜻이 정 그러하다면 폐하만이라도 탈출시키도록 하세요."

거듭된 요청에 밀레느가 조건을 내걸자 코르덴 재상은 더 이상 할 말이 없었다.

아직도 스코트는 병상에 누워 있음에도 고집을 굽히지 않았기에.

"병사와 백성들이 안전히 대피한 뒤라면… 성을 떠나겠다."

현재의 공성전을 이기는 것만큼이나 더 힘든 전제 조건을 내건 왕이나, 남편 못지않게 고집을 굽히지 않는 왕비.

코르덴 재상은 결국 길게 한숨을 내쉬며 끝이 보이지 않는 공성전이 하루라도 속히 끝나기만을 바랐다. 물론 베릴란트 왕국이 승리하는 쪽으로.

코르덴 재상이 인사를 하고 밖으로 나가자 방은 다시 고요해졌다.

밀레느는 눈을 감더니 눈 아래를 손가락으로 매만졌다. 스코트의 자리를 대신한 지 아직 한 달도 안 되었지만, 육체적으로나 정신적으로 그녀는 거의 한계에 봉착했다.

'예상은 했지만, 너무나 힘든 자리야.'

아직 20대 중반인 그녀로서는 스코트의 빈자리를 대신하기에 실력과 경험 모두 터무니없이 부족했다.

비슷한 나이임에도 쓰러지기 전까지 나라를 이끌어온 스코트 쪽이 비정상으로 느껴질 정도였다. 실제 나이보다 수십 년을 더 산 것 같은 경험과 판단은 밀레느로선 흉내조차 내기 어려웠다.

그래서 그녀는 공성전이 시작되기 전, 병상에 있는 스코트를 찾아갔다. 나라의 운명을 결정지을 격전을 앞에 둔 상황에서 어떤 판단을 내려야 할지 스코트가 대신 대답해 주길 내심 기대했다.

그러나 여전히 독으로 고통받는 스코트는 밀레느의 말을 알아듣지 못하고 고통스러워했다. 정신이 혼미한 상태에서 벗어나지 못한 그의 입에서는 같은 말이 반복되었다.

"비극이… 반복되어서는 안 돼."

'그는… 스코트는 왜 그런 말을 했을까?'

이전에 겪은 비극이 무엇인지 알고 싶었지만, 밀레느는 더 이상 물어보지 못하고 자리를 떠야 했다.

스코트의 상태를 감안하기 이전에 그가 너무나 남 같았기에 쉽사리 말을 걸 수 없었다. 결혼 이후 서로 떨어져서 보낸 시간 동안, 둘 사이의 간격은 너무나 벌어져 있었다.

밀레느 혼자 남게 된 집무실 안에 고요함이 감돌았다.

그녀를 겁에 질리게 만들었던 병사들의 고함과 비명은 들리지 않았지만, 다시 시작될 전투를 떠올리자 창가에 올려놓은 밀레느의 두 손이 미세하게 경련했다.

창밖을 말없이 내려다보던 그녀의 입에 쓴웃음이 자리 잡았다. 오랫동안 머물렀던 별궁을 떠난 그녀가 지금은 성 밖으로 나갈 수 없는 입장이라는 게 운명의 장난처럼 느껴졌다.

'운명, 일까……'

운명이라는 단어를 마음속에서 읊던 그녀의 뇌리에 한 남자의 이름이 떠올랐다.

'당신에게만은 손을 내밀 수 없었어요.'

다가오는 위기에 맞서기 위해 밀레느는 많은 이에게 도움을 청했다.

그러나 차마 그녀가 직접 도움을 요청할 수 없는 사람이 한 명 있었다.

그가 탈주자의 신분으로 교단의 추적을 받을 때, 그녀는 물론이고 베릴란트 왕국은 큰 도움을 주지 못했다. 이제 와서 다른 핑계를 대며 그에게 도움을 요청하기엔 양심의 가책을 느꼈다.

"펠릭스……"

밀레느의 입술 사이로 흘러나온, 오래간만에 불러보는 그의 이름.

"어쩌면 그때의 재회가 마지막일 수도 있겠군요."

그녀는 그를 붙잡지 못했던, 나약했고 여전히 나약한 스스로를 탓했다.

　　　　　*　　　　　*　　　　　*

　물살을 가르며 비공정이 어둠을 뚫고 서쪽으로 향했다.

　커다란 강을 따라 멈추지 않고 전진하는 비공정 안의 분위기는 분주하게 돌아갔다. 마법을 다룰 수 있는 이들 모두가 머리를 맞대고 새로운 순간 이동용 마법진을 구상하는 데 열중했다.

　반면, 마법이 완성되기만을 기다리는 이들의 마음은 초조하기만 했다.

　"……."

　그들 중 가장 감정을 주체하기 힘든 이는 단연 펠릭스였다.

　그는 의자에 말없이 앉아 있었고, 맞은편에 서 있는 그레인은 묵묵히 그를 내려다보기만 했다.

　시선을 아래로 내리자 탁자 위에 놓여 있는 술병이 그레인의 시야에 들어왔다. 옆에 잔이 있었지만, 한 방울의 술도 채워지지 않았다. 애초부터 술의 마개는 단단히 봉인된 상태 그대로였다.

　"내가 가진 하이브리드의 힘이라면 운명을 바꿀 수 있다고 믿어왔다."

　펠릭스는 손을 뻗어 술잔을 집어 들었다. 아무것도 담겨 있지 않는 투명한 유리잔을 좌우로 돌리는 그의 얼굴은 초조함을 감추지 못했다.

　"그러나 조국이 위기에 처한 지금, 나는 아무것도 하지 못하고 그저 기다려야 한다. 아무런 도움도 되지 못하는 나 자신이… 너무나 싫다."

"그건 저도 마찬가지입니다, 전하."

그레인의 공감한다는 대답에도 펠릭스는 불안한 마음을 지울 수 없었다.

펠릭스는 술잔을 내려놓고선 깍지 낀 양손을 탁자 위에 올렸다. 시선을 아래로 내린 그는 입을 열었다가 굳게 다물었다.

몇 번이나 말을 하려다가 그만두기를 반복하던 펠릭스가 천천히 고개를 들어 올렸다.

"전생에 베릴란트 왕국은 멸망했다고 했지?"

"네."

"현생에도 똑같은 비극이 반복되는 건 아니겠지?"

펠릭스가 원하는 대답은 절대 아니라는 확답이었다.

그러나 그레인은 그가 바라는 대답을 즉각 제시할 수 없었다.

"…반복되어서는 안 됩니다."

한참을 고민하면서 고르고 고른 말로 대답한 그레인.

나름 최선이라 생각한 그레인과 달리 펠릭스의 손가락 끝이 미세하게 떨리고 있었다.

"지금은 다른 사람들을 믿는 수밖에 없습니다."

정해지지 않은 미래를 향해 달려가는 건 그레인이나 펠릭스에게 익숙한 일이다.

그러나 지금처럼 도움을 주지 못하고 기다려야만 하는 입장은 낯설기만 했다. 긴장과 더불어 찾아온 초조함을 견디기 힘들었다.

"죄송합니다."

"나야말로 미안하군. 답이 정해진 대답만을 강요했으니."

펠릭스는 그레인에게 나가도 좋다고 손짓했다.

마음이 불안한 사람끼리 있어봤자 해결되는 건 하나도 없다는 것을 뒤늦게 깨달았기 때문이다.

"휴우……."

복도를 걸어가는 그레인은 펠릭스 앞에서 계속 참았던 한숨을 내쉬었다.

다수의 인원을 베릴란트 성으로 순간 이동시키는 마법진의 완성을 기다린 지 이틀째.

아무것도 하지 못하고 기다리면서 보내는 시간 자체가 그에게는 벗어날 수 없는 고통이었다.

*   *   *

답답한 마음을 풀기 위해 갑판 위로 올라온 그레인은 달을 올려다보며 선수 쪽으로 걸어갔다.

"음?"

경비 중이던 선원들을 지나 선수에 거의 도달한 그레인이 걸음을 멈췄다. 먼저 온 누군가의 뒷모습에 그레인은 자신도 모르게 뒤돌아서려고 했다.

"그레인?"

자신의 이름을 부르는 목소리에 그레인은 '그녀' 쪽으로 봄을 돌렸다.

비공정 내 연구실에 틀어박혀 있었던 아딜나였다.

"당신도 잠이 오지 않나요?"

"네?"

"아까 크루겐이 잠이 안 온다면서 여기서 저와 이야기하다가 막 자러 갔거든요."

"그랬습니까?"

그레인은 갑판 아래로 통하는 출입구를 응시하며 고개를 갸웃거렸다.

아딜나의 말대로라면 갑판 아래 복도를 지나는 도중에 자러 갔을 크루겐과 마주쳐야 했기 때문이다.

'그 녀석, 어둠 속에 녹아들어 이동했나? 굳이 그럴 필요는 없을 텐데. 왜지?'

휘이잉.

맞은편에서 불어온 바람에 아딜나의 머리카락이 휘날렸다.

"시원하네요. 어느새 후덥지근한 계절이 되어서 그런지 바람이 고맙게 느껴질 정도예요."

얼굴에서 느껴지는 청량함에 아딜나는 미소를 지었다.

그레인은 그녀와 같은 감각을 공유할 수 없음에 아쉬워했지만 표정으로 드러내진 않았다.

"이렇게 단둘이서 이야기하는 건 참 오래간만이네요. 그렇죠?"

"워낙 바쁘게 시간이 흘러가긴 했죠."

"그러고 보니 우리가 처음 만난 지 얼마나 지났죠? 어디 보자. 1, 2⋯⋯."

아딜나는 오른손으로 1부터 3까지 세더니 실감이 안 나는 듯 멋쩍게 웃었다.

"와, 벌써 3년이나 흘러갔네요?"

반면 그레인은 양손을 등 뒤로 가져가더니 진짜로 둘이서 보낸 시간을 셌다. 양손의 손가락을 모두 굽혔지만, 그레인이 기억하는 시간의 절반도 헤아리지 못했다.

그레인이 느끼는 그녀와의 시간과 아딜나가 받아들이는 그와의 시간은 너무나 큰 격차를 보여줬다.

"참 많은 일이 있었죠. 그때는 지금처럼 당신과 이런 일들을 하게 될 줄은 상상도 못 했어요."

'너의 말 그대로, 상상만으로 그쳐야 했는데.'

그레인은 아딜나와 다시 만나지 못하더라도 전생과 다르게 그녀가 교단과의 투쟁과 격리된 삶을 걸어가길 바랐다.

그러나 결국 아딜나는 전생과 다른 형태로 그레인과 같은 길을 걸어가게 되었다.

그래서였을까, 비공정을 타고 다니는 내내 그레인은 상념을 떨쳐내기 위해 임무에 몰두했다. 아딜나 역시 자신의 역할에 충실하다 보니 둘이 서로 이야기를 나누는 경우는 드물어졌다.

의도치 않게 서로 멀어지는 듯했던 둘의 간격.

그러나 지금 나누는 대화만으로도 다시 가까워지는 분위기로 변해갔다.

적어도 그레인 입장에서는.

"참, 이제 곧 마법진이 완성될 거예요."

"정말입니까?"

"마법진의 술식 자체는 아까 완료되었고, 남은 건 마나 코어에서 마력을 추출하는 과정뿐이에요."

"시간은 어느 정도 걸릴 것 같습니까?"

"비공정에 남을 인원들끼리 교대로 돌아가면서 하는 중이랍니다. 지금은 렌딜 님 차례라 나머지 인원은 한숨 돌리는 중이죠. 제 계산으로는… 동이 트기 전까진 어떻게든 완성될 것 같아요."

그레인은 난간을 쥐고 있던 오른손을 강하게 움켜쥐었다.

"아딜나, 당신 덕분에 활로를 찾을 수 있었습니다. 정말 고맙습니다."

"네? 아, 아니에요. 사실 제가 한 제안은 그렇게 대단한 발상이 아니에요. 다들 조급한 나머지 쉽게 떠올리지 못했던 것뿐이지요. 특히 스승님은 다른 이들보다 부담이 훨씬 컸을 거예요. 스승님이 자리를 비운 사에 벌어졌던 일이니……."

아딜나는 살짝 부끄러워하면서 고개를 옆으로 돌렸다.

"그리고 결과적으로 스승님 덕분에 제 방법이 통했던 거지요. 마나 코어를 발굴하지 못했다면 불가능했을 테니까요."

살짝 붉어진 얼굴을 보여주지 않기 위해 아딜나는 시선을 아래로 향했고, 각자의 시선이 다른 방향을 바라보자 계속 이어지던 대화가 끊겼다.

휘이잉.

바닷바람이 적막을 가르며 둘을 스치고 지나갔다.

"그레인."

"네."

"저 역시 하이브리드가 될 수 있는 자질을 지닌 거죠?"

그레인은 말로 대답하지 않고 고개를 끄덕거렸다.

"어쩌면 에르닌 대신 제가 하이브리드가 되었을 수도 있었겠죠?"

무거운 표정으로 달을 올려다보는 아딜나에게 그레인은 여전히 대답할 수 없었다.

전생의 에르닌이 하이브리드였는지 인간이었는지는 알 수 없다.

그러나 전생의 아딜나는 분명히 하이브리드였고, 그랬기에 비극적인 운명에서 벗어날 수 없었다.

"저는… 지금도 에르닌을 볼 때마다 너무나 미안해요. 그 애한테는 많은 도움을 받기만 하고, 돌려주지 못했어요. 그 애뿐만이 아니라 다른 사람들에게도."

'아니야. 너는 나에게 너무나 많은 것을 줬어.'

그레인은 아딜나처럼 달을 응시했다.

교단과의 처절했던 투쟁 속에서 그레인은 아딜나를 만나면서 사랑이라는 감정을 깨달았다.

그리고 전생의 마지막에는 자신의 몸을 던져 그레인의 목숨까지 구해주었다.

'나야말로 너에게 갚아야 할 것이 너무나 많아.'

입 밖으로 내지 못하고 마음속으로만 생각해야 하는 진실이 날카로운 비수처럼 그의 가슴에 파고들었다.

"그래도 이번에는 제가 도움이 된 것 같아 기쁘답니다. 물론 아직도 돌려줘야 할 것들이 많이 남아 있지만요."

난간에 등을 기댄 아딜나가 앞머리를 오른손으로 쓸어 올렸다.

"저 역시 마찬가지입니다."

"그레인은 오히려 돌려받아야 하는 입장 아닌가요? 저만 해도 당신에게……."

"아닙니다."

"네?"

그레인의 단호한 대답에 아딜나는 살짝 놀라며 그의 얼굴을 바라봤다.

"저는 당신 이상으로… 많은 걸 돌려줘야만 합니다."

*   *   *

고요함이 감도는 밤이 지나고 동이 텄다.

비공정의 갑판 위에 많은 이가 모여들었다. 그레인을 포함해 대부분 밤잠을 설쳤지만, 피곤함을 잊어버릴 정도의 긴장감이 감돌았다.

그들의 시선은 순간 이동용 마법진을 열심히 제작 중인 렌딜에게 쏠려 있었다.

그는 비공정의 선수 부근에 그려져 있던 기존의 것을 지우고 처음부터 새롭게 마법진을 그리는 중이었다. 마법의 문외한인 사람이 봐도 이전 것보다 훨씬 정교하고 복잡해 보였다.

"휴우, 이걸로 마지막이로군."

마법 시약으로 그려진 마법진 위에 마나를 불어넣자 작은 불길이 화르르 치솟았다.

마법진의 테두리를 구성하는 원을 따라 불길이 시계 방향으로 움직이더니 원래 위치로 되돌아왔다.

"아니, 그래도 혹시 모르니……."

렌딜은 방금 잠갔던 시약병의 마개를 다시 열었다.

그는 마법진에서 멀리 떨어지더니 아까 그린 것을 포함해 몇 배나 큰 지름의 원을 추가로 그렸다. 아까처럼 불꽃이 타오르면서 그을음이 허공에 흩날렸다.

"이젠 진짜 끝났군. 그러면 갈 사람들은 모두 모였나? 모두 마법진 안으로 들어오게나. 아, 큰 쪽 말고 그 안의 작은 원 안으로."

"알겠습니다."

그레인은 손짓으로 사람들을 모으더니 인원을 한 명씩 확인한 뒤에 고개를 끄덕거렸다.

순간 이동 마법을 통해 베릴란트 성으로 갈 사람은 총 20명. 하이브리드와 실력자 위주로 구성되었다.

아쉽게도 드레이크는 선발 인원에서 제외되었다. 그가 가진 하이브리드로서의 능력은 바다나 물이 많은 지역이 아니면 발휘될 수 없었기에 대신 다른 이를 선발했다.

그렇게 대신 선발된 이는 다름 아닌 전직 사제였던 자이투르스였다. 변화하는 비공정 안의 분위기 속에서 여전히 고지식한 편인 그에게 진실을 '직접' 보여주고 싶었기 때문이다.

'그런데 20명 외에도 더 모이게 한 거지?'

렌딜은 그레인이 선별한 20명 외에 추가로 200명을 완전무장시켜 대기하도록 지시했다.

렌딜의 의도가 무엇인지 알 수 없는 그레인이었지만, 그 나름대로 생각이 있을 거라 생각해 굳이 물어보진 않았다.

"어? 제스테일 님이 안 보이네요? 설마 그대로 곯아떨어지셨나?"

크루겐은 요 이틀 사이 가장 열심히 일한 제스테일이 보이지 않자 근심 어린 표정을 지었다.

평소에도 바삐 일하던 그였지만, 마법진의 제작에 돌입하자 거의 잠을 자지 않을 정도라 건강이 걱정될 정도였다.

"잠시만 기다려 주게나."

렌딜은 뒤로 돌아서더니 갑판 아래로 통하는 통로 쪽을 바라봤다.

아무리 저들이 강자들이라 해도, 격전이 벌어지고 있을지 모르는 곳으로 무작정 보내기엔 렌딜의 마음이 편치 않았다.

그렇기에 제스테일이 가지고 올 물건들이 도움이 되기를 바랐다.

"스승님!"

갑판 위로 허겁지겁 올라온 제스테일이 마법진 쪽으로 급히 뛰어왔다. 마구 헝클어진 머리를 정리할 겨를도 없이 나타난 그는 양팔로 무언가를 들고 있었다.

"지난번 부탁하셨던 겁니다! 막 완성되었습니다!"

제스테일이 가지고 온 물건 중 하나는 에르닌이 기존에 쓰던 마력총.

또 하나는 개봉되지 않은 기다란 나무 상자였다.

"다른 하나는?"

"아, 여기 있습니다!"

제스테일은 품에서 시험관을 꺼내 렌딜에게 건넸다.

"이건 전하께 드리면 되겠군. 우선은… 에르닌, 이걸 가져가라."

렌딜은 새로 제작된 마력총과 기다란 나무 상자를 에르닌에게 건넸다.

"아빠, 이건 뭐야?"

마력총을 홀더에 넣은 에르닌은 고개를 갸웃거리며 정체불명의 나무 상자를 그저 바라만 봤다.

"열어보려무나."

"어, 이건 또 다른 마력총… 같은데, 기네?"

갑판 위에 내려놓은 나무 상자에서 에르닌이 꺼낸 것은 한 손이 아닌 양손으로 들어야 하는 크기의 마력총이었다.

"기존의 마력총을 훨씬 더 강하게 개조한 거란다."

이전에 에르닌이 쓰던 것과 형태는 크게 다르지 않았지만, 총신 부분이 이전에 비해 몇 배는 늘어난 형태였다.

"그러면 이건 이 새 마력총에 들어가는 시험관이고?"

"더욱 많은 마나를 담기 위해 사용되는 시험관의 길이를 늘였고, 그에 맞춰서 마력총의 길이도 증가시켰다."

"아가씨, 이건 제가 들게요."

에르닌과 함께 베릴란트 성으로 가는 멤버에 포함된 하녀 트리아나는 상자 안에 있던 기다란 시험관 묶음을 등에 걸쳐 맸다.

'휴우, 가능하면 에르닌만은 보내고 싶지 않았는데……'

렌딜은 아버지로서 딸을 위험한 곳에 보내길 꺼려 했다.

반대로 이레귤러의 지휘관으로서는 에르닌을 보내야만 했다. 에르닌이 이식받은 메두사의 눈은 많은 병력을 일순간에 무력화시킬 수 있기에 지원 병력으로 반드시 투입되어야 하는 상황이었다.

"딸아."

렌딜은 자세를 낮추더니 에르닌의 어깨에 손을 얹었다.

"부디 무사해야 한다."

"응, 아빠."

"그리고 전하, 이걸 받으십시오."

렌딜은 아까 제스테일에게 건네받은 시험관을 펠릭스의 커다란 손바닥에 내려놓았다.

"전하의 몸에 이식된 두 개의 코어가 지닌 잠재력을 크게 증폭시키는 비약입니다. 복용 후 아마 하루 정도 효과가 지속될 겁니다."

"이런 게 있었나?"

"워낙 비용이 많이 들고, 제작 기간도 상당 기간 소요되는 데다가 재료 자체도 구하기 힘든 것들뿐이라 하나밖에 제작하지 못했습니다. 사실은 교단과의 최종 결전이 임박했을 즈음에나 드리려고 했습니다만……."

펠릭스는 렌딜의 말을 들으면서 비약이 든 시험관을 천천히 쥐었다.

"전하께서는 지금이야말로 가장 승리를 필요로 하실 것 같습니다."

말을 마친 렌딜은 한 걸음 뒤로 물러섰다.

"이제 시작할 테니 선발대로 뽑힌 마법진 밖으로 나가지 말게나."

렌딜은 오른손을 앞으로 내밀었다. 왼손에는 마나 코어에서 추출한 마나가 담긴 보석을 쥐고 있었다.

우우웅.

렌딜의 마나에 반응한 마법진 위로 빛이 뿜어져 나오며 사람들을 휘감았다. 그는 순간 이동 마법의 주문을 쉬지 않고 읊었고, 이마에서 한 줄기 땀이 흘러내리기 시작했다.

땀을 닦아내는 대신 눈을 질끈 감고서 주문을 이어나가던 렌딜이 돌연 주문을 중단하더니 감았던 눈을 떴다.

"이런……."

"렌딜 님, 설마 실패한 겁니까?"

"그건 아니네. 단지, 베릴란트 성의 상황이 악화되었어."

"네? 그걸 알 수 있습니까?"

그레인은 놀란 눈으로 렌딜을 바라봤고, 마법진 주위에 몰려든 이들이 웅성거리기 시작했다.

"베릴란트 성을 보호하고 있는 마나의 장벽에 소실되어야 할 마나가… 온전히 유지되었다네. 마나의 장벽이 부서지지 않고선 일어날 수 없는 현상이야. 이미 성안으로 적들이 침입했을 가능성이 높군."

펠릭스가 표정을 일그러뜨리며 아랫입술을 강하게 깨물었다.

"하지만 전하, 반대로 더 많은 이를 보낼 수도 있게 되었습니다! 어이! 뭣들 하는가? 다들 이 마법진 안으로 들어오게나! 멍하니 날 보고만 있지 말고, 어서!"

렌딜은 추가로 대기시켜 놓은 이들에게 손짓으로 서두르라고 명령했다.

마법진을 구성하고 있는 두 개의 원 중, 커다란 원 안으로 사람들이 허겁지겁 모여들었다. 덕분에 200여 명 가까이 되는 인원이 추가로 마법진 안에 들어갈 수 있었다.

"자, 그러면 이번에 진짜로 보내겠네!"

렌딜은 주저하지 않고 순간 이동 마법의 주문을 처음부터 다시 시작했다. 예정보다 훨씬 더 많은 인원을 이동시켜야 했기에, 훨씬 더 많은 양의 마나가 마법진으로 흘러들어 갔다.

방금 전 땀을 닦아낸 렌딜의 이마 위로 땀이 비 오듯 마구 흘러내렸다. 눈썹을 지나 눈 안으로 들어온 땀 때문에 눈을 깜박이면서도, 렌딜은 순간 이동 마법의 주문을 읊는 걸 멈추지 않았다.

"에르닌⋯⋯."

마법진 밖에 선 아딜나는 걱정스러운 얼굴로 마법진 안에 서 있는 에르닌을 바라봤다.

"무사히 돌아와야 해."

"응, 약속할게."

"그레인, 크루겐⋯⋯."

아딜나의 시선이 에르닌의 옆에 있던 두 소년으로 옮겨졌다.

그녀에게 있어서 베릴란트 성은 제2의 고향이나 다름없는 곳이었다. 그렇기에 지원 병력에 합류하고 싶었지만, 자신의 역량으로 짐만 될 거라 여겼기에 비공정에 대기하는 쪽을 택했다.

베릴란트 성이 교단의 발아래 짓밟히지 않기를 바라며, 베릴란트 성으로 떠나는 이들의 무사 귀환을 기원하면서.

'그리고 그레인, 나는 물어보고 싶은 게 있어요.'

전날 밤, 그가 했던 말의 의미를 아딜나는 여전히 알 수 없었다.

사실 이런 식으로 그레인이 말한 적은 이전에도 몇 번 있었다. 무언가 알 수 없는 위험으로부터 자신을 지키려는 듯한 의도가 느껴지곤 했다.

결국 그레인 본인이 밝히지 않는 이상 아딜나로서는 의미를 알 수 없다. 그때 했던 말의 의미를 다시 묻기 위해서라도 그레인과 다시 만나기를 원했다.

"반드시 살아서, 무사히 돌아와 주세요."

그레인은 말없이 고개를 끄덕거렸다.

파아앗!

마법진에서 뿜어져 나온 강렬한 빛에 모두의 시야가 하얗게 뒤덮였다.

고개를 옆으로 돌린 이들이 눈을 깜박이며 정면을 바라봤을 때엔 마법진 안에 있던 이들은 모두 사라진 후였다.

"휴우, 할 수 있는 일은 다 했군."

렌딜은 제자리에 털썩 주저앉고선 고개를 숙였다. 마나가 거의 소진된 상태라 극심한 피로가 몰려왔다.

"너무나… 졸리구먼."

"스승님, 저도… 눈 좀 붙이겠습니다. 잠을 자본 적이 언제인지 기억도 안……."

제스테일 역시 갑판에 주저앉더니 천천히 눈을 감았다. 사제 관계인 두 노인은 서로 등을 맞댄 채로 곯아떨어졌다.

남은 이들은 멍하니 아무도 없는 마법진을 내려다봤다.

선발대에 포함되지 못한 아르구테스는 베릴란트 성으로 떠난 이들이 무사히 돌아오기를 기원하며 성호를 그었다.

그러나 펠릭스가 했던 말을 떠올리며 도중에 멈췄다.

"너희들을 구해준 이들은 이레귤러이지, 신이 아니다. 너희들이 이전까지 믿던 신은, 너희들이 죽음에 임박했던 그 순간까지 아무것도 하지 않았다. 그럼에도 믿음이라는 이름으로 신을 떠받을 가치가 있다고 보나?"

지금 필요로 하는 것은 수없이 반복된 기도에 메아리조차
되돌아오지 않았던 신에 대한 믿음이 아니었다.

　그들을 구원해 준 이들이 이번에도 다른 이들을 구해줄 거
라는 믿음이었다.

　'그래, 지금 필요한 건 기도가 아니야.'

　아르구테스는 엄숙한 표정으로 뒤를 돌아봤다.

　그가 했던 것처럼 성호를 그으려다가 멈추고 멋쩍어하는 전
직 사제들의 모습이 시야에 들어왔다.

　"보이지 않는 존재를 믿기보다, 우선은 눈에 보이고 들리고 느
끼는 것부터 믿는 게 어떠한가?"

　그레인과 크루겐에게는 말했다고 굳이 알리지 않았던 펠릭
스의 말에 그들의 뇌리에 떠올랐다.

　신이라는 그림자에서 점점 벗어나기 시작한 그들 중 손을 모
아 기도하는 이는 아무도 없었다.

＊　　　＊　　　＊

　콰아앙!

　엄청난 폭발음과 함께 베릴란트 성의 성문이 크게 흔들렸다.

　"와아아!"

　성을 보호하고 있던 마나의 장벽이 파괴되었음을 확인한 연

합 병력의 깃발 위로 환호성이 터져 나왔다.

콰앙! 쾅!

연이은 폭발음과 함께 성문이 불길에 휩싸이자 환호성은 더욱 커져만 갔다.

시커멓게 타들어간 성문의 잔해가 아래로 떨어지면서 적들의 침입을 굳건하게 막고 있던 성문이 허무하게 사라졌다.

"진군하라!"

쉬르 왕국군의 지휘관이 검을 빼 들고 소리치자, 성문 앞에 진을 치고 있던 병사들이 일사불란하게 성안으로 돌격했다.

"신을 거역한 배교자들에게 신의 이름으로 죽음을 선사하리라!"

"신의 이름으로!"

"신의 이름으로!"

성당 기사단장의 광기 어린 외침에 성당 기사단원들과 병사들이 동시에 구호를 외쳤다.

"신이 함께하는 이 전투에 승리만이 있으리!"

부서진 성문을 통해 쉬르 왕국과 카르디어스 교단의 깃발을 든 병력이 벌 떼처럼 성안으로 파고들었다.

"막아라! 더 이상의 침입을 허용하면 안 된다!"

"모두 물러서지 마라!"

베릴란트 성안의 병력을 이끌던 지휘관들이 목소리를 높여 항전할 것을 외쳤다.

성문이 파괴될 것을 예감하고 베릴란트 왕국의 병사들이 미리 진을 치고 있었지만, 수적인 열세를 극복하기엔 무리였다.

무기가 부딪히는 소리와 함께 여기저기서 피가 솟아오르며, 전세는 막는 쪽에서 공격하는 쪽으로 기울기 시작했다.

고통에 찬 신음과 비명이 마구 울려 퍼지는 가운데, 교단의 병력이 걸친 은색의 갑옷과 백색의 법의가 베릴란트 왕국군의 피로 붉게 물들어갔다. 베릴란트 성을 지키던 병사들이 하나둘씩 쓰러졌고, 그들의 시체를 연합 병력이 짓밟으며 더욱 성안으로 전진했다.

점점 다가오는 연합 병력의 함성에 시민들이 절망에 빠져 헤어나지 못하던 바로 그때.

파아앗!

하늘을 향해 솟아오른 빛의 기둥을 향해 병사와 시민들이 일제히 뒤를 돌아봤다.

렌딜이 떠난 이후 폐쇄되었던 마탑 중 하나가 빛에 감싸여 주변을 환하게 밝히고 있었다.

*   *   *

화르륵!

나이트로의 양손에서 뿜어져 나온 불길이 성당 기사단원들을 덮쳤다.

"누님, 이쪽이에요!"

휘이잉!

불길이 솟아오른 반대 방향에 눈보라가 휘몰아치며 성당 기사단원들의 발을 꽁꽁 얼렸다.

예상보다 강한 저항에 성당 기사단의 병력은 당황했고, 그들을 향해 검은 복장의 젊은이들이 무기를 휘둘렀다.

펠릭스의 부하들과 함께 공성전에 참전 중인 나이트로와 멜린다.

둘은 곧 올 거라 믿었던 크리쉬 후작의 지원군을 기다리며 최대한 항전했다.

그러나 3일 넘게 지속된 공성전을 치르느라 두 사람 모두 피로한 기색이 역력했다.

"아악!"

화염을 손에 두르고 돌진하려던 나이트로가 비명을 지르며 앞으로 풀썩 쓰러졌다.

"크윽……."

"나이트로!"

멜린다가 다급히 나이트로를 부축하며 상체를 일으켜 세웠다. 그의 어깨에 깊숙이 박힌 화살 아래로 핏방울이 뚝뚝 떨어졌다.

멜린다는 주저하지 않고 커다란 원을 그리며 얼음벽을 형성했고, 쓰러진 나이트로 주위를 같이 싸우던 이들이 둘러싸 보호했다.

"나이트로! 그만하면 됐어! 도망쳐야 해!"

"그러는 누님은 왜 안 도망쳐요?"

"……."

나이트로와 멜린다의 활약으로 왕궁으로 통하는 대로를 막는 데에는 성공했다.

　그러나 연합 병력은 둘을 피해 빙 돌면서 왕궁 안으로 돌격했고, 그들까지 막으려고 발악하는 사이 적 병력은 둘을 완전히 포위해 버렸다.

　"나는… 약속했다고요! 그 어떤 일이 있어도 누님만은 지켜 내겠다고!"

　나이트로는 자신의 상태가 어떠한지 잘 알고 있었다.

　거듭된 전투 속에서 마나는 거의 고갈되었고, 화살이 박힌 어깨에서 흘러내리는 피는 멈출 기미조차 보이지 않았다.

　한 걸음, 한 걸음씩 죽음을 향해 걸어가는 절망 속에서 나이트로는 고개를 천천히 들어 올렸다.

　자신을 제대로 상대해 주지 않아 뒷모습만 봐야 했던 멜린다가 시야 한가운데에 들어왔다.

　'그래, 어차피 죽는다면……'

　쿵! 쾅!

　얼음벽을 부수기 위해 적 병사들이 무기를 내려치는 소리 속에서 나이트로는 용기를 냈다.

　"누님, 아, 아니지!"

　나이트로는 고개를 가로저으며 방금 전 한 말을 강하게 부정했다.

　"누, 누나. 아니… 멜린다."

　나이트로는 말을 더듬거리면서 처음으로 그녀의 이름을 불렀다.

순간 멜린다가 놀란 눈으로 나이트로와 시선을 맞췄다.

"마지막으로… 으윽, 손이라도 잡아줘요."

"나이트로……."

"이 세상에서의 처음이자 마지막 부탁일지도 모르니, 들어줘요."

시선을 교단의 병사들 쪽으로 돌린 나이트로는 멜린다의 부축을 거부하며 홀로 일어섰다.

일부러 정면을 계속 응시하면서 나이트로는 오른손을 옆으로 내밀었다. 거절당할 게 두려워서 멜린다를 차마 바라볼 수 없었다.

"어……."

떨리는 그의 손가락 사이로 멜린다의 손가락이 살며시 파고들었다.

"미안해, 이럴 때에야 들어줘서."

"꿈은… 아니죠?"

"아니야, 이 세상이야."

멜린다는 자신의 심금을 울린, 나이트로가 말했던 '이 세상'이라는 단어를 나직하게 말했다.

"하, 하하… 정말 이뤄졌네?"

죽음을 앞에 두고 그토록 바랐던 소원을 성취한 나이트로의 양쪽 볼이 붉게 달아올랐다.

"이렇게 된 이상, 교단 놈들을 한 명이라도 더 저승 가는 길동무 삼도록 하죠!"

"그래……."

"사실 소원이 더 있긴 한데, 그건 저세상에서 말할게요."

나란히 옆에 선, 멜린다의 비장한 표정과 당장 죽어도 여한이 없다는 나이트로의 미소가 대조를 이뤘다.

"이깟 화살 따위!"

화르륵.

나이트로의 왼손이 불길에 휩싸이더니, 방금 어깨에서 뽑아낸 화살이 재가 되어 아래로 떨어졌다.

더 이상 불길을 만들어낼 마나는 남아 있지 않았지만, 대신 그는 검을 주워 들었다. 반이 잘려 나간 검신을 보면서 나이트로는 가볍게 웃었다.

"자, 그러면 가볼까요?"

죽음을 향해.

나이트로는 말라붙은 입술을 혓바닥으로 쓱 훑었다. 마지막까지 계속 웃음을 잃지 않으려 했지만, 긴장 때문에 표정이 굳어버렸다.

그는 멜린다의 손을 쥔 오른손에 힘을 살짝 주었다.

바로 그때.

휘이잉.

"으앗! 이, 이건 뭐지?"

살을 에는 냉기가 얼음벽 너머의 교단 병력을 순식간에 휘감았다.

"바, 발이 얼어붙었어!"

"마법사인가? 어디 있… 크헉!"

비명과 함께 병사의 목 뒤에서 핏줄기가 솟아올랐다. 주변의 병사들이 다급히 정체불명의 습격자를 향해 검을 휘둘렀지만, 허공을 베어낼 뿐이었다.

"으악!"

"크헉!"

연이어 이어지는 비명 속에 병사들이 저항 한번 못 해보고 쓰러졌다. 그림자를 통해 그들 사이를 오고 가는 '누군가'의 단검은 순식간에 피투성이가 되었다.

"어떻게 된 일이지? 이건 도대체……."

멍하니 적 병사들이 죽어가는 광경을 보고 있던 멜린다의 시선이 얼음벽에 머물렀다.

"어? 얼음벽이?"

조금씩 두꺼워지나 싶더니 원형에서 육각형으로 바뀌었다.

거의 다 부서뜨렸던 얼음벽이 더욱 견고해지자 적 병사들은 혼란에 빠졌고, 나이트로와 멜린다 역시 마찬가지였다.

"누, 누님이 한 거예요?"

"나, 나는 아니야!"

"그러면… 어?"

순간 나이트로는 두 눈을 깜박거렸다.

순백색의 날개 한 쌍이 펄럭이면서 얼음벽을 넘어 안으로 들어왔다. 전혀 예상치 못한 장면이었기에, 정작 날개의 주인공이 누구인지 나이트로는 알아보지 못했다.

"베스티나?"

그녀를 알아본 멜린다가 놀란 나머지 두 손으로 입을 가렸다.

"잠시만요."

파아앗.

베스티나의 날개에서 뿜어져 나온 빛이 두 남녀를 감쌌다.

"이제 괜찮을 거예요."

"어… 상처가?"

사라졌다.

혹시 꿈인가 싶어서 나이트로는 화살이 박혔던 부위를 꽉
눌렀지만, 고통마저도 싹 사라진 후였다.

바로 코앞까지 다가왔다고 생각했던 죽음은 어느새 두 남녀
로부터 멀어졌다.

"휴우, 아슬아슬했네."

마지막으로 쓰러뜨린 교단 병사의 그림자에서 모습을 드러
낸 크루겐이 한숨을 길게 내쉬었다.

"어, 너는……."

크루겐의 반대편에서 모습을 드러낸 검은 머리칼의 청년을
본 나이트로는 눈을 크게 떴다.

"그레인?"

자신을 알아본 나이트로에게 고개를 살짝 끄덕인 그레인은
멜린다의 상태부터 확인했다.

비록 피와 흙먼지로 전신이 엉망진창이 된 그녀였지만, 큰 부

상 없이 살아 있었다.

"나이트로, 약속을 지켜줬군."

"어? 그 약속, 기억하고 있었어?"

"고맙다."

그레인은 표정 변화 없이 나이트로의 어깨를 툭 건드리고 지나갔다.

팅!

어디선가 뻗어 나온 팔이 화살을 튕겨냈다.

"어⋯⋯."

팔 너머에 있던 멜린다는 멍하니 자신을 보호해 준 청년의 팔을 바라봤다.

잠시 후, 죽을 위기에서 벗어났음을 실감한 그녀가 제자리에 털썩 주저앉았다.

휙!

크루겐이 던진 팬텀 대거가 멀리서 화살을 쏜 적 병사의 가슴에 꽂혔다.

"휴우, 잘 나가다가 마지막에 초 칠 뻔했네. 네 덕분이다."

크루겐은 손등으로 이마의 땀을 훔치더니 붕대로 얼굴을 둘둘 감은 청년의 어깨를 툭툭 건드렸다.

"오래간만입니다, 멜린다 선생님."

방금 전 자신을 구해준 청년의 인사에 멜린다는 눈을 깜박거릴 뿐이었다.

"누, 누구시죠?"

"아, 이러면 모르시겠군요."

청년이 붕대를 풀자, 돌이 여기저기 박힌 얼굴이 미소를 지었다. 항상 얼굴을 가리고 있어서 좀처럼 볼 수 없는 표정이었다.

"바, 발터? 너도 온 거였니?"

"이제야 알아보시는군요."

"어? 너도 멜린다… 누님의 제자야?"

나이트로는 그녀의 이름만 부르려다가 우물쭈물하며 누님이란 호칭을 붙였다.

막상 위기에서 벗어나고 보니 감정 대신 이성이 머리를 지배했고, 그녀를 이름으로만 부르기 부끄러워졌다.

원래의 무뚝뚝한 표정으로 돌아간 발터는 멜린다와 나이트로를 번갈아 가며 쳐다봤다.

나이트로 입장에서는 발터는 처음 보는 사이였지만, 발터 쪽에서는 아니었다.

"변함없으시군요."

전생이든 현생이든 변하지 않은 두 남녀 사이를 보며 발터는 담담하게 말했다.

아니, 분명히 변하긴 했다.

서로 독기를 품고 죽이려던 적에서 필사적으로 교단에 대항하는 동료의 입장으로.

"아, 이럴 때가 아니야! 왕비 전하가 계신 왕궁 안으로 교단의 병력이 침입했어!"

멜린다는 자리에서 일어서더니 박살이 난 왕궁 입구를 계속

해서 가리켰다.

그러나 그레인 일행의 표정에는 변화가 없었다.

"그건 걱정하지 않으셔도 돼요."

크루겐은 팬텀 대거를 옆으로 휙휙 흔들며 칼날에 묻은 피를 털어냈다.

"베릴란트 왕국 최고의 검사가 갔으니까."

*　　　*　　　*

"크윽!"

"로디나!"

검을 떨어뜨린 로디나가 인상을 찌푸리며 한쪽 무릎을 꿇었다.

피가 철철 흘러내리는 오른쪽 허벅지를 붙잡고 있으면서도, 밀레느가 다가오지 못하도록 오른팔을 옆으로 내밀었다.

"더 이상의 저항은 무의미합니다, 밀레느 왕비."

연합 병력 중 교단 측 병력의 지휘관, 제3성당 기사단장 루스발은 핏방울이 뚝뚝 떨어지는 검 끝을 밀레느가 서 있는 방향으로 겨눴다.

지난 3일 동안의 공성전을 능가하는 혈전이 성내에서 벌어졌다. 루스발은 치열한 공방전이 벌어지는 지역만 요리조리 피해 부하들을 이끌고 알현실로 쳐들어왔다.

'이번 전투의 공적을 빼앗길 걱정은 하지 않아도 되겠군.'

당연히 도망갔을 거라 여겼던 밀레느 왕비가 자리를 지킬 줄 예상 못 했던 루스발의 안면에 절로 미소가 피어났다.

근위대원들은 밀레느 왕비만은 지키기 위해 노력했지만, 사면이 포위된 상태라 적들의 공격을 막아내기에 급급했다.

반 이상의 근위대원들이 쓰러졌음에도 그들은 왕비의 경호를 포기하지 않았다. 조금만 더 버티면, 왕비의 아버지인 크리쉬 후작의 증원군이 도착할 거라 믿었다.

그러나 루스발의 칼끝은 점점 더 밀레느에게 다가오며 일말의 희망조차 허용하지 않았다.

"지금이라도 순순히 항복하신다면 교단의 이름을 걸고 정중히 모셔가도록 하겠습니다."

항복이라는 말에 밀레느는 말없이 아랫입술을 강하게 깨물었다.

"물론 배교자인지 아닌지 신의 판단을 받기 위한 과정을 거치셔야 한다는 점을 미리 양해 드립니다."

루스발의 말투는 정중했지만, 표정은 전혀 그렇지 않았다.

비아냥이 아닌, 기쁨에 벅차올라 짓는 순수한 미소 그 자체였다.

밀레느는 두 눈을 감고서 생각에 잠겼다.

종교재판에 회부된 후, 나라를 혼란에 빠뜨린 마녀라는 오명을 뒤집어쓰고 화형에 처해질 미래가 뇌리를 스쳐 지나갔다.

아니, 그건 차라리 행복한 죽음일지 모른다는 생각마저 들었다. 여과되지 않은 욕망을 그대로 드러내는 루스발의 시선에 밀레느의 팔에 소름이 확 돋았다.

"제가 교단의 포로가 된다면… 저를 제외한, 포로가 된 이들 모두를 살려준다는 약속을 해줄 수 있습니까?"

"전하!"

그러나 그녀가 고를 수 있는 선택지는 현재 하나뿐.

로디나의 만류에도 밀레느는 루스발을 향해 한 걸음 발을 내디뎠다.

"모두라… 허헛, 참 난감한 조건을 제시하셨군요."

루스발은 턱을 매만지며 흡족한 표정을 지었다.

그의 느끼한 시선이 밀레느의 머리에서 발끝까지 훑고 지나 갔다.

"그러나 저희 교단의 교리에는 자비를 절대 아끼지 말라는 말씀도 있으니… 좋습니다, 신의 이름으로 약속드리죠."

신의 이름.

교단의 인간들이 가장 많이 입에 올리면서, 어겨야 하는 약속을 다짐할 때마다 쉽사리 내뱉는 문구.

밀레느는 두 눈을 감은 채로 한 발짝씩 걸음을 옮겼다.

지키지 않을 약속임이라는 걸 알면서도 어찌할 도리가 없었다. 지금 항복하지 않는다면 베릴란트 성을 통째로 불태우고도 남을 거라는 더 암울한 미래를 엿봤기에.

'미안해요, 펠릭스. 결국 운명은 바뀌지 않나 봐요.'

그를 만나고, 그와 함께 지냈고, 그가 떠나기까지 거쳐 왔던 시간들이 순서대로 밀레느의 머릿속에 떠올랐다가 사라졌다.

그때였다.

콰앙!

"무, 무슨 일이지?"

가까이 다가온 밀레느의 어깨에 손을 얹으려던 루스발이 화들짝 놀랐다.

그와 그의 부하들은 폭발음이 들린 입구 쪽으로 몸을 돌렸다.

"누가 감히 왕비 전하께 해를 가하려 하느냐!"

노기 어린 눈빛의 노인이 오로로 휘감긴 검을 앞세우고 루스발을 향해 달려들었다.

분노로 가득 찬 노인의 외침에 루스발이 자신도 모르게 검을 떨어뜨렸다. 모두의 시선이 그 둘에게 쏠린 사이, 로다나는 밀레느의 허리를 붙잡고 급히 뒤로 물러섰다.

"하아앗!"

노인이 휘두른 검이 대각선의 잔상을 남겼다.

루스발은 다급히 검을 주워서 공격을 막으려 했지만, 오로가 실린 노인의 검은 똑같이 오로에 감싸인 그의 검을 두 동강 내버렸다.

검 너머 있던 루스발의 목까지 단숨에 베어내면서.

자신들의 발 옆으로 떼구루루 굴러가는 상관의 머리를 교단의 성당 기사단원들은 멍하니 내려다봤다.

"모두 뒤로 피하세요!"

입구 근처에 서 있던 트리아나의 외침에 근위대원들과 밀레느가 황급히 뒤로 물러섰다.

트리아나가 왼손에 들고 있는 마법사의 페이지가 촤라락 넘어가면서 작은 마법진이 그 위로 떠올랐다.

화르륵!

그녀의 오른손에서 발사된 화염구들이 막 정신을 차리려던 성당 기사단원들을 향해 퍼부어졌다.

"으아아악!"

불길에 휩싸인 이들이 비명을 지르며 비틀거렸다.

운 좋게 화염구를 피한 자들이 트리아나를 향해 돌진했지만, 입구 옆의 벽에 숨어 있던 또 한 명의 존재를 알아채진 못했다.

"리카르도, 지금이야!"

"알았어! 간다!"

양손을 바닥에 대고 마법을 준비 중이던 리카르도를 중심으로 마법진이 떠올랐다.

휘이잉!

차가운 바람이 몰아치더니, 근위대와 밀레느 왕비를 제외한 적들 전원의 발이 얼음에 휩싸였다.

"좋았어! 성공이야!"

예전에 몬스터를 토벌할 때, 그레인이 냉기를 구현했던 방식을 따라 한 리카르도가 쾌재를 불렀다.

꼼짝달싹 못하게 된 성당 기사단원들은 다급히 무기를 내던지며 두 손을 들어 올렸다.

순식간에 알현실 안의 교단 병력을 모두 처리한 세 명은 밀레느의 앞에서 한쪽 무릎을 꿇으며 예를 표했다.

"플로이드 경……."

밀레느의 시선은 세 명 중 가운데에 있는 노인, 플로이드에게 머물렀다.

대마법사 렌딜 아래에서 일하던 플로이드는 평소의 집사 차림이 아니었다. 근위대를 떠날 때 차마 버리지 못하고 간직했던 갑옷을 걸치고 있었다.

"전하, 경이라는 호칭은… 폐하의 곁을 떠난 저에게는 붙여질 자격이 없습니다."

플로이드는 알현실까지 적들의 침입을 허용한 것 자체를 자신의 탓인 것처럼 자책하며 고개를 들지 못했다.

"그러나 오늘 하루만은 폐하를 대신하고 계신 전하를 위해 다시 예전으로 돌아가겠습니다."

자리에서 일어선 플로이드는 근위대원들을 쓱 둘러봤다.

근위대장으로 활약할 당시 '베릴란트의 맹호(猛虎)'라 불리던 압도감을 그저 눈빛 하나만으로 모두에게 각인시켰다.

"이것을… 받으십시오."

플로이드에게 다가온 로다나는 허리에 차고 있던 레이피어를 두 손으로 들어 플로이드에게 내밀었다.

베릴란트 왕실의 근위대장에게만 소유가 허락되는 명검 페릴라스.

플로이드가 검집에서 페릴라스를 뽑아 들자 눈빛이 더욱 날카롭게 변했다.

"전(前) 근위대장 플로이드의 이름으로, 근위대 전원에게 명한다!"

그의 외침에 근위대원들이 언제 지쳤냐는 듯 일제히 일어서면서 차렷 자세를 취했다. 부상을 입은 자들까지도 동료들의 부축을 받으며 천천히 일어섰다.

"그 어떤 일이 있어도 전하의 안전을 우선시해라!"

"네!"

"알겠습니다!"

로디나의 대답을 시작으로 근위대 전원이 목소리를 높여 대답했다.

"트리아나! 에르닌 아가씨께 가서 도와드리도록! 리카르도! 너는 대공 전하께서 계신 곳으로 합류해 힘을 보태 드려라!"

"알겠습니다!"

"맡겨만 주십쇼!"

두 남녀는 등에 메고 있던 가방을 내려놓고 입구를 통해 왕궁 밖으로 달려 나갔다.

"플로이드 경! 혹시… 혹시……"

"말씀하십시오."

"펠릭스 대공도 함께 왔나요?"

"네, 그분의 지시로 제가 이곳에 왔습니다."

"아아……"

밀레느는 두 손으로 얼굴을 감싸 쥐며 감격의 눈물을 흘렸다.

방금 전까지만 하더라도 모든 걸 포기하고 절망에 빠졌던 자신에게 다시 희망을 안겨준 그를 보고 싶었다.

그러나 지금은 성안으로 쳐들어온 적들을 속히 물리쳐야 할 때.

밀레느는 감정을 추스르며 눈에 고인 눈물을 손등으로 훔쳐 냈다.

"다시 적들이 쳐들어올지 모른다! 가능한 한 빨리 재정비해라! 부상자는 뒤로 물러서서 치료를 받도록!"

근위대원들에게 지시를 내린 플로이드가 포박된 채로 알현실 구석에 몰려 있는 포로들을 매서운 눈으로 노려봤다.

근위대원들이 방심할 때를 노려 탈출하려던 교단의 포로들은 그와 눈이 마주치는 순간 저항할 생각 자체를 완전히 버렸다.

전생에는 왕과 왕비의 죽음을 막지 못하고 불타오르는 베릴란트 성과 운명을 같이했던 노병, 플로이드.

현생에서 그의 행보는 극적으로 바뀌었다.

마치 운명처럼.

*   *   *

"으… 어……."

커다란 손에 목을 붙잡힌 쉬르 왕국군 병사가 허공에서 헛발질을 했다.

"사… 살려……."

또 한 명의 병사가 자신의 목을 움켜쥔 또 하나의 커다란 손에 저항하며 발버둥을 쳤다.

그러나 거대한 덩치의 사내는 자비를 베풀지 않았다.

콰직!

목뼈가 으스러진 병사들의 양팔이 아래로 축 쳐졌다.

"다음은?"

펠릭스는 자신을 둘러싼 적들에게 등을 보인 채로 말했다.

그의 등에는 적들이 쏜 화살이 촘촘히 박혀 있었고, 그의 주변에는 쉬르 왕국군 병사들과 교단 소속 병사들의 시체가 즐비했다.

"다음은 누구냐!"

쿵!

펠릭스가 오른발을 힘주어 내딛자, 지면을 흔드는 충격이 사방으로 퍼져 나갔다.

"히익!"

"괴, 괴물이다!"

펠릭스의 살기에 밀린 적 병사들이 당황하며 도망쳤다.

진군할 때보다 더 빠르게 물러서는 연합 병력 사이에서 물러서지 말고 제자리를 지키라는 지휘관의 소리가 허망하게 울려 퍼졌다.

수십여 발의 화살이 등에 박혀도, 전신을 수없이 베이고 찔렸음에도 무릎 한 번 굽히지 않는 펠릭스는 절대 쓰러뜨릴 수 없는 불사신 그 자체였다.

승리를 확신했던 연합 병력은 그의 등장만으로도 시민들이 느꼈던 공포를 되돌려 받는 중이었다.

"늦게 와서 미안하다."

펠릭스는 지쳐서 주저앉은 베릴란트 성의 병사들을 둘러봤다.

그의 압도적인 위용에 적들은 물론 아군 병사들도 가까이할 수 없다는 점은 마찬가지였지만, 진짜 괴물이 아니라는 것을 베릴란트의 병사들은 알고 있었다.

특유의 거대한 덩치만으로도 단번에 누구인지 알아챌 수 있었다.

"혹시 당신은 대, 대공 전……!"

펠릭스를 알아본 병사 한 명이 하려던 말을 도로 삼키며 양손으로 입을 가렸다.

그를 대공이라 불러서는 안 된다는 불문율을 뒤늦게 떠올리며 식은땀을 주르륵 흘렸다.

그러나 펠릭스는 인상 한번 찌푸리지 않고 자신을 알아본 병사의 어깨를 가볍게 두들겼다.

"그래, 내가 펠릭스 대공이다."

"화, 황송할 따름입니다."

펠릭스는 얼이 빠진 얼굴의 병사를 뒤로하고 왕궁 쪽으로 돌아봤다.

"대공 전하!"

그가 바라보는 방향에서 리카르도가 급히 달려왔다.

"헉헉… 무사하셨군요."

"밀레느는 무사한가?"

"밀레느? 아, 왕비 전하 말씀인가요? 무사히 구출했습니다!"

"그런가."

펠릭스는 벅차오르는 감정을 억누르며 눈을 감았다가 떴다.

"수고했다."

펠릭스는 무덤덤하게 리카르도의 등을 툭툭 두들겼다. 반면 리카르도는 펠릭스의 등에 깊숙이 박혀 있는 화살들을 알아채고 안색이 새파랗게 질렸다.

"그, 그것보다 등! 등! 괘, 괜찮으십니까?"

"이 정도는 아무것도 아니다."

"그래도 우선 이것들을 빼내야 합니다!"

"어차피 또 박힐 거니 의미 없다."

"그, 그렇긴 하겠죠."

펠릭스의 등 쪽으로 돌아가 화살을 뽑으려던 리카르도가 머쓱해하며 뒤통수를 긁었다.

"다른 곳의 전황은 어떠한가?"

"왕궁 안으로 침입했던 놈들은 다 몰아냈고요, 다른 쪽은……."

리카르도는 이마에 손을 얹고 먼 곳을 바라봤다. 한눈에 봐도 연합 병력의 깃발을 든 병력이 성 밖으로 밀리고 있었다.

"다들 잘하고 있는 것 같군요."

"하지만 이 정도로 만족할 수는 없다."

"물론이지요. 이제부터 받은 것 이상으로 되돌려 줄 차례 아닌가요?"

리카르도는 오른쪽 어깨에 걸친 대검을 까딱거리며 씨익 미소를 지었다.

"대공 전하!"

누군가의 외침에 펠릭스와 리카르도가 뒤로 돌아섰다.

왕궁 쪽에서 누군가가 빠른 걸음으로 펠릭스를 향해 뛰어오고 있었다.

"잉? 너는… 크로드잖아?"

"리카르도? 언제 온 거지?"

크로드의 물음에 리카르도는 드높이 솟아오른 마탑 꼭대기를 가리켰다.

"렌딜 님의 순간 이동 마법으로 왔어. 그것보다… 야! 너, 스코트는… 아, 아니! 폐하는 어떻게 하고 너 혼자 왔어?"

"폐하의 명으로 온 거다. 폐하의 호위 병력 전원에게 전투에 참여하라는 명을 직접 내리셨다."

"그, 그랬냐? 하긴 그 녀석 답긴 하네."

리카르도는 혹시라도 펠릭스에게 들릴까 봐 조용히 말했다.

"너는… 동생의 부하로군. 동생… 아니, 폐하는 무사하신가?"

크로드를 알아본 펠릭스의 표정은 여전히 무뚝뚝했다.

속마음은 전혀 달랐지만.

"네. 전하께서 이끌고 오신 분들 덕분에 위기를 벗어날 수 있었습니다. 전하를 도와 하루속히 전투를 마무리 지으라는 명을 받고 이 자리에 왔습니다."

"알았다. 그 전에 잠시……."

펠릭스는 자신을 바라보고 있는 병사들을 향해 왼팔을 배에 대고 허리를 숙였다.

"고맙다."

병사들에게 정중히 예를 표하는 펠릭스 주위로 일순간 정적이 감돌았다.

"이제부터는 우리들에게 맡겨라."

말을 마친 펠릭스는 적 병력이 빠져나가는 중인 성문 쪽으로 걸음을 돌렸다. 그의 왼쪽에는 리카르도가, 오른쪽에 크로드가 나란히 걸어갔다.

펠릭스는 3일 넘게 엄청난 병력을 상대로 최선을 다한 병사들에게 계속 싸우기를 강요할 수 없었다. 자신이 도착하기 전까지 시간을 벌어준 것만으로도 제 역할을 충분히 했다고 생각했다.

그러나 그의 말을 따르는 병사들은 거의 없었다.

각자 무기를 지팡이 삼아 하나둘씩 일어서기 시작했다. 부상을 입은 자들은 이를 악물며 고통을 견뎌냈다.

성문 쪽으로 계속 걸어가던 펠릭스는 도중에 멈춰 서서 뒤를 돌아봤다.

어느새 펠릭스의 뒤로 수많은 병사가 따라오고 있었다.

*   *   *

베릴란트 성 안으로 침입했던 쉬르 왕국군과 카르디어스 교단의 연합 병력.

그들은 예상치 못한 베릴란트 측의 지원 병력에 밀려 도로 성 밖으로 후퇴해야 했다. 수는 적었지만 일당백의 실력을 갖춘 그레인 일행의 반격을 연합 병력은 버텨내지 못했다.

결국 연합 병력은 성의 점령을 포기하고 공성전이 시작되기 전처럼 포위망을 형성하는 선에서 만족해야 했다.

파괴되었던 마나의 장벽이 다시 베릴란트 성을 둘러쌌고, 모두의 침묵 속에서 고요함이 감돌았다.

다시 성안으로 진입할 타이밍을 언제 잡아야 할지 고심하던 연합 병력 앞에 여섯 명의 남녀가 모습을 드러냈다.

그레인, 베스티나, 크루겐, 리카르도, 크로드.

그리고 그들의 앞에 서 있는 펠릭스.

성문 앞으로 나온 이들 중 압도적인 존재감을 과시하는 펠릭스에게 연합 병력의 시선이 집중되었다.

"모두 물러서라. 그리고 아까 말한 대로 행동하도록."

펠릭스의 명에 나머지 다섯 명은 그와의 거리를 멀찌감치 벌렸다.

성 밖으로 적의 병력을 쫓아내긴 했지만, 성을 둘러싼 포위망을 분쇄시키지 않으면 공성전이 반복될 뿐이었다.

지금이야말로 완벽한 승리가 필요할 때라 판단한 펠릭스는 품에서 비약을 꺼냈다.

단숨에 비약을 들이켠 펠릭스는 오른손을 움켜쥐며 약병을 부서뜨렸다. 손바닥을 펼치자 유리 파편이 아래로 후두두 떨어졌고, 손에 난 상처는 이미 회복된 후였다.

평소보다 훨씬 빠른 속도로.

"우워워워!"

펠릭스가 두 주먹을 불끈 쥐며 내지른 외침에 성을 포위한 병력이 일제히 뒤로 물러섰다.

비약의 효과 때문이었을까, 몬스터들에게 주로 통하던 그의 외침이 인간들에게도 통하고 있었다. 그를 따라 성문 근처에 서성이던 아군 병사들마저도 혼비백산해 흩어졌다가 다시 모일 정도였으니.

촤르륵.

펠릭스가 팔과 가슴에 두르고 있던 영겁의 사슬을 풀었다.

휘잉!

사슬이 지나간 자리에는 펠릭스의 몸에서 떨어져 나간 살점으로 그려진 커다란 반원이 지면에 자리 잡았다.

"너희들 중 그 누구도 이 선 안으로 넘어오는 걸 허락하지 않겠다!"

펠릭스의 기세에 압도된 연합 병력 측은 기겁하며 선 뒤로 급히 물러났다. 그러나 그들 중 몇 명은 주변 상황을 살피면서 은근슬쩍 선 가까이 접근했다.

콰아앙!

폭발음과 함께 높게 치솟은 불길이 '선을 넘은' 이들을 덮쳤다.

"저, 저건 뭐지?"

"어디냐? 어디지?"

새까맣게 타버린 동료의 시체를 앞에 두고, 연합 병력 측 병사들은 화염이 날아온 방향을 손으로 가리켰다.

*   *   *

치이익.

"트리아나, 마나를 재충전해 줘."

"넵!"

성벽 위에서 마력총을 사용한 에르닌이 기다란 시험관을 꺼내 트리아나에게 건넸다.

방금 전 그녀가 발사한 마력총의 마법은 포위망 한쪽에 시커먼 구덩이를 남겼다. 제스테일이 개조한 새 마력총의 위력에 그녀를 호위하기 위해 온 병사들은 입을 떡하니 벌렸다.

철컥.

새 시험관을 마력총에 장전한 에르닌은 연합 병력의 포위망 중심 쪽을 향해 조준했다.

그녀의 주변에는 방금 전까지 성벽 위를 점령했던 쉬르 왕국의 병사들이 선 채로 굳어 있었다.

안대를 벗은 그녀의 오른쪽 눈과 마주친 이들은 아무런 저항도 못 하고 석화되어야만 했다.

"반대로, 이대로 아무런 일이 없었다는 듯 후퇴하는 것도 용납하지 않겠다!"

성문 앞에 단독으로 서 있는 펠릭스의 외침에 에르닌은 움찔하며 왼쪽 눈을 깜박거렸다.

그러나 주춤거린 건 잠시였을 뿐, 다시 원래대로 조준 자세를 취한 에르닌은 미동하지 않았다.

그녀는 마법으로 증폭시킨 시력으로 당황하는 성벽 아래 적들의 움직임을 살폈다.

"응?"

계단을 타고 누군가 성벽 위로 올라오는 소리에 에르닌이 마력총을 급히 거두어들이더니 오른쪽 눈을 가린 안대에 손을 가져갔다.

"트리아나, 눈을 감아."

"넵!"

메두사의 눈의 위력을 목격한 트리아나는 몸을 웅크리며 두 눈을 질끈 감았다.

"적이 아닙니다! 아니라고요!"

에르닌이 안대를 벗기 직전, 성벽으로 급히 올라온 사내가 두 손을 번쩍 든 채로 뒤돌아섰다.

뒤이어 나타난 검은 복장의 사내들도 마찬가지로 양손을 들었다.

"늦어서 죄송합니다!"

"아저씨는 누구?"

벗었던 안대를 도로 쓴 에르닌은 고개를 갸웃거렸다.

"저는 펠릭스 대공 전하를 모시고 있는 멧슨이라고 합니다! 여러분들을 지켜 드리기 위해 왔습니다!"

　　　　*　　　　　*　　　　　*

'저쪽은 걱정하지 않아도 되겠군.'

성벽 위로 집결한 펠릭스의 부하들을 본 그레인이 안도의 한숨을 내쉬었다.

마력총이 가장 위력을 발휘할 수 있는 위치인, 성벽 위.

적과 아군이 뒤섞여 혼전을 펼치는 상황이라면 메두사의 눈은 사용하기 힘들어진다. 그렇다면 마력총으로 적 병력의 후방을 노리는 편이 낫다는 그레인의 판단을 에르닌은 순순히 받아들였다.

"전하, 저쪽을 보세요!"

돌연 크루겐이 동쪽을 가리키며 난리법석을 부렸다.

동쪽의 언덕 위에 집결한 병사들 위로 베릴란트 왕국의 문양이 새겨진 깃발이 바람에 나부꼈다.

"크리쉬 후작의 병력인가."

펠릭스의 입가에 옅은 미소가 자리 잡았다.

이제는 승리를 넘어, 받은 것 이상으로 되돌려 줄 수 있는 최적의 타이밍이 되었다.

"그러면 시작해도 되겠습니까?"

"물론이다."

펠릭스는 영겁의 사슬을 양손에 둘둘 동여매며 대답했고, 다섯 명의 남녀가 동시에 고개를 끄덕거렸다.

펠릭스가 정면으로, 그레인이 왼쪽으로, 크루겐이 오른쪽을.

그리고 리카르도와 크로드가 펠릭스를 따라 달려 나갔다.

마지막으로 천사의 날개를 펼친 베스티나가 천천히 날갯짓을 하며 상공으로 떠올랐다.

파아앗!

넓게 펼친 베스티나의 양 날개에서 뿜어져 나온 빛이 뒤에서 대기 중이던 베릴란트 성의 병사들을 따뜻하게 감쌌다.

"사, 상처가… 아물고 있어!"

"아, 아프지 않아!"

간신히 서 있던 병사들의 감탄사가 터져 나왔다.

부상의 고통에서 벗어난 지금, 그들은 더 이상 망설일 이유가 없었다.

"와아아!"

함성과 함께 베릴란트 성의 병사들이 펠릭스를 보고 용기를 내어 성문 밖으로 나오기 시작했다.

3일 넘게 지속된 공성전을 치렀음에도 그들의 얼굴에서는 지친 기색을 찾아볼 수 없었다.

쿵! 쾅!

펠릭스가 자세를 낮추며 지면을 양손으로 가격했다.

"으, 으악!"

그를 막기 위해 달려들었던 적 병사들이 비틀거리더니 이내 우수수 쓰러졌다.

곧바로 몸을 일으킨 펠릭스가 두 주먹을 얼굴 앞에 가져가더니 강하게 내질렀다.

퍽! 퍽!

"으억!"

그의 주먹 한 방에 맨 앞에 있던 병사가 멀리 날아가더니 뒤에서 대기하던 병사들과 뒤엉켰다.

순식간에 연합 병력의 진형이 뒤엉키면서 적 병사들은 혼란에 빠졌고, 그 틈을 노려 펠릭스는 더 안으로 파고들었다. 그가 주먹을 내지를 때마다, 발로 걷어찰 때마다 적 병사들의 피가 사방으로 튀었다.

물론 연합 병력 측은 펠릭스의 돌진을 보고만 있지 않았다. 그들은 마치 야수처럼 돌격하는 펠릭스를 안으로 유인했다. 얼마 후, 상당한 피해를 입으면서 그를 완전히 포위한 적 병사들의 반격이 이어졌다.

"뭐, 뭐야?"

"주, 죽지 않잖아?"

그를 공격한 병사들이 부들부들 떨면서 황급히 뒤로 물러섰다.

화살이 날아와 어깨와 눈에 꽂혔는데도, 육중한 해머가 발등을 찍었음에도, 옆구리에 검이 여러 개나 박혔음에도 펠릭스의 공격은 멈추질 않았다.

휘잉!

그가 휘두른 영겁의 사슬에 맞은 적 병사들이 비명을 지르며 우수수 쓰러졌다.

쉬르 왕국 측의 지휘관은 병사들에게 급히 물러서라 명령했고, 영겁의 사슬이 훑고 지나간 자리에는 피범벅이 된 병사들의 시체가 쌓여 있었다.

"베릴란트 성을 구하기 전까지는……."

펠릭스는 피투성이가 된 몸으로 영겁의 사슬을 두 주먹에 다시 감았다.

"나는… 절대 쓰러지지 않는다!"

*   *   *

타닥타닥.

"아……."

불길에 휩싸인 베릴란트 성을 멍하니 올려다보는 사내의 입에서 탄식이 흘러나왔다.

그는 눈을 감았다 뜨기를 반복했다.

보고, 듣고, 피부에서 느껴지는 감각 모두가 현실이 아닌 환상이기를 바랐다.

그러나 시야에 들어오는 광경은 조금도 바뀌지 않았다.

결국 그는 있어서는 안 되었던, 그러나 눈앞에서 벌어진 최악의 결과를 받아들일 수밖에 없었다.

"그때의 약속… 늦게나마 지키려고 했는데……."

그의 쌍둥이 형 펠릭스 3세.

첫사랑이자 짝사랑으로 끝나야 했던 왕비 밀레느.

그리고 그 둘 사이에 태어났던 공주.

그 세 명을 보러 오겠다던 약속을 이제 영원히 지킬 수 없게 되었다.

"크윽… 흑……."

두 무릎을 꿇은 사내는 양손을 땅바닥에 대고 오열하기 시작했다.

그를 따라온 동료들은 그의 뒤에서 아무 말도 하지 못하고 가만히 자리를 지켰다.

그중 검은 머리칼을 한 남자가 그에게 다가가더니 어깨에 손을 얹으려 했다. 평소의 적의가 서린 눈빛이 아닌, 말없이 슬픔에 공감하는 표정으로.

"카르디어스 교단……."

그러나 살의가 넘치는 그의 목소리를 듣고서 검은 머리칼의 남자는 손을 거두었다.

"절대… 용서하지 않겠어……."

그가 태어났고, 자라났고, 떠나야만 했던 베릴란트 성.

그곳을 무참히 짓밟고 불태워 버린 교단은 그에게 있어서 더 이상 단순한 적이 아니게 되었다.

"으아아아!"

교단에 대한 끝없는 분노가 그의 가슴속 깊은 곳에서부터 끓어올랐다.

영원히 식지 않을.

*　　　　*　　　　*

"허억, 허억……."

침대 위에서 상체를 일으킨 스코트의 입에서 거친 숨소리가 흘러나왔다.

"또 그 꿈을……."

그의 전신은 물론이고 이불을 붙잡은 손마저 온통 땀투성이가 되어버렸다.

현실이 아닌 예전 생의 악몽이라는 걸 알았음에도 스코트는 조금도 진정할 수 없었다.

잠들기 전까지 베릴란트 성은 두 세력의 연합군에게 공격을 받고 있던 터였다. 전생 때처럼 자신 혼자 살아남아 봤자 아무런 의미가 없었다.

"폐, 폐하! 진정하십시오! 아직 안정을 취하셔야 합니다!"

코르덴 재상이 다급히 침대로 다가가 스코트를 도로 눕히려고 했다.

"어떻게 되었지? 아직도 공성전 중인가?"

그러나 스코트는 그의 손을 밀쳐내며 전황이 어떠한지 물어봤다.

스코트의 귀에는 아직도 꿈속에서 자신이 외쳤던, 처절한 비명이 메아리치듯 반복되고 있었다.

"폐하, 이 환호성이 들리십니까?"

코르덴 재상은 눈물을 글썽이면서 활짝 열린 창문 너머를 가리켰다.

"와아아!"

"우리가 이겼어! 이겼다고!"

"펠릭스 대공 만세!"

많은 이의 외침 속에서 낯익은 이름이 스코트의 귀에 들어왔다.

"크리쉬 후작과 펠릭스 대공이 이끌고 온 원군 덕분에… 승리를 거뒀습니다! 그것도 적 병력을 거의 전멸시킬 정도의 대승을 말입니다!"

"펠릭스 대공이……."

스코트는 믿기지 않는다는 듯 연신 눈을 깜박거렸다.

베릴란트 성의 마지막을 봤을 때처럼.

전생에 그토록 막기를 원했지만, 결국 지켜만 봐야 했던 베릴란트 성의 몰락.

지금 그의 눈에 비친 모습은 전생과는 정반대였다.

스코트는 침대에서 내려오더니 비틀거리며 창문으로 걸어갔다.

승리의 환호성을 외치는 시민과 병사들을 바라보는 그의 눈 아래로 한 줄기 눈물이 주르륵 흘러내렸다.

"아니, 형이……."

운명은, 바뀌었다.

슬픔에서 기쁨으로.

제4장

변화 속에서

베릴란트 성을 놓고 치열하게 전개되었던 공성전의 끝은 베릴란트 왕국 측의 승리로 마무리되었다.

승리를 거의 확신하던 쉬르 왕국군과 카르디어스 교단의 병력은 전멸에 가까운 피해를 입고 후퇴했다. 얼마 전까지만 해도 모든 것이 연합 병력이 바라는 대로 흘러갔지만, 펠릭스를 위시한 그레인 일행의 기적과도 같은 합류는 그들에게 악몽을 선사해 줬다.

결정적으로 전투 막바지에 합류한 크리쉬 후작의 증원군을 상대하기엔 연합 병력 측은 더 이상 싸울 기력이 남아 있지 않았다.

전투는 끝났지만 힘겨운 승리였기에 피해를 복구하는 일이 급선무였다. 전투를 마친 그레인 일행에게 승리의 여운을 만끽할 시간은 주어지지 않았다.

*   *   *

"이건… 도대체가……."

베릴란트 성 북쪽에 길게 늘어져 있는, 새까맣게 타버린 십자가의 행렬을 본 자이투르스는 말을 잇지 못했다.

"정말로 저런 짓을 교단의 성당 기사단에서 행했단 말입니까?"

"네."

"하아……."

그레인의 짧은 대답과 반대로 자이투르스의 입에서 길게 탄식이 터져 나왔다.

카르디어스 교단 측은 공성전이 벌어지는 내내 사로잡은 포로들을 십자가에 매달아 산 채로 불태웠다. 끈질기게 저항하는 베릴란트 성 측의 기세를 꺾기 위한 의도였다.

"이렇게 잔혹한 짓을 신의 이름 아래 자행했다니……."

자신도 모르게 꽉 움켜쥔 자이투르스의 주먹이 부들부들 떨었다.

성직자였을 때에 교단의 횡포에 맞서왔지만 막상 그 횡포를 이렇게 직접적으로, 그리고 잔혹하게 느끼기는 처음이었다.

한때 교단에 몸담고 있었다는 사실 자체만으로도 씻을 수 없는 죄책감이 그를 휘감았다.

"이제 아시겠습니까?"

자이투르스를 이곳으로 데리고 온 그레인의 얼굴에는 감정의 변화가 크게 드러나지 않았다.

분노가 느껴지지 않는 건 아니지만, 전생에 질리게 봤던 광경이라 무덤덤할 뿐이었다.

"광적인 믿음이라는 것이 얼마나 무서운 것인지를."

"믿음, 이라……."

예전에는 항상 입에 담고 살았던 단어를 되풀이하며 자이투르스는 십자가 아래로 천천히 걸음을 옮겼다.

원래는 잔혹하게 죽어간 이들을 위해 성호를 그으며 기도를 하려고 했다. 평소 했던 것처럼.

그러나 십자가들 아래 쌓여 있는 잿더미가 얼마 전까지만 하더라도 인간이었다는 생각에 미치자, 자이투르스의 안색이 새파랗게 질렸다. 어쩌면 자신도 저렇게 되었을지 모른다는 두려움과 함께 메스꺼움이 몰려왔다.

억지로 구역질을 참으며 주위를 둘러보던 중, 자이투르스의 시야에 잿더미 말고 다른 게 들어왔다. 완전히 불타지 않아 흉측한 형태만이 남아버린 시체를 보는 순간, 그는 급하게 입을 틀어막았다.

"우, 우웩!"

자이투르스는 허리를 굽히더니 토하기 시작했다.

그레인이 부축하기 위해 다가갔지만 자이투르스는 손을 내밀며 거절했다.

"으으… 우욱!"

한 번 시작된 구토는 쉽사리 멈추지 않았고 배 속에 든 모든 걸 게워낸 후에야 자이투르스는 몸을 일으켰다.

"자이투르스 님, 아무래도 비공정으로 돌아가 쉬시는 편이……."

"아니오."

자이투르스는 입술에 묻은 침과 위액을 닦아내며 단호하게 말했다.

여전히 안색은 좋지 않았지만 눈빛은 오히려 전보다 더 또렷했다.

"나는 교단에게 버림받은 몸이라오. 어쩌면… 있었다고 믿어 왔던 신에게도 버림받았을지도 모르고."

이레귤러를 따라 비공정에 합류한 이후에도 자이투르스는 신에 대한 믿음을 완전히 버리진 못했다.

그런 이유 때문에 종종 비공정 내 다른 이들과 충돌이 적지 않았고, 그럼에도 자신의 신념을 꼿꼿이 지켰다.

그러나 베릴란트 성에서 교단의 병력이 저지른 만행을 직접 두 눈으로 보게 되자 신념이 흔들리기 시작했다. 급기야는 신성함의 상징인 십자가로 포로를 태워 죽인 모습까지 보자 그의 신념은 완전히 무너져 내렸다.

결국 그는 자신이 교단이라는 테두리 안에 갇혀 있었던 걸 인정할 수밖에 없었다.

"그렇기에 바로 눈앞에서 고통스러워하는 이들을 차마 버릴 수 없소. 아니, 버릴 수 없다고 말하는 것이야말로 교만한 마음일지도 모르겠소. 그냥… 괴로워하는 사람들을 보고 있을 수 없소, 인간으로서."

자이투르스는 여기로 오기까지 스쳐 지나갔던, 부상으로 고통받는 병사들을 치료하기 위해 성문 쪽으로 걸음을 옮겼다.

그렇게 홀로 걸어가던 자이투르스가 지나간 자리에 무언가가 툭 떨어졌다.

교단을 떠난 이후에도 계속 품속에 지니고 있었던 로사리오.

그는 조금의 미련도 두지 않고, 성벽에 손을 대고서 계속 걸어갔다.

*   *   *

성안으로 돌아온 그레인의 시야에 여러 사람들의 얼굴이 스쳐 지나갔다.

삶의 터전을 잃고 주저앉은 시민들, 부상 속에서 신음하는 병사들.

그들을 돌보기 위해 정신없이 왔다 갔다 하는 이들, 그리고 폐허가 된 거리를 언제 전투가 있었냐는 듯 웃으면서 달려가는 아이들 등등.

치열했던 전투가 훑고 지나간 상흔은 아물기엔 너무나 일렀다.

'하지만 전생과 달라졌어. 정말로… 운명이 바뀌었군.'

그레인은 눈을 감고서 전생의 기억을 회상했다.

활활 타오르는 베릴란트 성을 앞에 두고 오열하는 스코트의 모습이 선명하게 떠올랐다.

그와 앙숙이었고 지금도 크게 다를 바 없었지만 그때만은 적의를 거둘 수밖에 없었다.

다시 눈을 뜬 그레인의 시야 가운데에 부서진 분수대가 자리 잡았다.

"자, 단단히 잡아당기라고!"

"알겠습니다!"

병사들은 막사를 짓느라 여념이 없었고, 망치질 소리가 여기저기서 울려 퍼졌다. 성내에 있던 건물의 상당수가 무너지고 불타 버린 터라, 분수대 주변은 부상자와 잠잘 곳 없는 시민들이 머무를 장소로 변모 중이었다.

"오! 왔어?"

부상병들을 위한 막사를 추가로 짓고 있던 크루겐이 그레인을 알아보고 손을 흔들었다.

"이야기는 잘 마치고 왔어?"

"그럭저럭."

"그 아저씨는 어때? 생긴 거와 달리 그런 광경에는 영 익숙하지 않았을 텐데."

"그랬지. 하지만 의도는 분명히 전달되었으니 그걸로 충분해."

"아, 그러고 보니 널 찾던 아줌마가 있었는데… 어디 갔지?"

크루겐은 이마에 손을 대고 주위를 두리번거렸다.

"방금 전까지만 해도 여기에 있었는데, 도대체 어디야?"

계속 주위를 둘러보는 크루겐이 당혹해했다. 워낙 사람들이 빽빽하게 들어찬 터라 누가 누구인지 알아보기 힘들었다.

"총각! 총각!"

등 뒤에서 들리는 외침에 그레인은 고개를 옆으로 살짝 돌렸다가 도로 크루겐 쪽을 바라봤다.

"그레인, 너 찾는데?"

"날?"

다시 뒤를 돌아본 그레인 앞에 한 중년 여성이 아이를 붙잡고 서 있었다.

중년 여성은 처음 보는 얼굴이었지만, 옆에서 여성의 손을 꽉 잡고 있는 아이의 얼굴만은 낯익었다.

"널 구해준 사람, 맞지?"

여성이 그레인을 가리키자 얼굴에 땟국물이 줄줄 흐르는 아이는 고개를 연신 끄덕거렸다.

"아, 그때……."

성안에 침입했던 적들을 쓰러뜨리는 와중에 혼자서 울고 있는 아이를 급하게 구해냈던 걸 기억해 낸 그레인의 표정이 살짝 풀어졌다.

"총각, 정말 고마워요. 총각이 아니었으면… 하나밖에 없는 아들을 영영 잃어버릴 뻔했어요."

중년 여성은 눈물을 글썽이며 그레인에게 감사를 표했다. 그레인이 괜찮다고 말해도 그녀의 굽혀진 허리는 펴질 줄 몰랐다.

한참이나 그레인 앞에서 허리를 조아린 후에야 그녀는 아들을 데리고 자리를 떴다. 인파 속으로 사라진 모자의 뒷모습을 보며 크루겐이 그레인의 옆구리를 쿡 찔렀다.

"너, 표정이 왜 이리 진지해? 이럴 땐 솔직하게 기뻐해도 되잖아?"

"그게 말이지, 이런 경우는 낯설어서."

"아, 하긴… 예전의 우리들이 인간들에게 언제 고맙다는 말을 들어봤겠냐."

크루겐은 이내 이해했다는 듯 고개를 끄덕거렸다.

"그리고 내가 벌써 총각이라 불릴 나이가 되었나 싶어서."

"그러게? 우리가 흐음… 몇 년째더라? 일, 이, 삼… 에이, 더세기 귀찮다."

"확실한 건 예전의 우리들은 지금 나이보다 훨씬 뒤에 결사대에 들어갔다는 것이지."

"그건 그래."

"시간이 예전보다 훨씬 빠르게 흘러가는 느낌이야."

"얼마 전까지만 하더라도 애 취급받던 거에 그나마 익숙해지려고 하니, 이젠 소년을 넘어 청년이 되어버렸으니 말이야. 내 몸이지만 내가 제일 적응이 안 되는 기분이야."

크루겐은 기지개를 펴면서 하늘 높이 솟아오른 마탑을 올려다봤다.

마탑 역시 분수대 주위처럼 부상을 입은 병사들을 치료하는 공간이자 동시에 집을 잃어버린 시민들의 보금자리가 되었다.

"으으, 몸이 욱신거리네. 막상 교단 놈들과 싸울 때는 안 그러더니만, 망치질 좀 하고 밧줄 좀 잡아당기다 보니 이 모양이야."

"너도 좀 쉬지 그래?"

"다들 일하는데 나 혼자 편하긴 좀 눈치 보여서. 그래도 무리는 하지 말아야지. 그 애처럼 쓰러지면 곤란하잖아?"

그레인 일행 모두가 바삐 움직이는 와중에 베스티나만이 휴식을 취하는 중이었다. 병사들을 치료하던 도중 기력을 잃고 쓰러진 탓이었다. 전투가 벌어지는 내내 많은 이를 빛의 힘으로 치유하다 보니 마나를 거의 소진한 결과였다.

"비공정이 하루속히 도착하면 좋으련만……."

그레인은 오늘따라 유달리 맑은 하늘을 올려다보며 말끝을 흐렸다.

베릴란트 성으로 오는 도중에 보급품을 조달해 달라는 전령을 급히 보내긴 했지만, 당장 오길 기다리는 건 당연히 불가능하다.

무엇보다 언제 다시 연합 병력이 쳐들어올지 모르는 상황이라 방심은 금물.

만약을 대비해 크리쉬 후작의 병력이 성 주위를 둘러싸 보호하는 중이었다.

쿵!

갑자기 들린 소리에 모두의 시선이 한곳으로 쏠렸다.

쿵! 쿵!

펠릭스의 커다란 주먹이 나무 기둥 위를 강하게 연타했다.

두꺼운 나무 기둥이 땅속을 파고들어 깊숙이 박혔고, 소리의 근원지 주변에 있던 병사들은 넋을 놓고 멍하니 펠릭스를 바라보기만 했다.

"이 정도면 충분한가?"

"네? 아, 네! 정말 감사합니다!"

"힘이 필요한 일이면 언제든지 연락해라."

펠릭스는 나무 파편이 촘촘히 박힌 주먹을 한번 쓱 쓰다듬은 뒤 자리를 떴다.

그를 알아본 사람들은 일찌감치 물러서면서 지나갈 수 있도록 길을 터줬다. 그래도 이전처럼 그를 무작정 두려워하는 시선은 아니었다.

"여기들 있었군."

그레인과 크루겐이 있는 곳으로 온 펠릭스는 근처에 있던 그루터기에 앉았다. 성 여기저기를 돌아다니며 힘을 쓴 탓에 갈증을 느낀 그는 수통의 마개를 열고 단숨에 들이켰다.

"전하, 설마 계속 일하신 거예요? 이젠 쉬셔도 되실 텐데……"

"이런 상황에서 나 혼자만 쉴 수는 없다."

"에이, 이미 넘칠 정도로 일하셨어요. 게다가 윗사람이 쉬지 않으면 아랫사람들까지 고생한다고요."

크루겐은 인파 속에 숨어 펠릭스 몰래 따라오고 있던 이들을 가리켰다. 이전 펠릭스의 술집에서 안면이 있었던 멧슨과 펠릭스의 부하들이었다.

"그렇군. 그 부분은 미처 생각하지 못했다."

"그러니 다른 일들은 저희들에게 맡기시고 우선… 잉? 뭐지?"

크루겐은 하던 말을 멈추고 왕궁 쪽으로 이어지는 대로 쪽을 바라봤다.

웅성거리는 분위기와 함께 펠릭스에게 몰렸던 시선들이 다른 방향으로 일제히 쏠렸다.

"무슨 일인가?"

"누군가 오고 있는 것 같습니다."

"어? 집사님이네? 그렇다면 뒤따라오고 있는 여자는……."

*   *   *

왕궁 밖으로 나온 밀레느는 호위 병력과 함께 성안을 시찰 중이었다.

아직도 왕인 스코트가 완치되지 않은 상황인지라, 여전히 국왕 대행인 그녀는 왕궁에 편히 앉아 있을 수 없었다.

공성전으로 인해 입은 피해가 어느 정도인지 직접 두 눈으로 파악했다. 그녀는 혹시라도 폐가 될까 봐 시민들 사이를 지나갈 때마다 일일이 양해를 구했다.

성 이곳저곳을 돌며 시찰을 계속하던 그녀가 분수대 쪽으로 걸어가다가 돌연 멈춰 섰다.

'펠릭스…….'

워낙 덩치가 큰 그의 존재감은 인파 속에서도 알아챌 수 있을 정도였다.

'다시 만나게 되었군요.'

그녀는 작게 숨을 내쉬더니 다시 걸음을 옮겼다.

두 남녀의 거리가 서로의 얼굴을 알아볼 수 있을 정도로 좁혀지자, 펠릭스는 자리에서 일어서더니 밀레느를 향해 한쪽 무릎을 꿇었다.

주변에 있던 병사들은 알아서 밀레느와 펠릭스의 양옆으로 자리를 잡고서 두 사람만의 통로를 만들어주었다.

"모두 고개를 드세요."

밀레느의 말에 병사들과 시민들이 고개를 들어 그녀를 올려다봤다.

그러나 여전히 펠릭스는 고개를 숙인 채였다.

"펠릭스 대공."

"네, 왕비 전하."

"대공이 원군을 이끌고 온 덕분에 베릴란트 성은 위기에서 벗어날 수 있었습니다. 나중에 안정이 되면 그대의 노고를 치하하도록 하겠어요."

"저는……."

펠릭스는 고개를 살짝 좌우로 돌리며 그레인과 크루겐 쪽을 한 번씩 쳐다봤다.

"당연한 일을 했을 뿐입니다. 이번 전투의 공은 포기하지 않고 이 성을 지켜낸 모두에게 돌아가야 합니다."

"명심하겠어요."

밀레느는 옅은 미소를 머금고 펠릭스를 응시했다.

펠릭스는 밀레느의 웃음을 보면서도 시선을 맞출 수 없었다.

'밀레느……'

위기에 빠진 나라를 구하고, 동생인 스코트와 왕비인 밀레느를 구했다. 전생의 비극적인 운명에서 벗어났음에 펠릭스는 맘껏 기뻐하고 싶었다.

그러나 그의 눈앞에 있는 밀레느는 여전히 다른 이의 부인이었다.

"펠릭스 대공."

밀레느는 그의 이름을 부르며 지그시 두 눈을 감았다.

"운명은 바뀌었을까요?"

"아직은… 아닙니다."

"그런… 가요."

펠릭스의 대답에 밀레느의 입가에 미소가 사라졌다.

"운명은 아직 완전히 바뀌지 않았습니다. 그때가 되면 다시 돌아오겠습니다."

말을 마친 펠릭스는 자리에서 일어섰다.

펠릭스는 여전히 무뚝뚝한 얼굴이었다. 밀레느의 얼굴에 미소는 다시 돌아오지 않았지만, 아까처럼 슬퍼하는 표정은 아니었다.

서로 등을 보인 채로 멀어져 가는 두 남녀의 모습을 주변 사람들은 애잔하게 지켜봤다. 밀레느가 왕비가 되기 전, 펠릭스와 약혼했다는 사실을 왕국민이라면 다들 알고 있었기 때문이다.

"멧슨!"

"네, 전하!"

자신을 부르는 펠릭스의 외침에 멧슨이 잽싸게 그의 옆으로 달려왔다.

"보다시피 전투로 인한 피해가 막심하다. 부하들에게 성의 구호 작업에 전념하라고 명을 내려라."

"넵! 그러실 줄 알고 일하던 애들 전원을 이미 투입시켰습니다."

"잘했다. 하지만 어디까지나 구호 작업에만 충실해야 한다. 성의 치안은 정규군의 몫이니 가로채어서는 안 된다."

펠릭스는 혹시라도 부하들의 행동이 공권력을 침해하지 않도록 신신당부했다.

그가 이곳에 돌아온 이유는 베릴란트 성을 전생의 운명에서 구하기 위해서였지, 다른 이들에게 또 하나의 왕으로 보이기 위함이 아니었기 때문이다.

"비용이 모자랄지도 모르니… 그래, 가게 안의 값나가는 술들을 모두 귀족들에게 팔아라. 항상 애국심을 부르짖던 그들이라면 평소보다 몇 배의 가격이라도 기꺼이 사들일 것이다."

"알겠습니다."

"물론 이번 전투에 참여한 귀족들은 제외해라. 그리고 내 소유의 술집들을 다친 시민들을 위한 치료소와 숙박용으로 써라."

"그러실 줄 알고 미리 비워놨습니다."

"잘했다."

펠릭스는 멧슨의 어깨를 두드리면서 가볍게 미소 지었다.

"그러면 나는 원래 지내던 곳에 있겠다. 보고할 일이 있으면 그쪽으로 알리도록."

베릴란트 성이 전생에 겪어야만 했던 비극을 피할 수 있었지만, 순수하게 승리의 기쁨만을 만끽할 수는 없었다.

시민들 앞에서 보여준 자신의 행동 하나하나가 동생의 입지를 위태롭게 만들 수 있음을 펠릭스는 뒤늦게 깨달았다.

함께할 수 없다면, 이전에 낮과 밤으로 분리된 시간에 각자 머물렀던 것처럼 떨어져야만 한다.

이전에 그러했던 것처럼.

*   *   *

치열했던 공성전이 끝난 지 열흘 후, 이레귤러의 비공정이 베릴란트 성에 도착했다.

식량과 의약품, 그리고 성을 재건하기 위한 자재들을 가득 실은 비공정을 본 시민들은 환호성을 질렀다.

그러나 배가 바다나 강이 아닌 지면 위를 지나서 오는 기이한 현상에 모두 넋을 잃었다. 성의 경호와 수복을 위해 고용된 용병들과 인부들 역시 마찬가지 반응이었다.

부서진 성을 재건하는 망치질 소리가 여기저기서 울러 퍼지는 가운데, 고대 마법 문명의 유산 중 하나인 비공정은 어느새 많은 이의 구경거리가 되었다.

*   *   *

카르디어스 신성력 1400년 6월 20일.

비공정이 자리 잡은 곳은 베릴란트 성에서도 한적한 구역인, 베릴란트 성 교구의 성당이 있던 지역이었다.

원래부터 인적이 드물었던 데다, 에르닌의 납치 사건 이후 그마나 유일한 건물이었던 성당마저 박살 나 음습한 분위기까지 자아내던 곳이었다.

그러나 지금은 많은 시민이 모여들어 발 디딜 틈조차 없을 정도로 분주해졌다.

"와, 가까이에서 보니까 정말로 큰데?"

"여길 봐! 저 커다란 배가 지면 위로 살짝 떠 있어!"

"렌딜 님은 진짜 어마어마한 걸 가지고 계셨군. 과연 대마법사다워."

붕대를 칭칭 감은 병사들이 비공정을 올려다보며 감탄했다.

멀리서 봐도 눈에 확 들어오는 크기였지만, 병동에 누워 있던 터라 직접 와서 본 부상병들의 감탄은 끊이지 않았다.

"놀랍지? 나도 처음 봤을 땐 눈이 잘못되었나 싶었다니까. 그런데 하루 종일 봐도 참으로 신기해. 아무리 마법이라지만 저 커다란 걸 어떻게 띄우는지 도통 이해가 안 가."

"이렇게 신비한 배가 우리들을 도와주러 왔다니 든든하구먼. 교단 놈들, 저걸 보자마자 꽁무니 빼고 도망갈 것 같아, 낄낄."

베릴란트 성의 시민들은 비공정을 수호신처럼 여기며 이야기꽃을 피웠다. 덕분에 침울한 분위기로 치달을 뻔했던 성안의 분위기는 화기애애해졌고, 비공정은 새로운 활력소 역할까지 하게 되었다.

"자자! 배만 구경하지 말고 배도 채우십쇼! 여러분들의 배에서 난 꼬르륵하는 소리, 분명히 들었다고요!"

"지금 여러분들이 보고 있는 비공정에서 가져온 신선한 재료로 만든 스튜예요! 모자라면 더 드릴 테니 말씀만 하세요!"

리카르도와 트리아나의 외침에 열심히 비공정을 구경 중이던 병사들이 뒤돌아섰다. 커다란 솥에서 풍기는 음식 냄새에 군침을 꿀꺽 삼키며 길게 이어진 줄에 합류했다.

원래는 성 곳곳에 무료 배식을 실시했지만 비공정을 구경하러 모여든 사람들이 워낙 많다 보니 아예 이곳을 중점으로 배식이 이뤄졌다.

성안에서 요리를 할 수 있는 사람 대다수가 모여 바삐 요리 중이었고, 심지어 왕궁 전속 요리사들까지 합세해 배고픈 이들의 배를 열심히 채워줬다.

"어? 벌써 다 먹었어?"

리카르도는 이미 한 차례 배식을 받았던 아이를 기억하고서 알은척을 했다.

"네! 아저씨, 한 그릇 더 주세요!"

"맛은 어때?"

리카르도의 물음에 아이는 싱긋 웃으며 엄지를 척 하니 올렸다.

"그래, 많이 먹어라."

국자로 한가득 스튜를 퍼 준 리카르도는 아이의 머리를 쓰다듬으며 흐뭇하게 웃었다. 오래간만에 실력을 발휘한 음식들을 시민들이 즐겁게 먹는 모습에 가슴이 뿌듯할 정도였다.

"휴우, 이제 대충 끝났네."

점심 배식을 끝낸 리카르도는 이마에 두르고 있던 수건을 풀어 얼굴을 닦았다.

그는 텅 빈 솥 바로 뒤에 추가로 스튜를 끓이고 있는 다른 솥 안을 점검한 뒤 국자를 옆에 내려놓았다.

"자, 수고하라고."

리카르도는 교대하러 온 동료의 어깨를 툭툭 건드리고선 배식소 뒤의 공터에서 한숨을 돌렸다.

"아우, 덥다, 더워."

나무에 등을 기댄 리카르도는 손으로 부채질을 하며 열기를 식혔다.

바삐 요리를 만들고 배식까지 담당하다 보니 온몸이 땀투성이가 되었지만, 마음은 그 어느 때보다 가뿐했다.

"고생했어."

맞은편에서 걸어오던 트리아나가 과일을 휙 던졌다.

과일을 한 손으로 낚아챈 리카르도는 수건을 꺼내 쓱쓱 닦더니 반으로 쪼개 트리아나에게 한쪽을 건네주었다.

"잘 먹을게."

"그런데 아저씨라고 불러도 아무렇지 않아?"

"어쩔 수 없잖아? 얼굴이 이러니. 게다가 20살이 넘었잖아. 아저씨라고 불려도 할 말 없는 나이지."

회귀하기 전, 30대 후반의 얼굴과 시간상으로 16년 전인 지금과 별다를 바 없는 리카르도는 포기했다는 듯 한숨을 길게 내쉬었다.

"그러고 보니, 리카르도."

"응?"

트리아나는 뒷짐을 지더니 얼굴을 리카르도에게 불쑥 내밀었다.

"너, 전하의 부하한테 특별한 부탁을 했다며?"

"부하라면 멧슨 아저씨? 내가 그 사람에게 뭘 부탁했더라? 아! 그거… 는 잘 모르겠는데."

무언가를 떠올린 리카르도는 고개를 옆으로 돌리며 트리아나의 시선을 외면했다.

"시치미 떼지 마. 아가씨 말고 나도 반드시 지켜달라고 부탁했다면서? 한 달 치 술을 쏘겠다고 약속하면서?"

"그, 그거? 에르닌 아가씨가 걱정되는 김에 겸사겸사……."

"날 신경 써주다니, 의외로 귀여운 면모도 있었네?"

트리아나는 까치발을 하더니 자신보다 훨씬 키가 크지만, 엄연히 연하인 리카르도의 머리를 쓱쓱 쓰다듬어 주었다.

반면 리카르도는 입술을 삐죽 내밀고 인상을 찌푸렸다.

"에이, 그 말 하지 말라고 멧슨 아저씨에게 누누이 당부했는데 말이야. 아직 술 살 날이 많이 남았는데 취소해야겠어."

"아무튼 고마워. 그때, 솔직히 많이 떨렸거든."

"네가?"

트리아나는 리카르도의 물음에 대답하지 않고 살며시 미소만 보여주고는 자리를 떴다.

리카르도는 멍하니 그녀가 사라진 방향을 바라보더니 손에 쥔 과일을 크게 한입 베어 물었다.

아삭하는 소리와 함께 달콤한 과즙이 입안으로 스며들었다.

"떨렸다고?"

리카르도는 트리아나의 말을 되풀이하며 생각에 잠겼다. 그리고 빠르게 이해하면서 혼자서 고개를 끄덕거렸다.

"그래, 그게 정상이긴 하겠네."

트리아나에게 있어서 지난 공성전은 처음으로 겪은 전투이자 너무나 치열한 혈전이었다. 타오르는 불길, 적과 아군의 피로 흠뻑 젖은 땅을 보고도 무덤덤하게 넘어간 자신이야말로 인간답지 않다고 여기는 리카르도였다.

"휘유~"

"잉? 누구야?"

수풀 너머에서 들린 휘파람 소리에 리카르도가 고개를 확 들어 올렸다.

"저 애와 너 사이에 그런 속사정이 있었는지는 몰랐는데."

"너희들, 언제 거기 있었냐?"

"아까부터. 방해될까 봐 일부러 숨어 있었지."

그레인과 함께 온 크루겐은 능글맞은 웃음을 짓고선 팔꿈치로 리카르도의 옆구리를 쿡쿡 찔렀다.

"예전에는 숙맥이었던 녀석이 이젠 제법 하네?"

"숙맥? 야, 네가 남 말 할 처지냐? 전생에는 남에게 말 한마디 제대로 못 건네던 녀석이 현생에 오니 우리들 중 제일 유창하게 하잖아?"

"남 말 해도 돼. 난 너처럼 여자 마음 얻는 법은 아직 못 익혔거든."

크루젠은 손에 쥐고 있던 과일 중 하나를 리카르도에게 휙 던졌다. 아까 트리아나가 가지고 왔던 것과 똑같은 과일이었다.

"그런데 리카르도, 너 말이야."

크루젠은 과일을 우걱우걱 씹으며 말을 이어갔다.

"원래 나이를 잊어버린 건 아니겠지?"

"그런 게 아니라니까!"

콰직!

순간 발끈한 리카르도가 손에 쥐고 있던 과일을 으깨 버렸다.

"화내는 걸 보니 의식은 하고 있었군? 이제 막 20대 중반밖에 안 된 여자애와 그러는 건 좀… 심각한 일 아니냐?"

"무슨 소리야? 절대적인 나이로 따져야지! 트리아나 그 애는 나보다 다섯 살 연상이니까 아줌마라고! 아줌마! 아니, 할머니야!"

"…아줌마? 할머니?"

"헉!"

등 뒤에서 들려온 익숙한 목소리에 리카르도는 등골이 오싹해졌다.

두려움을 간신히 억누르며 천천히 뒤를 돌아본 리카르도의 안색이 새하얗게 질렸다.

"목이 마를 것 같아서 이걸 가져오고 있었는데……."

트리아나는 워낙 땀을 많이 흘리는 리카르도가 안쓰러워서 추가로 과일을 몇 개를 더 들고 오는 중이었다.

"그래, 그랬구나. 평소에 날 그렇게 여기고 있었구나."

"어, 언제부터 들었어?"

당황하는 기색이 역력한 리카르도의 관자놀이를 타고 땀이 주르륵 흘러내렸다.

아까 이야기하던 도중 나온, '들어서는 안 되는 단어'를 혹시라도 그녀가 들었을까 봐 조마조마했다.

그런 그의 심정을 모르는 트리아나는 지끈거리는 이마를 문지르며 화를 억눌렀다. 그녀가 부들부들 떨면서 숨을 고를 때마다 리카르도의 초조함은 더해만 갔다.

"절대적인 나이로 따져야 한다는 부분부터."

"그, 그래? 그 전에 우리들이 하던 이야기는 못 들었고?"

"그 단어가 워낙 강렬해서 다른 건 기억도 안 나."

"휴우, 다행이다."

"다행? 다행이라고?"

안도의 한숨을 내쉬는 리카르도와 반대로 트리아나의 눈매가 매섭게 변했다.

"아악! 귀! 귀! 말로 하라고!"

"그래, 말로 하려고 하니까 닥치고 날 따라왓!"

트리아나는 리카르도의 오른쪽 귀를 잡아당기며 질질 끌고 갔다.

"그게 아니라, 사실은… 읍읍!"

그래도 분이 풀리지 않았는지, 그녀는 가지고 온 과일을 리카르도의 입에 연거푸 쑤셔 넣었다.

졸지에 덩그러니 남게 된 그레인과 크루겐은 두 남녀가 사라진 방향을 멍하니 바라봤다.

"성격 장난 아닌데?"

"……."

"하긴, 내가 저 애라도 저런 말 들으면 열 받긴 하겠어. 그런데 너, 왠지 즐거워 보이는 표정이다?"

계속 다른 이들의 대화를 듣고만 있던 그레인의 입술 사이로 피식하는 웃음이 새어 나왔다.

"리카르도가 인간답게 살아가는 것 같아서."

"아… 음……."

그레인의 속뜻을 이해한 크루겐이 입을 다물었다.

"그리고 너도 어느 정도는."

동료들끼리 서로 티격태격하는 모습은 전생에서 보기 힘들었던 장면이었다.

전생의 결사대원 모두는 서로 동등한 위치였지만, 감정의 교류는 몇몇을 제외하곤 그리 많지 않았다.

교단을 쓰러뜨려야 한다는 무거움에 짓눌려 마음 편히 웃고 떠드는 이들은 극소수였다. 동시에 서로 격렬하게 화를 내는 사이 역시 드물었다.

유일하게 결사대원 모두가 가지고 있던 감정은 소속감, 단 하나뿐이었다.

"확실히 리카르도 녀석, 엄청 변했지. 현생에 재회했을 때부터."

"회귀로 많은 것이 바뀌었으니까."

"그런데 저 녀석이 저렇게 변한 건 우리들처럼 하이브리드가 아니라 인간으로 새 삶을 시작해서가 아닐까라는 생각이 들어. 그레인, 너도 그렇게 생각해?"

"그 부분도 확실히 크다고 봐."

그레인과 크루겐은 서로의 얼굴을 마주 보면서 자신들도 리카르도처럼 바뀔 수 있을까, 하는 기대를 품었다가 이내 거뒀다.

그럼에도 크게 아쉬워하진 않았다.

차이점을 부정하지 않고 받아들여야 하기에. 전생의 결사대가 그러하지 못했던 것과 반대로.

"그러고 보니 교단의 병력과 이렇게나 크게 싸워본 적은 현생에서 처음이었지?"

"그렇지."

"교단을 쓰러뜨린 뒤에 우리들은 어떻게 될까?"

크루겐은 다 먹은 과일의 씨를 손가락으로 집더니 멀리 튕겨 냈다.

"아무래도 더 고생할지도 모르겠지?"

교단의 섬멸이란 목적을 달성하더라도 앞서 느꼈던 인간과 하이브리드 간의 차이점은 쉽게 해결될 거라 기대하지 않았다.

오히려 더 커질 가능성이 높다.

그 차이를 줄이지 못할 경우, 어쩌면 교단과의 투쟁 이후 인간과 하이브리드 간의 대결로 이어질지도 모른다는 두려움에 말을 꺼낸 크루겐이나, 대답을 해야 하는 그레인 둘 다 침묵만을 지켰다.

"끄응, 내가 너무 앞서 나간 건가?"

"아니, 충분히 고민해 볼 법한 문제야. 단지, 지금 고민해서 해결될 문제가 아니라면 너무 매달리지 않는 게 좋다고 본다."

"휴우, 그렇겠지. 우선 교단부터 때려잡고 난 뒤의 일이니까. 그러면 슬슬 다시 일하러 가볼까?"

크루겐이 기지개를 펴면서 뻐근해진 양팔을 빙빙 돌렸다.

뜨거운 김이 모락모락 피어오르는 배식용 막사로 그레인과 크루겐이 발길을 향하려던 바로 그때.

막사 쪽에서 검은 머리칼의 소녀가 둘에게 다가왔다.

"그레인, 여기 있었군요."

"아딜나?"

다른 이들과 마찬가지로 무료 배식을 돕고 있었던 아딜나였다.

그녀는 그레인과 크루겐을 번갈아 가며 쳐다봤다.

"단둘이 할 이야기가 있는데, 괜찮겠어요?"

아딜나의 시선이 마지막으로 머문 곳은 그레인의 얼굴이었다.

"하지만 일하러 갈 예정이라……."

"다녀와. 네 몫까지 내가 대신할 테니까."

크루겐은 씨익 웃으면서 그레인의 등에 손을 대더니 슬그머니 앞으로 밀었다.

그레인은 마른침을 꿀꺽 삼키면서 망설였다. 아딜나가 무슨
말을 하려고 하는지 기대되면서도 동시에 두려웠다.

"분위기를 보아하니, 제가 물어본다고 해도 이전처럼 제대로
대답해 줄 것 같지 않네요."

"네?"

"아니에요. 다음에 기회가 되면 말할게요."

아딜나는 살며시 미소를 짓더니 비공정 쪽으로 걸음을 옮겼
다.

그레인은 뒤늦게 그녀를 향해 손을 뻗었지만 도로 팔을 거
두며 주먹을 살짝 쥐었다.

"무슨 일 때문에 널 찾은 걸까?"

뒤통수를 긁으며 머쓱해하는 크루겐과 달리 그레인의 표정
은 무거웠다.

"설마 전생에 대해 알게 된 건 아니겠지?"

"전생? 전생이라면… 아차."

크루겐은 자신도 모르게 목소리가 커졌음을 알아채고 주위
를 둘러봤다.

다행히 근처에는 둘 말고는 아무도 없었다.

"확실히 평상시와는 달랐어. 무슨 일이 있었길래 널 따로 보
자고 한 걸까?"

생각에 잠긴 크루겐의 표정이 그레인보다 더 심각하게 변했
지만, 이내 원래 얼굴로 돌아갔다.

"의외로 별거 아닐 수도 있겠는데?"

"과연 그럴까?"

"글쎄? 누군가 전생에 대해 말했을지도 모르지만, 난 절대 알려주지 않았어. 그리고 전생에 대해 알고 있는 멤버들 중 섣부르게 그걸 말할 사람은 없다고 봐."

"그래도……."

"게다가 씁쓸해하는 표정을 짓긴 했어도, 충격을 받았다는 느낌은 들지 않았어. 진실을 알았다면 고작 저 정도 반응으로 그칠 리는 없잖아? 네가 좀 바쁘다고 나중에 이야기하자고 해도 물러서지 않았을 거고."

"잘 모르겠어. 정말로 알게 된 건지 아직도 모르고 있는 건지."

전생에 대해 모를 거라는 크루겐의 말에도 그레인의 걱정은 쉽게 가시지 않았다.

"무엇보다 너를 볼 때의 반응이 전생을 알게 된 것치곤 너무 조용했어. 만약 누군가에게 들었다면 그저 씁쓸한 표정 짓는 걸로 넘어갔을까? 그것도 네 앞에서?"

"그렇… 겠지."

크루겐의 거듭된 설득에 그레인은 납득하며 나무에 등을 기댔다.

그럼에도 불안한 기분을 지울 수 없었다.

'전생에 무슨 일이 있었는지 절대 알려져서는 안 돼. 특히 나와 어떤 관계였는지에 대해서는 더욱더.'

단지 아딜나의 행복 때문만은 아니었다.

전생과 달라지긴 했지만, 여전히 이어져 있는 현생의 관계마저 무너져 버릴 것 같았기 때문이다.

"그래도 걱정되면 내가 다른 사람들에게 물어볼까? 만약 누군가 말했다면 몇 명 짐작되는 사람이 있긴 하거든."

"아니, 그럴 필요는 없어. 괜히 일을 크게 만들고 싶지는 않아."

그녀로서는 이해하기 힘든, 그리고 이해해서도 안 되는 진실.

현재의 그레인으로서는 계속 전생에 대해 아딜나가 모르기를 바라는 수밖에 없었다.

그것이 최선이 아니라 하여도.

＊   ＊   ＊

해가 저물고 어둠이 깔리자 비공정 주변에 몰려들었던 사람들이 각자 머무르는 곳으로 돌아갔다.

비공정 아래에 주변을 밝히기 위한 횃불이 불타올랐고, 경비병들이 입을 다물고 경계 중이었다.

낮의 화기애애했던 분위기와는 정반대였다.

"당분간 쉬르 왕국 측의 움직임은 없다는 보고입니다."

"그렇단 이야기는 우리 쪽에서 반격을 취할 타이밍이기도 하겠구먼. 롤랑 백작의 반란군도 소탕되었으니 내부 분열에 대해서도 한동안은 안심해도 되겠고."

성안의 시민들이 곤히 잠든 것과 반대로 비공정 내 집무실에서는 진지한 이야기가 오고 가는 중이었다.

그레인과 렌딜, 펠릭스가 서로 머리를 맞대고 앞으로의 계획을 논의 중이었다.

"전생의 쉬르 왕국은 결사대와 교단 사이에서 눈치만 보다가 마지막에 교단 편으로 돌아섰다고 했었지?"

"네."

왕을 구해준 은혜를 배신으로 갚았던 전생의 쉬르 왕국.

결사대의 대장인 맥스는 전생과 달리 쉬르 왕국의 왕이 하이브리드가 되도록 방관했다. 그 결과 전생 때보다 훨씬 일찍 쉬르 왕국은 적으로 등장했다.

자칫하면 교단과의 투쟁 역시 전생 때보다 일찍 실패로 끝났을지도 모르는 상황.

그러나 교단과 쉬르 왕국의 연합 병력을 이긴 현재로선 이레귤러가 유리한 입장에 선 게 사실이었다.

"이 상황에서 쉬르 왕국을 쓰러뜨리기 위한 가장 효율적인 방법은 결사대와의 연계라고 보는데……"

"무리입니다."

그레인의 단호한 대답에 펠릭스는 팔짱을 끼며 가만히 있었다.

눈을 감고 생각에 잠겼던 펠릭스는 결국 그레인의 판단을 인정하며 고개를 끄덕거렸다.

"결국 우리들만의 힘으로 해결해야 한다는 이야기로군. 베릴란트 왕국의 원조를 기대하기엔 아직은 무리겠고."

처절했던 공성전을 치른 지 이제 막 일주일을 넘긴 시점에서 또다시 싸우자는 이야기를 꺼내기 힘들었다.

"참, 렌딜 님. 마력포(魔力砲)의 개발은 어디까지 진전되었습니까?"

"어제 제스테일에게 물어보니 시제품은 거의 완성 단계라고 하더구먼. 자네들을 쫓아 베릴란트 성으로 오는 와중에도 한시도 연구를 쉬지 않더군. 내 제자지만 정말 근성 하나만은 지독할 정도야."

"드레이크가 매우 기뻐하겠군요."

"자네 말대로 진짜 좋아하더구먼. 밤잠을 설칠 정도라던데?"

마력포.

에르닌의 마력총을 기반으로 비공정에서 개발 중인 신무기.

마나를 다루지 못하는 이들도 사용할 수 있게 개량했고, 그 과정에서 크기가 훨씬 커졌지만 드레이크는 오히려 이게 더 폼이 난다며 더욱 좋아했다.

원래 기능을 상실한 오러 캐넌은 현재 완전히 해체되어 마력포의 재료로 쓰이는 중이었다.

"시간이 더 오래 흘러야 하겠지만, 완성만 된다면 비공정을 단순한 병력 이동 수단만이 아닌 공격 수단으로도 쓸 수 있을걸세. 문제라면 마나 코어가 더 필요하다는 점인데… 응?"

문 너머로 들리는 노크 소리에 렌딜은 마력포의 설계도를 접어 서류 아래로 숨겼다.

"들어오게나."

문이 열리면서 두 명이 조심스레 집무실 안으로 들어갔다.

한 명은 후드로 얼굴을 가리고 있어서 누구인지 알 수 없었지만, 그중 한 명은 그레인이 아는 사람이었다.

"크로드?"

"그레인, 너도 있었군."

후드 차림의 남자를 부축하며 문을 닫은 크로드는 렌딜과 펠릭스에게 인사를 건넸다.

'그러면 같이 온 사람은… 누구인지 뻔하겠군.'

그레인은 후드 차림의 남자와 펠릭스가 서로 마주 보며 이야기를 나눌 수 있도록 옆으로 비켜섰다.

크로드와 함께 온 남자가 후드를 벗자, 렌딜은 화들짝 놀라며 자리에서 일어섰다.

"폐, 폐하?"

"오래간만이오, 렌딜."

"옥, 옥체는 평안하신지……."

"보다시피 이 지경이라, 부끄럽기만 하오."

스코트는 부스스하게 자란 수염을 매만지며 머쓱하게 웃었다. 계속 병상에 누워 있던 탓에 양쪽 볼이 이전보다 홀쭉해졌다.

"……."

펠릭스는 자리에서 일어나지 않고 그대로 소파에 앉아 있었다. 스코트와의 눈높이를 맞춰주기 위해서였다.

고성에서 만난 이후 오래간만에 재회한 형제는 말없이 시선을 서로 주고받기만 했다. 그 둘을 제외한 다른 이들은 입을 다물고 펠릭스와 스코트 형제가 무슨 이야기를 나눌지 가만히 기다렸다.

"흠흠!"

자신이 방해한다고 여겼기 때문일까.

회귀자도 하이브리드도 아닌 렌딜은 헛기침을 한 번 하고선 조용히 자리를 비켜줬다.

렌딜이 밖으로 나갔음에도 집무실 안에는 여전히 침묵만이 감돌았다.

펠릭스를 만나기 위해 불편한 몸을 이끌고 비공정까지 온 스코트였지만, 막상 형을 앞에 두고 무슨 말부터 꺼내야 할지 막막했다.

그건 펠릭스 쪽도 마찬가지였다.

"콜록콜록!"

돌연 스코트가 비틀거리더니 벽에 손을 가져갔다.

"폐하! 괜찮으십니까?"

"괜찮다. 잠시 가래가 끓어오른 것뿐이다."

크로드가 빈 의자를 가져와 스코트에게 앉으라고 권했지만 그는 계속 서 있기를 고집했다.

펠릭스는 스코트를 안쓰러운 눈빛으로 조용히 응시했다. 전생의 아픔을 안고 고독 속에서 싸워온 동생이 안타깝게 느껴졌다.

"형."

먼저 입을 연 쪽은 동생인 스코트였다.

"고마워."

회귀한 이후 스코트는 활활 타오르는 전생의 베릴란트 성을 헤아릴 수 없을 정도로 꿈속에서 봐야만 했다.

그러나 펠릭스의 필사적인 혈투 덕분에 스코트는 비로소 악몽에서 벗어날 수 있었다. 전생에는 성과 함께 사라졌던 많은 이가 비극적인 운명에서 구원받을 수 있었다. 전생에는 이어지지 못했고, 현생에는 형식상의 부부 관계인 밀레느도 살아남았다.

많은 의미가 내포된 단 하나의 문장.

그 말을 형인 펠릭스가 이해하는 데 구체적인 설명은 필요하지 않았다.

"미안하다."

펠릭스는 소파의 팔걸이 부분을 살며시 움켜쥐며 말했다.

"지켜주지 못해서."

무엇을 지키지 못했는지, 언제 지키지 못했는지 구체적인 설명은 없었다. 방금 전 했던 동생의 말과 비슷하게.

그럼에도 그의 말을 이해하는 데 굳이 설명을 추가할 필요는 없었다. 스코트는 물론이고 크로드와 그레인 역시 마찬가지였다.

전생과 똑같은 비극에서 벗어나게 해준 형에게 고마워하는 동생.

기억할 수 없는 전생의 일을 동생에게 사과하는 형.

각자 다른 길을 걸어가야 했던 형제가 동시에 걸음을 멈추고 서로를 향해 돌아보는 순간이었다.

그러나 형제는 계속 멈춰 서 있을 수 없었다. 짧게나마 서로의 감정을 확인한 것으로 만족하기로 했다.

스코트는 품 안에서 무언가를 꺼내 탁자 위에 올려놨다. 그리고 크로드의 부축을 받으며 집무실 밖으로 나갔다.

잠시 후, 도로 안으로 들어온 렌딜이 헛기침을 하며 다른 이들의 시선이 자신을 향하게 했다.

"흠흠, 이야기는 다 끝났습니까?"

"그렇다."

"좀 더 이야기하셔도 괜찮았을 텐데 말입니다. 그나저나 그건 폐하가 하사하신 물건입니까?"

펠릭스는 고개를 끄덕이더니 스코트가 남긴 물건의 포장을 뜯었다.

"이건……."

주먹에 장착하는 한 쌍의 너클.

왕가 대대로 전수되는 격투술을 위한 무기였다.

"잠깐 살펴봐도 괜찮겠습니까?"

펠릭스의 양해를 구한 렌딜은 너클 한쪽을 집어 들었다. 책상 위에 놓인 촛불 가까이 가져가 어떤 재질인지 유심히 살피던 렌딜이 눈을 깜박거렸다.

"영겁의 사슬과 같은 재질로 보입니다, 전하."

"그랬군."

펠릭스는 너클을 양손에 장착하고서 손가락을 폈다가 움켜쥐기를 반복했다.

"그리고 특별히 내 손에 맞춰 제작된 것이겠군."

보통의 인간보다 훨씬 큰 손임에도 너클은 펠릭스의 손에 딱 맞았다.

'옛날에는… 종종 같이 수련했었지.'

너클이 아닌 붕대를 둘둘 감고 격투술을 익혔던 쌍둥이 형제.

그러나 시간이 흐르면서 한쪽은 왕이 되고, 다른 한쪽은 어둠의 세계로 들어서면서 형제간의 접점은 사라진 듯 보였다.

'스코트.'

펠릭스는 동생의 이름을 가슴속으로 부르면서 너클을 낀 양손을 꽉 움켜쥐었다.

하나가 아닌 한 쌍의 너클이 쌍둥이인 펠릭스와 스코트 형제를 상징하는 듯했다.

'앞으로 그 어떤 일이 있더라도 베릴란트 왕국을 지켜내고 말겠다. 전생의 네가 흘렸던 피는 이제 내가 대신 흘릴 테니.'

"바람 좀 쐬고 오겠다."

벗은 너클을 탁자 위에 올려놓은 펠릭스가 집무실 밖으로 나갔다.

"아무래도 마음이 복잡하시겠지."

그렇게 말하는 렌딜의 표정 역시 복잡하기는 마찬가지였다. 전생과 현생의 왕을 한자리에서 보게 되는, 기묘하면서도 서글픈 경험은 오랜 시간 살아오면서도 처음이었기에.

"아, 중요한 이야기가 있었는데 까먹을 뻔했구먼. 아까 두 분이 이야기하는 동안 전령이 왔다 갔었네."

렌딜은 두 장의 편지를 탁자 위에 내려놨다.

"좋은 소식과 나쁜 소식이 있네. 어느 쪽부터 듣겠는가?"

"네? 혹시……."

순간 그레인은 머뭇거리며 대답하지 못했다.

혹시 아딜나에 관련된 이야기일까 듣기 두려워졌다.

"음? 이미 알고 있나?"

"그건 아닙니다."

"그러면 좋은 쪽부터 말하기로 하지. 베릴란트 성으로 진군 중이던 교단의 추가 병력이 전멸되었다는 소식이네."

그레인은 가슴을 쓸어내리며 길게 한숨을 내쉬었다.

또 베릴란트 성이 전투에 휘말리지 않은 것도 있었지만, 아딜나와 관련 없는 내용이라는 데에 안도했기 때문이다.

아직 나쁜 소식 쪽의 이야기가 남아 있긴 했지만.

"꽤 많은 병력이었는데, 압도적으로 패배했다는군. 이미 끝난 일이니 굳이 알릴 필요는 없겠지. 괜히 소문이 퍼지면 시민들이 동요할 수도 있으니, 이 일은 비밀로 해두게."

"교단의 추가 병력을 전멸시킨 이들은 누구입니까?"

"멀리서 확인한 바로는 아마도⋯⋯."

*   *   *

타닥타닥.

격전이 벌어졌던 숲이 불길에 휘감겼고, 안에 있던 교단의 병력이 함께 불타오르고 있었다.

교단의 지원 병력을 초토화시킨 결사대의 대장 맥스는 거센 불길을 뒤로하고 먼 곳을 응시했다.

지평선 너머 살짝 모습을 드러낸 베릴란트 성.

전생의 운명대로였다면 불타 사라졌어야 하는 건 숲이 아닌 베릴란트 성이어야 했다.

'운명이 바뀌었군.'

맥스의 뇌리에 자신의 무력함을 탓하며 오열하던 스코트의 얼굴이 떠올랐다.

"정말 들르지 않고 가실 생각입니까?"

부하의 말에 맥스는 고개를 가로저었다.

"저곳에는 내가 있을 장소는 없다."

원래는 스코트의 안부를 확인하고 싶었지만, 이레귤러와 마주치며 불필요하게 충돌할 이유는 없었다.

무엇보다 비극으로 끝났던 베릴란트 성의 전투는 이미 옛 운명에서 빗나갔다.

"이곳에서의 전투는 그저 교단의 추가 병력을 막은 것에 불과하다. 교단의 연합 병력을 이긴 베릴란트 왕국의 승리는 우리 결사대의 개입이 없이, 저들만의 승리로 기록되어야만 한다."

맥스의 시선은 여전히 베릴란트 성을 향하고 있었다.

"그래야 우리가 이곳에서 흘린 피가 더 값질 것이다."

말 머리를 반대로 돌린 맥스는 홀로 앞으로 나아갔다. 늘 같이 있던 듀란은 오늘만은 보이지 않았다.

그리고 항상 그림자처럼 맥스를 경호하던 파르티온 역시.

*   *   *

카르디어스 신성력 1400년 6월 22일.

콰르릉.

천둥소리와 함께 번개가 어둠을 갈랐다.

후드를 깊게 눌러쓴 사내가 거친 비바람을 헤치며 수풀 안을 가로질렀다. 수시로 주위를 둘러보며 뒤쫓는 이가 없는지 확인하던 그는 약속 장소인 오두막을 발견하자 서둘러 안으로 들어갔다.

"늦어서 미안하오."

폴레인 왕국의 솔틴 후작은 후드를 벗더니 어깨의 물기를 털어냈다.

오두막 안에는 카르디어스 교단의 법의를 걸친 사제가 등을 돌린 채로 의자에 앉아 있었다.

"스코트의 건은 나도 아쉽게 생각하오. 하지만 그건 내가 할 수 있는 최선의 방법이었소."

그는 진심으로 안타깝다는 표정을 지었지만, 사제는 여전히 등을 돌리고 있었다.

스코트로부터 하이브리드의 실체에 대해 알게 된 이후, 베릴란트 왕국과 손을 잡은 이들 중 한 명인 솔틴 후작.

다른 조력자들의 병력과 결사대가 합류해서 치른 첫 전투에서 그는 경악을 금치 못했다.

맥스에게 이식된 화룡의 어금니가 보여준 불길은 공포 그 자체였다. 차가운 표정과 정반대로 맥스의 오른팔에서 활활 타오르는 불길은 전투가 끝나기 직전까지 꺼질 줄을 몰랐다.

완벽한 승리에 다른 이들은 감탄하며 박수를 보냈지만, 솔틴 후작은 이전에 느끼지 못했던 두려움에 사로잡혔다.

하이브리드를 노예처럼 부릴 수 있는 교단보다, 노예가 아니게 된 하이브리드들이 더 무섭게 다가왔다.

무엇보다 오래전부터 하이브리드를 육성해 왔던 교단 측이야말로 하이브리드를 인간으로 되돌릴 수 있는 '비법'에 더 가까울 거라는 생각까지 미쳤다.

결국 솔틴 후작은 스코트를 도우는 척하면서 몰래 교단과 연락을 취했다.

여러 차례에 걸친 교섭 이후 교단 측이 내세운 조건은 단 하나.

스코트의 암살이었다.

"그래도 내가 아니었으면 암살자들을 왕궁 안으로 잠입시키는 것 자체가 불가능했을 거요. 그러니……."

솔틴 후작은 말끝을 흐리며 상대의 반응을 기다렸다.

그러나 의자에 앉은 사제가 미동도 하지 않자 그의 마음은 더욱 초조해졌다.

"잘 생각해 보시오! 실제로 스코트를 쓰러뜨릴 뻔하지 않았소? 아직도 스코트는 병상에 누워 있다고 하니 절반은 성공한 셈이오! 그러니 제발 약속대로 내 아들에게 이식된 코어를 제거해 줄 수 있……."

툭.

의자에 앉아 있던 사제가 힘없이 옆으로 풀썩 쓰러졌다.

"괘, 괜찮소?"

솔틴은 사제를 급하게 잡아서 일으키면서 얼굴을 확인했다.

혹시 다른 사람일지도 모른다는 생각 때문이었지만, 다행히도 교섭 역할을 맡아 나왔던 그 사제가 맞았다.

그러나 불행히도 사제의 얼굴에선 핏기 하나 찾아볼 수 없었다.

"어……."

사제의 손등을 적신, 빗방울이 아닌 붉은 액체를 본 솔틴 후작의 동공이 좌우로 움직였다.

붉은 액체가 흘러내린 방향으로 시선을 올리던 그의 입에서 '헉' 하는 소리가 나왔다.

사제의 목 왼쪽에 난 작은 구멍들에서 피가 흘러내리고 있었다.

"으아악!"

솔틴 후작은 엉덩방아를 찧으며 비명을 마구 질렀다.

"도, 도대체가 어떻게 된 일이지?"

부들부들 떨면서 일어선 솔틴 후작은 손바닥을 코에 가져갔다. 빗물이라면 절대 있을 수 없는 냄새에 그는 인상을 찌푸렸다.

"저, 정말로 이것까지도 피?"

오두막의 바닥을 적신 것도 빗물이 아니라 사제의 몸에서 흘러나온 피였다.

솔틴 후작은 조심스럽게 다가가 쓰러진 사제를 쿡쿡 건드려 봤지만 아무런 반응이 없었다.

"어떻게 하지?"

사제를 누가 죽였는지 짐작조차 안 갔지만, 한 가지 확실한 건 있었다.

이대로 가만히 있다가는 솔틴 후작 자신이 살인자로 몰릴 위기였다. 이렇게 된 이상 다른 사람들이 오기 전에 서둘러 자리를 뜨기로 결정했다.

그러나 도망치려고 간신히 일어선 그의 앞을 누군가가 가로막더니 문을 닫았다.

"너, 너희들은……."

콰르릉!

천둥소리와 함께 번개가 창 밖에서 내리쳤다.

"겨, 결사대의……."

후드를 깊게 눌러쓴 남자는 누구인지 알 수 없었지만, 옆에 있는 또 한 명은 알 수 있었다.

결사대의 대장이라는 남자 옆에 항상 있었기 때문이다.

"역시 당신이었군, 솔틴 후작."

파르티온은 검을 뽑아 들고서 솔틴 후작의 목을 겨눴다.

피 한 방울도 묻지 않은 검날이었지만, 곧 자신의 피로 적셔질 거라고 직감한 솔틴 후작은 벌벌 떨기 시작했다.

"그, 그게 아니라! 사실은……."

"방금 네가 혼자서 지껄였던 말을 금세 까먹은 모양이로군."

구차한 변명 따위, 단 한마디도 허용하지 않겠다는 듯이 파르티온은 솔틴 후작의 말을 단호하게 잘랐다.

　스코트의 암살 시도가 누구의 짓인지 조사하던 그는 배후에 솔틴 후작이 있다는 사실을 알아냈다.

　마지막으로 남은 건 당사자를 추궁해 사실인지 아닌지 파악하는 일이었지만, 굳이 신문할 필요조차 없게 되었다.

　"이번만 눈감아준다면 이, 이걸 모두 주겠네!"

　솔틴 후작은 품에서 주머니를 급히 꺼내더니 입구를 열었다.

　형형색색의 보석들이 바닥에 우수수 떨어졌지만 파르티온은 보석에 눈길 한 번 주지 않았다.

　"이 정도면 남들 부럽지 않게 떵떵거리며 살 수 있는 금액일세! 그러니 제발 날 살려주시오!"

　"머리가 안 돌아가는가 보군. 여기서 너를 죽이고 보석만 빼앗아간다는 미래는 상상도 못 했나?"

　파르티온의 검이 주저앉아 부들부들 떠는 솔틴 후작의 목에 거의 닿을 정도로 가까워졌다.

　"그리고 교단이 코어를 제거하는 방법 따위를 개발했을 것 같으냐? 시련에 영향을 받지 않게 되는 비법 역시 교단에서 만들 이유가 없지 않은가?"

　"그, 그건⋯⋯."

　진실을 관통한 파르티온의 말에 솔틴 후작은 자신의 실책을 깨닫고 혼란에 빠졌다.

　노예를 옭아매는 발목의 족쇄.

그 족쇄의 열쇠를 갈구하는 자들은 당연히 노예이지, 노예의 주인은 아니다.

노예는 자유를 얻기 위해 족쇄를 풀 수 있는 열쇠를 찾아나서거나 만들려고 한다. 열쇠를 얻지 못하면 족쇄와 연결된 사슬이라도 끊기 위해 발악한다.

반면 노예의 주인은 족쇄를 더욱 무겁고 두껍게, 그리고 사슬을 견고하게 만들지언정 열쇠 따위에 관심을 두지 않는다.

배신의 유무를 떠나 그 당연한 이치조차 모르는 어리석은 자를 살려둘 마음은 두 사람에게 처음부터 없었다.

"자, 잠깐만! 내 이야기를 더 들어……."

뒤로 물러서려던 솔틴 후작은 더 이상 말을 잇지 못했다.

자신의 가슴을 꿰뚫은 검을 멍하니 내려다보던 솔틴 후작의 고개가 힘없이 푹 수그러졌다. 비명조차 지를 겨를도 없이 눈을 크게 뜬 채로 숨을 거둔 그의 시체를 두 남자는 무표정한 얼굴로 내려다봤다.

이제 그에게 남은 일은 이곳에서 죽은 두 명을 교단의 음모로 희생되었다고 조작하는 것뿐이었다.

하지만 그와 동행한 또 한 명의 남자에게는 다른 일이 남아 있었다.

"듀란, 정말로 혼자 갈 작정인가?"

"네."

후드를 벗자 감춰져 있던 적색의 긴 머리가 어깨 위로 흘러내렸다.

전생과는 달리 붉게 변해 버린 듀란의 머리카락과 눈동자는 그가 흡혈귀의 코어를 이식받았음을 나타냈다.

"페트로는 결사대 모두의 은인이었다. 비록 현생에는 전생처럼 같은 편은 아니지만, 그가 위기에 처한 걸 그냥 두고 볼 수만은 없다. 나도 같이 가겠다."

"아닙니다. 이건 제 개인적인 행동 선에서 그쳐야 합니다. 대장이 내린 지침을 어기는 자가 더 나오면 곤란할 뿐입니다."

"…알겠다."

"그를 구하고 온 뒤에 처벌을 달게 받겠습니다."

듀란은 말을 마치자마자 벗었던 후드를 다시 썼다.

그의 모습이 사라짐과 동시에 날갯짓 소리와 함께 나타난 다섯 마리의 박쥐.

열린 문을 통해 오두막 밖으로 날아간 박쥐들을 바라보며 파르티온은 검에 묻은 피를 수건으로 닦아냈다.

인간이 아닌 짐승을 베어낸 듯한 표정을 지으면서.

*　　　　　*　　　　　*

카르디어스 신성력 1400년 6월 24일.

쉬르 왕국의 수도에 위치한 대성당 안에서 한 남자가 근심어린 표정으로 천장에 그려진 벽화를 올려다보고 있었다.

"휴우……."

쉬르 왕국의 왕, 코니안 2세의 얼굴에는 여유가 사라지고 초조함만이 자리 잡았다.

신앙심과 실력을 갖춘 이들로 꾸려진 병력이 가지고 올 것이라 기대했던 승전보는 끝내 오지 않았다. 오히려 예상 못 한 베릴란트 왕국 측의 원군에 거의 전멸에 가까운 피해를 입었다는 소식을 듣고 어안이 벙벙했다.

대신 교단에서 보낸 추가 병력이 이번에야말로 베릴란트 성을 점령해 주길 바라며 희망을 걸었지만, 오늘 보고받은 내용을 듣고 나서 절망에 휩싸였다.

이제는 베릴란트 왕국의 보복을 두려워해야 하는 처지가 되어버렸다.

"오래간만에 뵙게 되었습니다, 폐하."

"예하!"

후문을 통해 들어온 교황 아르디언을 본 코니안 2세는 옷매무새를 다듬으며 억지 미소를 지었다.

"미리 연락을 받았지만, 예하께서 직접 오실 줄은 몰랐습니다."

"근심이 가득하신 표정이로군요."

아르디언은 평소처럼 인자한 표정으로 말을 이어나갔다.

"하지만 이는 일시적인 고난에 불과합니다. 쉬르 왕국의 신앙심을 믿고 있는 저로서는 다시 한번 배교자들의 나라인 베릴란트 왕국을 섬멸하는 데 온 힘을 다해주실 거라 기대 중입니다."

"하, 하오나……."

당장 병력을 다시 모으기 힘들다는 입장을 내세우려고 했던 코니안 2세.

그러나 아르디언 쪽에서 먼저 선수를 치고 나오자 당혹함을 금치 못했다.

아직도 그의 가슴 깊숙이 남아 있는 신앙심 이전에, 패배로 인해 불리해진 현실을 무시할 수는 없었다.

"무리라고 보십니까?"

"그렇습니다! 지난번 전투에 투입된 것 이상의 병력을 당장 모으기엔 무리입니다!"

"실망스럽군요. 신의 선택을 받은 자로서의 의무를 내팽개치 시겠다는 말입니까?"

아르디언은 여전히 인자한 표정 그대로였지만, 코니안 2세가 원하는 대답을 주지는 않았다.

끼이익.

마찰음을 내며 성당 문이 닫혔다.

아르디언이 오른손을 들어 올리자 스테인드글라스를 통해 들어오던 형형색색의 빛이 사라지며 성당 안이 어둠에 휩싸였다.

"아무래도 시련을 받으셔야 할 것 같군요."

"시, 시련?"

화르르.

촛대에 불이 붙으면서 아르디언의 얼굴을 밝혀주었다.

"네, 신께 더욱 가까이 가는 길입니다."

아르디언이 왼손을 옆으로 쓱 내밀자, 다섯 명의 경호원 중 두 명만 제외하고 모두 성당 밖으로 나갔다.

남은 두 명 중 한 명이 '광룡의 어금니'를 이식받은 왼팔에
황금색 팔찌를 꼈다.

"으아악!"

코니안 2세가 비명을 지르며 바닥에 쓰러졌다.

화룡의 비늘을 이식받은 오른팔을 움켜쥔 그의 이마에는 땀
이 송골송골 맺혔다.

"으으… 으아아악!"

전신이 불타오르는 듯한 끔찍한 고통에 코니안 2세의 입에
서는 비명이 끊이질 않았다.

이식을 마친 이후로 다시는 겪지 않을 거라 믿어 의심치 않
았던 '시련' 속에서 그의 의식은 희미해져 갔다.

끼이익.

닫혔던 문이 열리면서 사제 복장의 남자가 아르디언을 향해
걸어왔다.

"오, 쉐일 추기경. 언제 온 건가?"

"지금 막 도착했습니다."

쉐일은 아르디언의 바로 옆에서 시련으로 고통받고 있는 코
니안 2세를 흘낏 쳐다봤다.

눈물로 얼룩진 시야 속에서 코니안 2세는 구원을 청하는 손
길을 내밀었지만, 쉐일과 아르디언 모두 외면했다.

"지난번 말했던 예의 그 건은 잘 진행되었나?"

"네, 예하께서 하사하신 코어를 이식받은 이들이 구슬땀을 흘
리며 훈련에 매진 중입니다. 조만간 성과를 보여 드리겠습니다."

"불사조의 날개, 말인가?"

"네, 예하."

"하지만 그 과정에서 실패가 적지 않았다고 들었는데⋯⋯."

"실패작들은 실패작 나름대로의 용도를 찾는 중입니다. 모든 일을 성공할 수는 없습니다. 그렇다고 피할 수 없는 실패로 여기며 안주할 마음은 추호도 없습니다."

"역시 자네답군. 기대하겠네."

아르디언은 고개를 끄덕이더니 시선을 옆으로 돌렸다.

둘이 태연히 이야기를 나누는 와중에도 '시련'은 계속 이어지는 중이었다. 바닥에 드러누워 몸을 들썩이는 코니안 2세에게 동정 어린 시선을 보내는 이들은 아무도 없었다.

적어도 대성당 안에서는.

"으아아악!"

*   *   *

대성당 밖으로 나온 쉐일은 밖에서 대기 중이던 부하들과 함께 계단을 내려갔다.

'이제야 자신의 입장이 어떠한지 제대로 알게 되었겠군.'

결국 시련을 이기지 못하고 교황의 제안을 받아들인 코니안 2세의 얼굴을 떠올리며 쉐일은 입가에 조소를 머금었다.

하이브리드로서, 동시에 인간으로서 더 많은 힘을 발휘할 수 있다면 감내해야 하는 시련 역시 커야 하는 법.

'어차피 나와는 상관없는 일이지만.'

교단에 반대하는 세력 중 가장 큰 곳인 베릴란트 왕국은 쓰러지지 않았지만, 쉐일은 크게 개의치 않았다. 자신이 참여하지 않은 전투였기에 책임을 추궁받을 입장이 아니었다.

그를 못마땅하게 여기는 교단 내의 반대 세력이 모함하더라도, 역시 마찬가지 입장이었다. 그동안 교단 내에서 이룬 성과와 성수의 개발로 얻은 추기경이라는 지위에 쉐일은 크게 미련을 두지 않았다. 교황 아르디언과 직접 만나서 의견을 교환할 수 있는 입장만 고수할 수 있으면 그걸로 충분했다.

'여러 개로 흩어졌던 조각들이 이제야 하나로 뭉쳐지는 기분이 드는군.'

고든의 죽음 이후로 오직 고든의 복수 하나만을 이루기 위해 달려왔던 시간들이 쉐일의 뇌리를 스치고 지나갔다.

물론 그 과정에서 성공과 실패가 서로 뒤엉키긴 했다.

맥스를 처단해 줄 거라 기대했던 그레인은 오히려 맥스와 손을 잡고 결사대에 합류했다. 그러던 도중 결사대와 결별했다는 소식을 접하긴 했지만 기쁨도 슬픔도 느껴지지 않았다.

'그 정도 되는 힘을 지녔음에도 그 코어의 힘을 이길 수 없다는 걸 확인한 걸로 충분해.'

교황에게도 알리지 않은, 거의 모든 하이브리드를 제압할 수 있는 방법의 실마리를 찾은 이상 차근차근 앞으로 나가기만 하면 된다.

'맥스……'

자신의 소중한 친구를 죽인 절대 용서할 수 없는 이레귤러.

쉐일은 자신도 모르게 오른손을 강하게 움켜쥐었다.

'너는 반드시 내 손으로 죽인다. 어떤 일이 있어도… 기필코!'

제5장

과거의 은인

카르디어스 신성력 1411년 9월 11일.

우거진 수풀이 불에 활활 타올랐다.

결사대가 쓰러뜨린 교단의 병력이 숲과 함께 재가 되어 사라지는 모습을 75명의 결사대원이 멍하니 바라보고만 있었다.

앞서 있었던 두 번의 전투에서 모두 승리를 거뒀음에도 결사대원의 표정은 결코 밝지 않았다.

"이대로라면……."

결사대의 대장 맥스는 교단의 굳건한 포위망을 바라보며 망연자실했다.

극비리에 입수한 정도를 토대로, 교황 아르디언이 머무르고 있다는 도시를 향해 기습을 감행했다.

그러나 도시로 가는 수풀 안에서 미리 매복하고 있던 교단 병력을 상대하느라 전력을 다해야 했다. 간신히 적들을 쓰러뜨린 결사대에게 숨 돌릴 겨를도 주지 않고 교단의 추가 병력이 결사대원들을 둘러쌌다.

다시 시작된 전투 속에서 부상자들이 속출했고, 또다시 승리를 거머쥐었지만 그 과정에서 다섯 명의 사망자가 발생했다.

"모두 후퇴하기에는 무리겠군."

맥스는 도시가 있는 서쪽이 아닌, 강이 흐르고 있는 동쪽을 바라봤다. 강에 정박 중인 배를 탄다면 전멸만은 피할 수 있겠지만 그 사이를 가로막은 교단의 병력을 뚫기엔 난감했다.

"맥스, 어떻게… 해야 하지?"

결사대의 99번째 대원, 그레인은 화룡의 어금니가 이식된 오른팔을 붙잡고 거칠게 숨을 몰아쉬었다.

마나를 거의 소진한 탓에 그의 오른팔에 피어오르는 불길은 예전 같지 않았다.

그의 옆에 선 아딜나 역시 기력이 다한 듯 숨을 헐떡이며 왼쪽 눈을 가리고 있었다. 수많은 교단의 병사를 석화시킨 그녀의 왼쪽 눈 아래로 피눈물이 흘러내렸다.

"솔리킨……."

결사대의 100번째 대원이었고, 지금은 교단의 편으로 돌아선 변절자.

한 달 전 행방불명되었던 그가 교단의 법의를 입고서 성당 기사단원 사이에서 비웃음을 지을 땐 결사대 전원이 주체할 수 없을 정도의 분노에 휩싸였다.

그러나 지금은 배신자의 처단은커녕 결사대원을 한 명이라도 더 탈출시켜야 하는 상황.

"모두 내 불찰이다."

맥스는 지금의 사태를 유발시킨 자신의 현명하지 못한 결단을 탓했다.

교단의 수장인 교황 아르디언을 쓰러뜨릴 수 있다는 생각 때문에 신중하게 행동하지 못한 자신이 원망스럽기만 했다.

"이렇게 된 이상, 내가 책임을 지겠다."

자신을 포함한 소수의 인원으로 적들을 막고, 남은 다수의 인원이 전력을 다해 포위망을 뚫고 탈출한다는 계획이 맥스의 머릿속에서 차근차근 설계되었다.

각오를 굳힌 맥스가 결사대원들을 뒤로하고 앞으로 걸음을 내디뎠다. 낌새가 심상치 않다는 걸 알아챈 그의 연인 렌이 황급히 뒤따라 나섰다.

그러나 그 둘을 가로막으며 가장 앞으로 나선 이가 있었다.

"맥스, 이곳은 나에게 맡겨줘."

"페트로? 너, 설마……."

"아까 네가 말한 대로 모두 탈출하기는 불가능해. 그러니 너는 생존자들을 이끌고 탈출해야 해. 그것이 대장의 의무야."

항상 온화한 미소를 지으며 다른 대원들을 배려하던, 86번째 결사대원 페트로.

"대신 나 혼자서 저들을 상대하겠다."

그러나 이런 상황에서까지 먼저 나설 줄은, 맥스는 물론 다른 결사대원들도 예상하지 못했다.

아니, 이미 그의 행동은 배려라는 수준을 한참 넘어섰다. 다시는 돌아올 수 없는 곳으로 혼자 가겠다는 희생을 택한 그를 맥스는 두고 볼 수만은 없었다.

"페트로, 대장으로서 명령한다. 이곳은 나에게 맡기고 너는 후퇴해라."

"거절하겠어."

평소처럼 온화하지만, 단호한 의지가 담긴 그의 대답에 맥스는 할 말을 잊었다.

다른 대원들 역시 뭐라 할 말을 찾지 못하고 고개를 떨궜다.

단 한 명을 제외하고서.

"페트로! 그럴 수는 없습니다!"

그의 앞으로 달려간 듀란이 격양된 목소리로 외치면서 양팔을 벌리고 막아섰다.

"다른 방법이 분명히 있습니다! 아니, 있을 겁니다! 그러니 좀 더 시간을 두고……!"

"아니, 더 이상 시간을 지체해서는 안 돼. 지금처럼 누군가 희생하지 않으면 안 되는 상황이라면, 그 희생을 최소한으로 줄여야 해."

결사대원들 중 그 누구도 차마 입 밖으로 꺼내지 못했던 말을 페트로는 스스럼없이 말했다.

"하, 하지만!"

"듀란, 너는 계속 살아남아서 대장을 옆에서 보필해 줘. 내 마지막 부탁이야."

페트로는 옅은 미소만을 보여주고선, 듀란의 옆을 돌아 앞으로 나갔다. 듀란은 멀어져 가는 페트로를 차마 바라보지 못하고 고개를 숙였다.

"……"

다른 이들처럼 침묵하던 그레인이 고개를 들어 올리더니 페트로에게 다가갔다.

이대로 입을 다문 채로 페트로를 보낸다면, 그에게 희생을 강요한 거나 마찬가지라고 여겼기 때문이다.

"그레인, 나에게 다가오지 마."

페트로의 말에 그레인은 그의 어깨를 붙잡으려던 오른손을 더 이상 뻗지 못했다.

페트로의 전신에서 녹색의 연기가 스멀스멀 피어나오더니 지면 아래로 스며들었다.

그만의 잠재 기술, 살아 있는 모든 것을 썩어 문드러지게 만드는 '부(腐)의 영역'이 그가 서 있는 자리를 중심으로 퍼져 나가기 시작했다.

"이미 부의 영역을 발동시켰어. 너도 알다시피 부의 영역은 피아를 가리지 않아. 그러니, 제발……"

페트로는 걸음을 멈추고 뒤를 돌아보았다.

부의 기운에 침식된 그의 눈동자가 원래의 색을 잃고 녹색으로 변질되었다.

"……."

결국 그레인은 페트로의 고집을 꺾지 못하고 결사대원이 모여 있는 곳으로 돌아갔다. 페트로가 시간을 버는 사이, 다른 동료들과 포위망의 동쪽을 뚫어야 했기 때문이다.

치이익.

그의 갑옷을 흥건하게 적신 피가 연기로 변해 마구 피어올랐다. 부의 영역에 닿은 교단 병력의 시체들이 순식간에 썩어들어가면서 살점 하나 없는 앙상한 해골로 변했다.

교단의 성당 기사단원들이 기겁하며 뒤로 물러서면서, 이전까지 좁혀지기만 했던 포위망과 결사대와의 거리가 반대로 벌어지기 시작했다.

"으윽……."

부패로 인한 고통을 느끼지 못하는 몸임에도 페트로의 입에서 신음이 흘러나왔다.

하이브리드의 힘을 구현하기 위하여 일찌감치 소진된 마나 대신 자신의 육체를 소모한다는 증거였다.

동시에 페트로가 발휘하고 있는 부의 힘이 평소의 역량을 넘어섰다는 이야기이기도 했다.

"버텨야 해, 조금이라도 더……."

페트로는 허리에 찬 검을 뽑아 들었다.

부의 힘을 버틸 수 있게 마법으로 보호되던 그의 검조차도 생명을 불사르며 발휘된 부의 영역 속에서 서서히 부식되는 중이었다.

페트로의 시야 가장자리에서 퍼져 나가기 시작한 녹색이 어느새 시야 전체를 뒤덮었다. 의식이 희미해지면서 몸이 비틀거렸다.

그럼에도 페트로는 힘을 짜내 고개를 뒤로 돌렸다.

"모두들, 꼭 살아야 해."

말을 마친 페트로는 정면을 바라보면서 한 걸음, 한 걸음씩 내디뎠다.

동료들과 반대 방향으로 향하는 길로.

*   *   *

카르디어스 신성력 1400년 7월 1일.

꿈에서 깬 그레인이 천천히 상체를 일으켰다.

"내가 언제 잠들었지?"

다리를 통해 느껴지는 침대의 푹신한 감촉은 잠들기 전의 기억과 너무나 동떨어져 있었다.

"분명히 나는……."

렌딜의 집무실에서 다른 하이브리드들과 회의에 참석 중이었고, 회의가 한창 진행되는 도중 갑자기 졸음이 몰려와 눈을 비비던 것까지는 기억해 냈다.

"설마 그때 잠들어 버렸나?"

회의실과 자신의 방까지 오는 도중 생략된 기억을 어떻게든 떠올리려고 머리를 감싸 쥐던 그레인은 이내 고개를 가로저었다.

지금 중요한 건 그게 아니었다.

성자가 되었음에도 교단의 마수에서 벗어나지 못한 페트로의 안위가 가장 걱정되었다.

"이번 생에는 겨우 벗어났나 싶었더니만……."

렌딜이 말한 '나쁜 소식'은 다름 아닌 페트로에 대해서였다.

페트로에게 하이브리드의 자질이 있음을 교단 측에서 파악했다는 내용의 보고서를 본 순간, 그레인은 자신도 모르게 자리를 박차고 일어서 있었다.

그 뒤 이어진 내용은 더욱 위태로웠다.

억지로라도 페트로를 데리고 가기 위해 교단 측에서 파견한 병력이 환자촌을 향해 이동 중이라는 보고였다.

"늦지 않으면 좋으련만……."

그레인은 페트로에 대한 전생의 마지막 기억을 떠올리며 오른팔을 천천히 들어 올렸다.

페트로의 등을 향해 뻗었지만, 결국 거둬야 했던 전생의 오른팔. 그때 억지로라도 그를 붙잡고 끌고 갔어야 한다는 뒤늦은 후회에 고개가 숙여졌다.

그의 희생 덕분에 나머지 74명의 결사대원은 탈출할 수 있었지만, 남은 모두에게 쉽게 갚을 수 없는 빚이 남고 말았다.

전생이 아닌 현생에라도 갚아야 한다고 여겨질 정도로.

"다시는 그런 일이 있어서는 안 돼."

그레인은 양손으로 이불을 강하게 움켜쥐었다.

바로 그때, 문이 열리는 소리와 함께 에르닌이 얼굴을 살짝 내밀며 방 안을 둘러봤다.

"언제 일어났어?"

그레인이 깨어난 걸 본 에르닌이 앙증맞은 걸음걸이로 방으로 들어왔다. 대야를 방바닥에 내려놓고 침대에 걸터앉은 에르닌은 수건을 펼쳐 남은 물기를 털어냈다.

그러나 그레인은 여전히 고개를 숙인 채로 상념에 잠겨 있었다.

"그레인 오빠? 괜찮아?"

"……."

"오빠!"

"응? 아, 너였구나."

뒤늦게 에르닌을 알아챈 그레인은 침대에서 내려오려고 덮고 있던 이불을 옆으로 치웠다.

"누워 있어. 그동안 잠 한번 제대로 못 잤잖아."

에르닌은 그레인을 도로 침대에 눕히더니 이불을 목까지 오도록 끌어 올렸다.

"나 혹시 언제부터 자고 있었던 거지?"

"이틀 동안."

"그렇게나?"

"그러니 누워 있어. 베릴란트 성을 떠난 이후로 제대로 잠잔 적 없었잖아."

에르닌은 반으로 접은 수건으로 그레인의 얼굴을 정성스레 닦아냈다.

그리고 조심스럽게 그레인의 눈꺼풀을 벌리며 양쪽 눈의 상태를 꼼꼼하게 살펴봤다. 그동안 제대로 잠들지 못해 충혈되었던 눈동자 주위가 원래대로 돌아갔다.

"다른 사람들은? 같이 있던 트리아나 없이 왜 너 혼자만 있고?"

"오빠 친구들은 오빠처럼 계속 잠을 설치더라. 트리아나는 아빠와 제스테일 아저씨와 함께 마력포 제작에 전념 중이고."

에르닌은 대답하면서 그레인의 귀 뒤쪽을 쓱쓱 닦았다. 더 물어볼 게 많은 그레인이었지만, 에르닌의 작은 손이 고개를 좌우로 돌리는 통에 말할 타이밍을 잡지 못했다.

"그것보단 오빠는 본인 몸에 신경 썼으면 해."

"나?"

"사람을 구하려면 우선 본인부터 건강해야 돼. 안 그래?"

"그렇지. 그래, 맞는 말이야."

그레인은 쓴웃음을 지으면서 어깨의 힘을 빼고 침대에 몸을 맡겼다.

사실 이렇게 몸을 닦아주는 간호까지 받을 정도로 피곤한 건 절대 아니었다. 그러나 에르닌에게 본의 아니게 걱정을 끼친 게 미안해서 가만히 누워 있기만 했다.

"그런데 그 페트로라는 오빠는 정말 대단한 사람인 거 같아. 오빠 친구들이 그렇게 일치단결하는 모습은 처음 봤어."

원래는 이전 에르닌을 구했을 때처럼 소수의 인원만으로 페트로를 구출하려는 게 그레인의 계획이었다.

그러나 페트로의 사정을 들은, 결사대였던 이들 전원이 그를 구하는 길에 기꺼이 동참했다.

급기야는 비공정을 타고 이레귤러 전원이 페트로의 구출에 참여하게 될 정도로 일이 커져 버렸다. 물론 전생에 대해 모르는 자들에게는 '성자'를 구한다는 명목으로 동참시켰다.

"그가 아니었다면 나는 회귀하지도 못했을 거야. 크루겐도 다른 동료들도 마찬가지고. 회귀한 결사대원들 모두에게 페트로는 은인이야."

"그러면 나에게도 은인이겠네?"

에르닌은 대야에 담근 수건을 비틀어 짜면서 배시시 웃었다.

"하지만 전생의 일을 페트로에게 알릴 수는 없어."

"아딜나에게 그러는 것처럼?"

"그건……."

그레인은 대답을 하려다가 관두고 고개를 문 쪽으로 돌렸다.

다행히도 문은 굳게 잠겨 있었고, 밖에 누군가 지나가는 소리도 들리지 않았다.

"나는 오빠가 아딜나에게 전생의 일을 전혀 말하지 않는 게 종종 의아해."

에르닌은 안대에 가려져 있지 않은 왼쪽 눈을 깜박이며 그레인과 시선을 교환했다.

"알리지 않는 쪽이 아딜나에게 훨씬 좋아. 애초에 기억하지도 못하는 걸 있었다고 이해시키는 건 말하는 쪽이나 듣는 쪽이나 괴로운 일이니까."

"오빠 본인의 답답함은?"

"그건 내가 감안해야 할 문제야. 지금은 그저 무사한 걸 보는 것만으로도 충분해."

"거짓말."

에르닌은 허리를 숙이면서 아까 물을 짜냈던 수건을 다시 대야 안에 집어넣었다.

"옆에서 지켜보는 것만으로도 충분하다는 말은… 거짓말이야."

계속 이유 없이 대야 안에 있는 수건을 휘젓기만 하는 에르닌.

자신의 속마음을 들킨 듯한 기분에 생각에 잠긴 그레인.

서로 등을 돌린 채로 어떤 말을 이어가야 할지, 어떤 대답을 해야 할지 고민하는 표정이었다.

"그래, 에르닌. 네 말이 맞아."

먼저 침묵을 깬 쪽은 그레인이었다.

여전히 둘은 서로 얼굴을 마주 보고 있지 않았지만.

"하지만 진실을 알려주기보단 가끔은 거짓말을 하는 게, 듣는 쪽이나 하는 쪽 모두 행복할 수도 있어."

"그건… 맞는 말 같아."

서로 대답을 주고받았지만, 다시 대화가 끊기면서 방 안에 침묵이 감돌았다.

둘은 서로 아무 말 없이 각자 생각에 잠겼다. 곁눈질로 상대를 슬쩍 보면서 눈치를 보긴 했지만.

똑똑.

노크 소리에 에르닌은 침대에서 내려와 문으로 쪼르르 달려갔다.

"아, 너도 있었구나. 그레인은?"

문 사이로 얼굴을 슬쩍 내민 크루겐은 그레인의 얼굴을 빤히 쳐다봤다.

"난 괜찮아."

"당장 나갈 수 있겠어?"

크루겐이 손에 쥐고 있던 걸 침대 위로 휙 던졌다.

그레인의 무기인 한 쌍의 단검, 트윈 엣지였다.

"벌써 도착한 거야?"

"그건 아니야. 페트로의 환자촌에 도착하려면 좀 더 시간이 걸릴 것 같아. 그런데 그쪽에선 벌써 일이 터진 것 같아."

"뭐?"

그레인은 이불을 박차고 침대에서 급히 내려왔다.

크루겐이 추가로 설명하려고 했지만, 그레인은 듣지 않고 급하게 옷을 갈아입었다. 마지막으로 트윈 엣지를 등에 차고 밖으로 나갔고, 워낙 순식간에 일어난 일이라 크루겐과 에르닌은 그레인이 나간 문 쪽을 멍하니 바라봤다.

"이것 참, 저 녀석이 저렇게 급하게 움직이는 건 또 처음 봤네."

"……"

"아무튼 사정이 이렇게 되었으니 꼬마 아가씨도 서두르라고. 뭐, 너까지 끼어야 할 정도로 상황이 악화되지 않았으면 좋겠지만."

크루겐은 투명한 칼날의 단검, 팬텀 대거를 저글링하면서 손을 풀었다.

그레인보다 느긋하게 방 밖으로 나갔던 크루겐이 다시 돌아오더니 문 사이로 얼굴을 내밀었다.

당연히 따라올 거라 여겼던 에르닌이 침대 위에 걸터앉은 채로 움직이지 않았다.

"너는 안 가?"

"이야기, 듣고 있었어?"

"응? 무슨 이야기?"

크루겐은 아무것도 모른다는 표정으로 반문했다.

그러나 너무 태연한 그의 태도는 반대로 에르닌의 의구심을 증폭시키기만 했다.

"꼬마 아가씨, 날 너무 경계하진 말아줘. 정말 아무것도 못 들었다니까."

그런 에르닌의 마음을 읽었기 때문일까.

크루겐은 능글맞은 웃음을 지으며 분위기를 바꾸려고 했지만, 에르닌의 무표정한 얼굴에는 조금의 변화도 없었다.

"내 말을 그렇게나 못 믿겠어?"

"처음 만났을 때부터 날 속이려고 했잖아."

"그거야 전생과 관련된 거였으니 숨길 수밖에 없었잖아? 이해 좀 해달라고."

"그래도 아직 숨기고 있는 거 있지?"

"흐음, 글쎄……."

크루겐은 턱을 쓰다듬으며 생각을 정리했다.

"생각하는 모든 걸 그대로 드러내면 인간관계가 너무 복잡해지거든. 드러내야 할 건 드러내되, 숨겨야 하는 건 계속 숨기는 게 좋아."

크루겐이 위로 던진 팬텀 대거가 공중에서 빙그르르 회전했다.

"그리고 아까 그레인이 한 말에는 나도 어느 정도 동의해."

크루겐의 시선은 에르닌을 향하고 있었지만, 그의 뇌리에는 이 자리에 없는 다른 이를 떠올리고 있었다.

"어느 정도는… 말이지."

다시 문을 닫은 크루겐이 그림자에 몸을 숨기고 복도를 걸어갔다.

당연하게도, 크루겐의 발소리는 에르닌에게 전혀 들리지 않았다.

*   *   *

갑판으로 급히 올라온 그레인은 사람들이 모여 있는 선수 부근으로 달려갔다.

모인 이들은 한결같이 지평선을 응시했고, 대다수가 멤버들 중 회귀자에 속하는 이들이었다.

"렌딜 님, 어찌 된 일입니까?"

"설명보단 직접 보는 쪽이 빠를 걸세."

렌딜은 오른손을 펼치더니 자신의 옆에 선 그레인의 눈 위를 쓱 훑었다.

그의 손에서 퍼져 나간 마나가 그레인의 시야를 뒤덮더니, 환한 빛이 가득 메웠다.

"자, 이젠 잘 보일 걸세."

마법으로 엄청나게 증폭된 시력 덕분에 거의 작은 점처럼 보이던 환자촌이 그레인의 시야를 한 가득 채웠다.

"저런……."

그레인은 자신도 모르게 아래로 내린 왼손을 강하게 움켜쥐었다.

상당수의 교단 병력이 작은 마을 주위를 포위한 상황을 보면 크루겐의 말대로 '일이 터졌음'은 분명했다.

그러나 절망적인 상황은 아니었다. 핏빛 기운이 폭발하며 교단의 병력이 우수수 쓰러졌고, 포위망은 일정 거리를 유지한 상태에서 좁혀지지 않았다.

"실질적으로 저 남자 혼자서 병력을 상대하고 있구먼. 당분간은 성자님의 안전은 걱정하지 않아도 되겠어."

렌딜은 로브를 걸친 정체불명의 남자를 주시하며 한숨 돌리는 표정을 지었다.

그러나 그를 제외한 다른 이들의 표정은 그리 밝지 못했다.

"하지만 이대로라면 제때 도착할 수 있을지 모르겠습니다."

원래 성능대로 하늘을 가르며 날 수 있었다면 모를까, 지면에 살짝 떠서 이동 중인 비공정의 속도는 그레인에게 느리게만 느껴졌다. 게다가 페트로뿐만 아니라 '그 남자'의 안위도 걱정되었다.

"그러니 여기서부터는 내려서 갈 작정이지? 안 그래?"

"크루겐? 그건······."

"이럴 줄 알고 미리 준비했지. 발터가 더 끌고 오고 있으니 다 함께 가자고."

갑판 아래 있는 마구간에서 두 필의 말을 끌고 온 크루겐이 안장을 두들기며 타라고 권유했다.

발터를 비롯한 다른 이들이 추가로 말을 이끌고 왔고, 급하게 말 위에 올라탄 이들은 모두 페트로의 '옛 동료'들이었다.

"말을 타고서? 그렇다면 지금 당장 비공정을 세우라고 지시하겠네."

"아닙니다. 그럴 필요는 없습니다."

그레인은 한쪽 무릎을 꿇더니 양손을 갑판에 갖다 댔다.

조금이라도 빨리 페트로를 구해야 한다는 집념 때문이었을까, 그레인은 고도의 집중력을 발휘해 냉기를 빠르게 퍼뜨렸다. 잠시 후 비공정의 갑판 왼쪽에서 시작되어 지면까지 이어지는, 경사가 완만한 얼음길이 계단 모양으로 형성되었다.

"이랴!"

말에 올라탄 그레인이 말고삐를 내려치자, 그를 태운 말이 얼음길을 따라 아래로 내려갔다.

얼음길을 무사히 내려간 말의 발굽이 지면에 닿자마자 속도를 더했다.

그의 뒤를 이어 말을 탄 동료들이 하나둘씩 얼음길을 타고 내려갔고, 페트로가 있는 곳으로 향해 비공정을 앞질러 간 다섯 기의 말 뒤로 모래 먼지가 피어올랐다.

*　　　　　*　　　　　*

쾅! 콰앙!

굉음과 함께 피 웅덩이가 마구 폭발했다.

"으아악!"

"피, 피해라!"

이단 심문관이 다급하게 외쳤지만, 이미 수십여 명의 병사가 폭발에 휘말려 높아 솟아올랐다가 지면으로 떨어졌다.

로브를 걸친 사내를 중심으로 핏빛 안개가 넓게 펼쳐졌다. 안개 안에 쓰러진 이들의 상처에서 피가 증발하듯 사라지면서 사내에게 흡수되었다.

"허억, 허억……."

카르디어스 교단의 병력을 홀로 상대 중인 듀란이 거친 숨을 내쉬었다.

흡혈귀의 힘을 쓰기 위해 피를 소모하고 그만큼을 적들의 시체에서 흡수했지만, 거듭된 전투 속에서 그의 몸은 점점 지쳐만 갔다. 로브로 몸을 감추고 있었지만 여기저기 베이고 찔린 자국이 선명하게 남았다.

"다가오지 마십시오!"

듀란의 호통에, 그의 근처로 다가오려던 던컨이 깜짝 놀라며 뒤로 물러섰다.

"정말로 혼자서 괜찮겠어?"

"어서 제 안개에서 벗어나십시오! 오러로 보호한다고 해도 위험합니다!"

"아, 알았어. 알았다고."

저 많은 병력을 혼자서 상대하는 모습이 안쓰러워서 쉴 틈이라도 주려는 던컨의 의도를 듀란은 이전처럼 거부했다.

듀란은 처음 등장했을 때와 마찬가지로 가장 앞에서 거의 혼자서 싸우고 있었다.

"여러분들은 페트로… 아니, 성자님에게 교단의 병력이 다가가지 못하도록 보호해 주시면… 그걸로 족합니다."

듀란은 지금 당장에라도 쓰러질 것만 같았지만, 두 다리에 힘을 주며 버텼다.

그의 앞에는 아직도 쓰러지지 않은 교단 병력이 환자촌을 겹겹이 둘러싸 포위망을 형성 중이었다.

그렇다고 교단의 모든 성직자가 상부의 지침에 따른 것은 아니었다.

성자의 힘을 깨달은 그에게 구원받은 은혜를 갚기 위해.

20년 만에 등장한 교단의 유일한 성자를 지키기 위해.

혹은 페트로의 인품에 이끌려서.

각각 다른 이유로 페트로를 지키기 위해 모인 이들의 각오 역시 듀란 못지않았다.

그러나 적과 아군을 가리지 않는 듀란의 기세에 눌려 그들 역시 전면으로 나서지는 못했다.

"선배, 이전부터 느꼈지만 저 청년… 정말 대단한데요?"

한 달 전, 성당 기사단의 부단장 자리를 박차고 나온 발렌은 듀란의 뒷모습을 바라보며 혀를 내둘렀다.

"우리들은 가뿐히 누를 정도의 실력이라는 건 분명하군. 하지만 이대로라면……."

던컨에게는 정체불명의 청년인 듀란이 홀로 교단의 병력을 상대한 지도 어느새 3일째.

모든 게 의문투성이였던 듀란의 정체를 던컨은 조금씩 파악하기 시작했다.

'아무래도 저 청년은 하이브리드 같은데…….'

오랫동안 하이브리드를 가르쳐 온 던컨의 눈에, 듀란의 몸에 흐르고 있는 기운은 낯설지 않았다.

게다가 흡혈귀의 힘을 쓰는 하이브리드는 예전 교단에서 배부한 탈주자 수배서로 본 기억이 분명히 있었다. 그렇지만 수배자가 맞는지 확인하려고 해도 후드를 깊게 눌러쓴 터라 가까이 가지 않으면 얼굴을 확인할 수 없었다.

그러나 그의 정체가 무엇인지는 사실 중요하지 않았다. 무슨 이유에서인지는 알 수 없지만, 페트로를 지키려는 자신들에게 힘을 보태주고 있다는 점이 중요했다.

"허억, 허억……."

육체적, 정신적으로 한계에 몰린 듀란의 입에서 거친 숨이 멈추질 않았다.

힘을 보충하려면 살아 있는 생명체의 피가 필요했지만, 그를 상대했던 교단 측은 눈치를 채고 시체를 멀리 이송시켜 버렸다.

'그렇다면……'

듀란은 뒤를 돌아봤지만 이내 고개를 저으며 방금 전 떠올렸던 생각을 머릿속에서 없애 버렸다.

아무리 상황이 급하다 하여도 던컨 일행을 상대로 흡혈을 요청할 수도 없는 법.

결국 듀란은 선제공격하지 않고 교단의 공격을 제자리에서 기다리기로 결정했다.

침묵이 감도는 가운데, 듀란의 상태가 평소 같지 않다는 걸 확신한 교단의 병력 측에서 누군가가 한 걸음 앞으로 나왔다.

"보아하니 이제 한계가 왔나 보군."

"……"

이단 심문관 오릴라스의 여유 있는 표정과 반대로, 듀란은 그를 죽일 듯한 눈초리로 노려봤다.

"지금이라도 늦지 않았다. 페트로 사제를 순순히 우리들에게 넘겨준다면, 그동안 네놈이 행한 짓에 대해서 어느 정도는……"

"닥쳐라!"

콰아앙!

핏빛 안개 속에서 폭발이 마구 일어나며 모래 먼지가 피어올랐다.

교단의 병사들이 기겁을 하며 뒤로 물러서면서 포위망이 뒤죽박죽되었다. 그러나 아쉽게도 피의 폭발은 이단 심문관 오릴라스를 덮치지 못하고 살짝 빗나갔다.

"그는… 너희 교단이 함부로 농락해도 되는 존재가 아니다!"

전생의 페트로가 명을 달리했던, 당시의 전투가 듀란의 뇌리를 스치고 지나갔다.

그때의 페트로는 스스로를 희생해 다른 동료들의 목숨을 구해주었다.

그 와중에 페트로는 자신의 잠재 기술인 부의 영역에 자신마저 잠식된 결과 시신조차 찾을 수 없게 되어버렸다.

슬픈 과거였고, 동시에 다시는 반복되어서는 안 되는 미래.

'그때의 페트로는 지금 같은 심정이었을까?'

듀란은 전생의 동료였던 페트로를 지키기 위해 결사대로부터 탈주까지 감행하며 이곳에 도착했다.

그러나 역설적이게도 환자촌을 둘러싼 전투는 전생과 비슷한 구도로 흘러갔다. 듀란이 활약하면 활약할수록, 인근 교구의 병력까지 차출된 교단의 지원 병력은 더욱 늘어나기만 했다.

'만약 그때처럼 누군가 희생되어야 하는 상황이라면……'

운명 자체를 완전히 변화시킬 수 없다면, 비극의 주인공이 페트로가 아닌 다른 이로 바꾸는 수밖에 없었다.

바로 듀란 본인으로.

'어쩌면 이것이야말로 그에게 진 빚을 제대로 갚는 방법일지도 모르겠군.'

듀란 주위를 둘러싸고 있던 핏빛 안개의 색이 짙어지면서 진홍색으로 바뀌었다.

전생의 페트로가 구현했던 잠재 기술, 부의 영역에서 영감을 얻어 개발 중인 기술을 듀란은 시도 중이었다.

이제 남은 것은 체내의 모든 혈액을 안개에 투영시키는 것뿐. 그것까지 마치면 듀란은 다시 원래대로 되돌아갈 수 없을지도 모른다.

그럼에도 듀란의 표정에는 망설임은 없었다. 이렇게 하면서까지 구할 수 있는 이가 단 하나라 하여도, 그 한 명이 페트로라면 충분하다고 여겼다.

휘이잉.

교단의 병력이 발을 디디고 있던, 바짝 말라붙었던 모래 바닥이 순식간에 눈과 얼음으로 뒤덮여 버렸다.

"뭐, 뭐지?"

"저, 저도 잘 모르겠습니다! 이런 추위는… 으아악!"

보고 중이던 병사의 그림자에서 뻗어 나온 누군가의 손이 단검을 휘둘렀다.

지면에서 솟아오른, 그리고 멀리서 날아온 얼음 창이 병사들의 가슴을 꿰뚫었다.

"어… 어어! 으악!"

다급히 화염 마법으로 얼음을 막으려던 성당 기사단원들이 비명을 지르며 나뒹굴었다. 반대편에서 불어온 바람에 화염이 밀려 아군들을 덮쳤기 때문이다. 운 좋게 냉기와 화염을 피한 이들은 피가 철철 흘러내리는 목 뒤를 감싸 쥐며 쓰러졌다.

"설마, 그들이……."

진홍빛으로 변했던 핏빛 안개가 원래대로 옅어지면서, 희미해졌던 듀란의 형체가 원래대로 돌아갔다.

이렇게 강한 냉기를 다룰 수 있는 자는 듀란의 기억 속에서는 단 한 명.

그리고 어둠을 넘나들며 적을 유린할 수 있는 실력자 역시 오직 하나뿐.

죽음을 각오하지 않아도 되어서가 아니라, 진짜로 페트로를 구할 수 있다는 안도감에 듀란은 털썩 주저앉았다.

"그레인, 크루겐. 정말로… 왔군요."

                    *   *   *

그레인 합류로 인해 처참한 피해를 입은 교단 측의 병력은 다급히 후퇴했다.

이단 심문관 오릴라스를 포함한 포로들을 환자촌 외곽의 나무 아래 묶여 있었고, 그레인은 다른 일행들과 함께 페트로가 나오기를 환자촌 밖에서 기다리는 중이었다.

'원래는 전투가 끝난 후가 더 난감할 것 같았는데……….'

페트로를 강제로 끌고 가려던 교단의 병력을 퇴치하는 것 자체는 쉬웠다.

대신 자신이 '이레귤러'의 멤버라는 특성상, 페트로를 만나기 힘들지 모른다고 그레인은 걱정했다. 성자를 '숭상'하는 이들이 아예 만나는 것조차 못하게 막아설 수도 있었기에.

그러나 현생의 자신을 가르쳤던 이들 중 한 명을 전투 중에 발견했고, 덕분에 이야기는 쉽게 풀렸다.

"이런 곳에서 다시 뵙게 될 줄은 몰랐습니다, 던컨 교관님."

"그 덥수룩한 수염은 여전하네요."

제자들의 인사에 던컨은 수염을 쓰다듬으며 그레인과 크루겐의 어깨에 번갈아 가며 손을 올렸다. 던컨 옆에 있는 '미남'이 그레인과 크루겐에 알은척을 했지만, 둘의 시선은 던컨만을 향하고 있었다.

"많이들 컸구나."

3년 만에 만난 두 명의 제자는 여러 의미로 스승의 예상을 넘어섰다.

"너희들의 이야기는 들었다. 정말로… 뭐라 말로 표현하기 힘들구나."

일개 교구의 하이브리드에서 교단에 정면으로 맞서는 '이레귤러'의 핵심 멤버로.

후배인 발렌을 통해 들은 옛 제자의 이야기는 던컨에게는 여전히 잘 실감되지 않았다. 앞서 있었던 전투에서 둘의 활약을 직접 봤음에도 3년 전의 모습만이 계속 눈앞에 아른거렸다.

"그런데 저 청년, 혹시 너희들이 아는 사람이냐?"

던컨은 오른손의 엄지로 어깨 너머를 가리켰다.

전투는 끝났지만, 로브를 걸친 그는 여전히 주변에 누구라도 다가오는 걸 거부하고 홀로 있었다.

"너는 역시……"

"듀란? 듀란 맞지?"

그레인과 크루젠의 말에 듀란은 대답하지 않고 앉은 채로 고개를 숙이고 있을 뿐이었다.

"교관님, 저희들끼리 이야기 좀 해도 괜찮겠습니까?"

"알았다. 나는 성자님께 다녀오겠다."

던컨은 그레인 일행이 마음 편히 이야기할 수 있도록 자리를 비켜주었다.

페트로를 지키던 환자촌의 사람들이 물러나면서 회귀자들만이 남게 되자, 듀란은 깊게 눌러썼던 후드를 벗었다.

"듀란, 어찌 된 일이지?"

"페트로를 구하러 올 거라면 결사대 모두 왔을 텐데, 왜 너 혼자만?"

'이레귤러'든 '결사대'든 간에 페트로라는 이름이 가지는 의미는 각별하다.

그렇기에 아무리 다른 길을 걷는다 하여도 그레인과 크루젠이 알고 있는 결사대라면 페트로의 위기를 두고만 보고 있을 리는 없다.

그러니 지금처럼 듀란 혼자만이 온 상황을 둘은 이해하기 힘들었다. 듀란을 지켜보고 있는 다른 회귀자들의 심정 역시 마찬가지였다.

"대장은… 페트로에 대해 관여하지 말라는 명을 내렸습니다."

"대장이? 진짜로? 그렇다면……."

"맥스가? 정말인가?"

크루겐은 뭔가 알겠다는 반응을 보인 반면, 그레인은 인상을 찌푸렸다.

"하지만 페트로만은 절대 허무하게 죽어서는 안 됩니다. 정 안 된다면 저 혼자라도… 제 손으로 직접 구하고 싶었습니다."

듀란은 오른손을 웅크리면서 손끝으로 땅을 긁었다. 감정에 쉽게 휩쓸리지 않고 합리적으로 판단하던 평소의 듀란과는 확연하게 거리가 멀었다.

'아니, 이런 모습이 아주 낯설지 않아.'

서글퍼하는 듀란의 옆얼굴을 본 그레인의 뇌리에 파편으로 나눠져 있던 단편적인 기억들이 연결되었다.

페트로의 희생 이후, 냉철하고 합리적인 판단으로 결사대를 보좌했던 듀란은 흔들리기 시작했다.

회귀에 집착하기 시작한 것 역시 그 이후부터였다.

전생에는 이해할 수 없었던 듀란의 행동을 현생이 되어서 이해할 수 있게 되었다.

"다행히 여러분들이 있으니 이제 마음 편히 떠날 수 있겠군요."

듀란은 몸을 일으키며 로브에 묻은 먼지를 툭툭 털어냈다.

그러나 본인이 한 말과는 어울리지 않게 절대로 '마음 편해' 보이는 표정이 아니었다.

"그레인, 크루겐, 그리고 여러분들은 여기서 나와 말한 적이 없고, 만난 적도 없는 겁니다. 그를 구한 자들은 여러분들이고, 저는 아닙니다. 무슨 의미인지 알겠습니까?"

듀란은 자신은 처음부터 없던 사람인 것처럼 자리를 뜨려고 했다.

"그래도 페트로의 얼굴은 보고 가야 하지 않겠어?"

크루겐이 듀란의 어깨를 붙들었고, 듀란은 등을 돌린 채로 가만히 서 있었다.

"마침 오고 있네. 우리들을 기억하진 못하겠지만, 그래도 이런 식으로 가버리면 좀 그렇잖아?"

듀란은 자신도 모르게 크루겐이 가리킨 방향을 응시했다.

같이 온 다른 회귀자들 역시 입을 다물고 똑같은 방향을 바라봤다.

"아……."

모두를 구하기 위해 스스로를 희생했던 86번째 대원, 페트로.

마지막으로 자신이 가진 모든 힘을 짜내며 고통받으면서도, 동료들과 헤어지는 순간까지 웃음을 잃지 않았다.

그것이 듀란에게 마지막으로 남아 있던 페트로에 대한 기억이었다.

그런 페트로가 지금, 그를 향해 저 멀리서 달려오고 있었다.

시간 회귀술을 발견하기 전까지는, 살아서는 다시는 볼 수 없을 거라 여겼던 그가…….

살아 숨 쉬면서.

"저 녀석… 정말로 살아 있었어."

점점 다가오는 페트로를 응시하는 드레이크의 눈망울에 물기가 어렸다.

만나고 싶었지만, 어떤 방향으로 뒤틀릴지 모르는 운명의 변화를 두려워해 모두들 만나지 않기를 바랐던, 과거를 기억할 수 없는 은인을 대하는 마음은 모두 같았다.

울컥하는 기분에 몇 명은 이미 눈물이 맺힌 눈가를 손으로 비비고 있었고, 그들 중에서도 가장 감정이 격해진 듀란은 차마 고개를 들지 못하고 숙였다.

"여러분들께서… 저를 구해주셨군요. 정말 감사합니다."

그들이 기억하고 있는 30대 초반의 남자가 아니라, 갓 20대에 들어선 청년이 성호를 그은 뒤 고개를 조아렸다.

"저… 그런데……."

감사를 표한 페트로는 그들의 반응이 뭔가 다르다는 걸 깨닫고 하려던 말을 삼켰다.

이제까지 페트로를 만난 이들의 반응은 크게 두 개로 나뉘었다. 그의 힘에 감복해 성자라 부르며 칭송하거나, 그 힘을 이용하려거나 질투하는 반응이 대다수였다.

그러나 페트로를 바라보고 있는 이들의 반응은 그 어느 쪽도 아니었다.

"혹시 저를 이전에 만난 적이 있었습니까?"

오래전에 헤어졌고, 다시는 만날 수 없을 거라 여겼던 친구와 재회했을 때의 반응과 비슷했다.

"페트로……."

그레인은 나직한 목소리로 그의 이름을 불렀다.

하이브리드라는 운명을 넘어서기 위해 교단의 섬멸을 목표로 함께했던 동료.

자신은 물론 다른 결사대원의 목숨을 모두 구해준 은인.

"…사제님, 처음 뵙겠습니다."

그러나 현생에서 그레인과 페트로는 처음 만나는 사이.

전생 때처럼 격의 없이 서로를 지칭할 수 있는 관계는 아니었다.

"이레귤러 소속의 그레인입니다."

"그리고 저는 크루겐이고요. 들어본 적이 있는 이름이길 바라고 있답니다."

"그레인? 크루겐? 잠시만 기다려 주십시오."

페트로는 법의 안쪽에 손을 집어넣어 무언가를 꺼내더니 양손으로 펼쳤다.

"두 분께서는 혹시 아버지를 구해주셨던 분들이 아니십니까?"

여러 번 접힌 자국이 남아 있는 종이 위에는 카르디어스 교단의 법의를 걸친 두 명의 소년이 그려져 있었다.

머플러를 두른 쪽의 머리 위에는 '크루겐'이란 이름이, 또 다른 쪽의 차가운 얼굴의 소년의 머리 위엔 '그레인'이라는 이름이 적혀 있었다.

"백작님께 이미 우리들에 대해 들었나 보군요."

"자신을 구해준 은인이니 절대 잊지 말고, 혹시라도 만나게 되면 꼭 감사를 표하라며 화가를 시켜 인상착의를 그리게 했습니다."

페트로는 그림 속의 소년들과 눈앞에 있는 두 명의 청년을 번갈아 가며 쳐다봤다.

아무것도 모르는 눈으로 자신들을 바라보는 페트로가 그레인에게는 안타깝게 느껴졌다. 하지만 반대로 자신들을 어떻게든 기억하려는 노력을 엿볼 수 있어서 가슴이 울컥해졌다.

꼬깃꼬깃 접힌 자국은 접었다 폈다를 수없이 반복했다는 증거이면서 동시에, 자신들의 초상화를 계속 지니고 있었다는 이야기이기도 했다.

"아우, 눈물 나려고 하네."

크루겐은 결국 눈물을 참지 못하고 옆으로 돌아섰다.

다른 회귀자들 역시 페트로를 정면으로 바라보지 못하고 몸을 돌리거나 시선을 다른 곳으로 두었다.

'왜 다들 나를 슬픈 눈으로 바라보는 거지?'

영문을 알 수 없는 페트로 입장에서는 그레인 일행의 행동을 더더욱 이해하기 힘들었다.

그럼에도 페트로는 다시 한번 고개를 숙여 감사를 표했다.

"아버지를 구해주신 것으로도 분에 넘치는 은혜를 입었는데, 저까지 구해주시다니… 여러분들에게 너무나 큰 빚을 졌군요."

"아닙니다."

그레인은 페트로의 말을 단호하게 부정했지만, 적의나 분노는 전혀 담겨 있지 않았다.

"저희들이 당신에게 진 빚은 고작 이 정도로 갚을 수 없습니다."

"네?"

"그렇기에 당신은… 페트로, 당신만은 그 어떤 일이 있어도 살아남아야 하기 때문입니다. 절대로 희생당하게 놔둘 수 없었습니다."

전생의 은인은 절대 알 수 없는 의미가 담긴 그레인의 말.

어차피 페트로가 절대 이해할 수 없는 말이라는 걸 알면서도 그레인은 그렇게 대답할 수밖에 없었다.

비록 일방적인 감정의 교감이었지만, 페르로를 향하는 회귀자들의 눈시울은 모두 붉어져 있었다.

'나는 저기에 껴서는 안 되겠지.'

페트로를 향해 유일하게 등을 돌리고 서 있던 듀란이 고개를 옆으로 돌렸다.

시야 끄트머리에 그토록 보고 싶었던 페트로의 얼굴이 들어오자 자신도 모르게 눈물을 흘릴 뻔했지만, 급히 정면으로 고개를 돌리며 감정을 억눌렀다.

'그래, 그가 무사하다면 그걸로 족해.'

듀란은 조용히 떠나려고 했다.

자신은 처음부터 이곳에 없었던 것처럼.

"기다려 주십시오!"

페트로는 그레인 일행 사이를 헤치고 나오더니 듀란을 향해 외쳤다.

일순간 듀란은 멈춰 섰지만, 다시 걸음을 옮겼다.

그러나 페트로는 포기하기 않고 기어이 듀란을 앞질러 그의 앞에 섰다.

일부러 눈에 띄지 않게 위해 페트로로부터 등을 돌리고 서 있던 듀란이었지만, 오히려 자신을 바라보지도 않으려는 그의 행동이 페트로의 눈에 띌 수밖에 없었다.

게다가 여기저기 잘리고 베인 로브 안쪽의 상처가 눈에 들어와서 그냥 보낼 수 없었다.

"상처가 너무 심합니다."

"제 힘이라면 이 정도 부상은 시간이 지나면 알아서……."

전투를 치르는 도중에는 힘을 최대한 아끼기 위해 출혈만 억제시킨 채로 놔뒀던 상처들.

듀란은 대수롭지 않게 넘어가려고 했지만, 페트로는 전혀 그렇지 못했다.

"제 손을 잡아주십시오."

"……."

듀란은 천천히 오른손을 들어 올렸고, 페트로는 양손으로 그의 손을 감쌌다.

파아앗.

성자의 힘이 발동되면서 듀란의 상처들이 빠른 속도로 치유

되었다.

'페트로, 당신은 정말로 성자가 되었군요. 그리고 하이브리드가 아닌 인간으로 살아남았군요.'

전생을 불행으로 이끈 잔혹한 운명에서 벗어난 옛 동료를 보며 듀란은 옅은 미소를 지었다.

감정이 이끄는 대로 눈앞의 페트로를 두 팔로 끌어안으면서 기뻐하고 싶었다.

그러나 더 이상 일방적인 감정을 강요해서는 안 되는 입장임을 듀란은 잊지 않았다. 결국 듀란은 감정을 억누르기 위해 아랫입술을 질끈 깨물었다.

"감사… 합니다."

감사라는 단어에 남몰래 섞은, 다른 의미들도 알아채 주길 바랐지만, 현생의 페트로는 당연히도 알아채지 못했다.

"이 정도면 충분합니다."

손을 거두어들인 듀란은 다시 뒤돌아섰다.

"벌써 가시는 겁니까?"

"네."

짧게 대답한 듀란은 다시 걷기 시작했다.

페트로를 구하고, 두 눈으로 무사한 걸 직접 확인했고, 자신 대신 그를 보살펴 줄 옛 동료들이 있으니 그것으로 족하다며 여기면서.

"그렇다면 하다못해 이름만이라도 가르쳐 주실 수 없겠습니까?"

페트로의 요청에 듀란은 걸음을 멈췄다.

페트로가 있는 쪽이 아닌, 여전히 정면만을 바라보는 그의 두 눈 아래로 무언가가 흘러내렸다.

"듀란… 입니다."

"여기에 계신 다른 분들처럼 절 구해주신 은인의 이름이니 절대 잊지 않겠습니다."

페트로는 성호를 그으며 은인의 앞날을 축복했고, 듀란은 묵묵히 걸음을 옮겼다.

진실을 이야기하지 못하고 떠나는 듀란과 진실을 기억할 수 없는 페트로를 바라보는 회귀자들의 시선에는 아련함이 담겨 있었다.

"예전부터 생각했던 건데……."

크루겐은 점점 멀어져만 가는 듀란과 페트로를 바라보며 코 아래쪽을 손가락으로 훑었다.

"전생의 페트로가 항상 남을 배려했던 이유가, 녀석이 지닌 힘에서 비롯되었다고 여겼던 적이 있었거든."

"무슨 의미인지 알겠군."

그레인은 고개를 끄덕거리며 크루겐의 말에 동의했다.

부의 힘을 지닌 전생의 듀란은 강했지만, 그만큼 같은 편까지 해를 끼치게 할 뻔한 적이 한두 번이 아니었다.

그래서였는지 페트로는 힘을 사용할 때마다 항상 동료들이 휘말리지 않게 집중력을 잃지 않았다. 그리고 항상 자신보다는 다른 동료들의 안위를 걱정했다.

그와 비슷하게 아군까지 휘말리게 만드는 힘을 지녔던 전생의 아딜나가 그레인을 제외한 동료들과 마지막까지 가까워지지 못했던 것과는 대조적이었다.

"그런데 그게 아니었어. 그냥 저 녀석은… 원래 그랬던 거야. 그냥 남을 생각하면서 살아가던 녀석이었고, 지금도 바뀌지 않았어. 하이브리드가 되기 전이나, 된 후나, 지금이나. 젠장, 또 눈물이……."

크루겐은 머플러 끝자락으로 눈가에 맺힌 눈물을 닦아냈다.

리카르도와 드레이크는 약속이라도 한 듯 한 손으로 눈을 가리고 소리 죽여 울고 있었다. 그러나 페트로가 다가오자 언제 그랬냐는 듯 급히 눈가를 닦아내며 감정을 추슬렀다.

"서, 성자님! 성자님!"

바로 그때, 환자촌 안쪽에서 누군가가 페트로를 향해 급히 달려갔다.

"다른 분들이 계시니 그냥 이름으로 불러주십시오."

"아차, 워낙 습관이 되다 보니… 그것보다 저쪽으로 가보세요!"

"무슨 일이지요?"

사내는 환자촌의 입구 정반대인 북쪽을 가리켰다.

"처, 천사가 나타났어요!"

"천사?"

*　　　　*　　　　*

"역시 그랬군."

사람들에게 둘러싸인 '천사'의 정체를 확인한 그레인이 가볍게 미소를 지었다.

"그, 그레인!"

온통 흑백으로 점철된 시야 안에 유일하게 원래 색깔로 보이는 그레인이 들어오자 베스티나의 시선이 자연스레 그를 향했다. 베스티나를 둘러싼 이들 전원이 무릎을 꿇고서 경건한 얼굴로 기도문을 읊고 있었다.

사람들 사이를 간신히 빠져나온 베스티나는 근처의 바위에 앉으며 길게 한숨을 내쉬었다.

"베스티나, 어떻게 된 일입니까?"

"비공정이 곧 도착할 예정이니 조금만 더 기다려 달라는 말을 전하려고 나 혼자서 급히 날아온 것뿐인데……."

울퉁불퉁한 지형을 피해 상공을 가르며 날아온 베스티나가 지면에 착지하는 순간, 환자촌의 사람들은 모두 할 말을 잃었다.

"천사님이시다!"

멍하니 그녀를 바라만 보던 이들 중 침묵을 깨뜨린 누군가의 외침에, 베스티나를 향한 신비로움은 순식간에 신성함으로 바뀌었다.

그녀의 등에서 뻗어 나온, 순백색의 깃털로 이뤄진 한 쌍의 날개는 카르디어스 교단의 성서에 기록된 천사의 형상 그 자체였다.

"뭐, 성자님도 계시는데 천사님이 없으면 더 이상한 거 아냐? 너무 심각하게 받아들이진 말라고."

크루겐은 베스티나의 어깨를 다독이더니 뒤를 돌아봤다.

베스티나가 누군지 모르는 던컨이 넋을 잃고 성호를 긋고 있었다.

"흠흠!"

그러다가 제자들의 시선을 알아채더니 헛기침을 하며 딴청을 부렸다.

"크루겐, 네가 발굴했다 잃어버렸던 천사의 날개가 혹시 저 아가씨에게 이식된 거냐?"

"역시 눈치가 빠르시네요. 자세한 사정은 나중에 설명해 드릴게요. 그런데 생각보다 환자수가 적어 보이는데요?"

대륙 곳곳에 퍼진 성자의 명성에 비해 환자촌에 남아 있는 이들의 수는 너무나 적었다.

무엇보다 환자라고 보기엔 모두 다 너무나 건강해 보였다.

"성자님을 노린 이들이 워낙 많아, 한 달 전부터는 더 이상 환자를 받지 않기로 해서 그렇다. 교단의 낌새가 너무 수상하기도 했고."

여송연을 꺼내 입에 문 던컨이 눈썹 사이를 찡그렸다.

"그리고 이런 경우도 이번이 처음이 아니야. 세 번째지. 참고로 교단이 두 번째 병력을 보냈을 땐 저 녀석이 포함되어 있어서

기겁했지. 그런데 교단 놈들 뒤통수를 치고 우리 쪽에 붙었어."

던컨은 옆에 서 있는 미남을 가리키며 여송연을 길게 빨아 들였다.

"그런데 저분은 누구십니까? 저와 크루겐을 아는 눈치 같은 데⋯⋯."

"아, 진짜 너무하네! 알아챌 때까지 기다리려고 했는데, 이러 다간 내가 늙어 죽을 때까지 모르겠어! 너희들, 안 본 지 좀 되 었다고 벌써 내 얼굴을 까먹었냐?"

갑자기 금발의 미남이 화를 버럭 내며 그레인과 크루겐을 못 마땅한 눈빛으로 노려봤다.

"로이와 조르쉬 님은 아까 봤고, 그렇다면⋯⋯."

그레인은 그의 얼굴을 찬찬히 뜯어봤지만, 도저히 떠오르는 사람이 없었다.

반면 크루겐은 그의 얼굴이 아닌, 자신을 알아볼 만한 이들 중에서 한 명씩 추려내며 그의 정체를 파악했다.

"설마, 발렌 주임 사제님?"

"역시 크루겐, 네 녀석이 그레인보다 사람 볼 줄 아는구나."

발렌은 흡족한 표정을 지으며 고개를 끄덕거렸다.

"잉? 그냥 저희들을 알 만한 사람들 중 추려내서 찍어본 건 데⋯ 진짜 본인 맞으세요?"

"⋯⋯."

크루겐이 조심스럽게 다시 물어보자, 발렌의 얼굴에서 미소 는 싹 사라졌다.

"그게… 너무 미남이라… 제가 알고 있는 발렌 주임 사제님과는 너무 거리가 멀어서요."

칭찬과 의심이 서로 뒤죽박죽된 크루겐의 해명에 발렌은 지끈거리는 이마를 쿡쿡 눌렀다.

"선배, 제가 화를 내야 합니까? 기뻐해야 합니까?"

"그런 말은 나처럼 평생 미남이라는 소리 같은 거 들어본 적이 없는 상대에겐 하지 마라. 괜히 나까지 열 받는다."

선후배 관계인 던컨과 발렌이 서로 마주 보며 인상을 일그러뜨렸다.

그러나 두 사람의 얼굴에 웃음기가 감돌더니 결국에는 동시에 웃음을 터뜨렸다.

"저 녀석들이 못 알아볼 정도면 너, 확실히 변하는 데 성공했구나."

"아니, 그래도 절 못 알아본 건 섭섭하긴 합니다. 뭐, 반대로 못 알아보니 그건 그것대로 기쁘긴 하지만요."

"어? 그렇다면 여자들에게 인기 많았다는 것도 사실이었나요?"

"그거에 대해서는 전에도 말했다시피……."

발렌은 어깨를 으쓱거리며 예전 프란디스 교구에 몇 번이나 했던 이야기를 늘어놓기 시작했다.

그레인과 크루겐 입장에서는 그때 들었던 허무맹랑한 이야기가 납득되는 상황이 우스꽝스러웠다. 네 명의 남자가 웃으면서 이야기하는 모습을 페트로는 조용히 지켜보고 있었다.

"아무튼 계속 서 있기도 뭐 하니 안에 들어가서 마저 이야기하자."

뒤에 서 있는 페트로를 의식한 던컨은 환자촌을 가리켰다.

그러나 그레인은 던컨의 권유에 선뜻 응하지 못하고 주변을 살폈다.

"괜찮겠습니까? 저희들은 아시다시피……."

그레인 일행은 성자인 페트로를 구하기 위해서 왔고, 실제로 그를 구했다.

그러나 환자촌에 있는 이들의 상당수가 카르디어스 교단의 신자, 혹은 교단에 속했던 자들이기에 그들과 대척점에 선 자신들을 받아들여 줄지에 대해서는 의문이었다.

"걱정할 필요 없다. 이곳은 교단의 일원이든 아니든, 카르디어스 교를 믿든 안 믿든 상관하지 않는 곳이다. 오히려 교단에 속해 있지 않은 사람들이 더 많지. 게다가……."

던컨은 환자촌 안쪽을 둘러보더니 건물 안에 아직도 숨어 있는 이들을 떠올렸다.

"교단을 탈주한 하이브리드도 몇 명 있다. 제대로 된 교단 소속의 성직자는 되레 성자님 한 분뿐인 묘한 입장이지. 나 역시 비슷한 입장이고. 아, 그런데……."

던컨은 그레인의 어깨를 다독이다가 도중에 손을 멈췄다.

그레인에게 걱정할 필요가 없다고 말했으면서, 정작 던컨 본인은 근심을 완전히 떨쳐내진 못한 표정이었다.

"마음 편히 이야기를 나눌 수 있을지는 나도 잘 모르겠다. 언제 다시 교단에서 병력을 보낼지 모르는 판국이니."

"그건 그리 걱정하시지 않아도 됩니다. 아, 때마침 도착한 모양이로군요."

그레인은 오른손을 들어 올리더니 자신과 다른 동료들이 말을 타고 왔던 방향을 가리켰다.

"저건?"

소리도 없이 환자촌을 향해 다가오는 거대한 물체에 던컨은 입을 크게 벌렸다.

그는 믿기지 않는다는 듯 연거푸 눈을 비볐지만, 시야에 들어온 육중한 형상은 환상이 아닌 현실이었다.

"저기에 타고 있는 사람들이라면 교단의 추가 병력이 오더라도 문제없습니다."

"설마 저게 말로만 듣던 비공정? 진짜로 배가 떠 있잖아?"

"네, 맞습니다. 원래 성능대로라면 하늘 높이 떠 있어야 하지만요."

비공정을 구경하기 위해 건물 안에 숨어 있었던 사람들이 하나둘씩 밖으로 나오기 시작했다.

다들 있을 수 없는 일을 보면서 감탄을 금치 못했다.

"정말 그 소문이 사실이었구나. 대단한데?"

코어의 발굴을 주로 했던 던컨의 입장에선 고대의 마법 문명의 유산 자체가 낯설지는 않았다.

그러나 이렇게나 거대하면서도 신비로운 유산을 목도하기는 처음이었기에 경이롭게 비춰졌다.

페트로의 개인 방 안에 여섯 명의 남녀가 자리에 앉았다.

방의 주인인 페트로와 그를 지키기 위해 교단과의 대결도 불사했던 던컨과 발렌이 탁자 한쪽에 자리를 잡았다. 맞은편에는 그레인, 크루겐, 그리고 베스티나 세 명이 앉아 있었다.

다른 이레귤러의 멤버들은 참석하지 않고 비공정에 머물렀고, 비공정을 타고 뒤늦게 도착한 이들 역시 마찬가지였다.

옛 결사대원이었던 이들이라면 페트로가 무사한 걸 확인하는 것으로 만족할 리 없었다.

그렇기에 직접 두 눈으로 그를 보고 싶었지만, 감정을 주체할 자신이 없었다. 실제로 몇 명은 멀리서 페트로를 본 것만으로도 눈물을 글썽거렸다.

결국 그들 중 가장 냉정함을 지켰던 그레인과 크루겐, 그리고 회귀자가 아닌 베스티나만이 페트로와 대면할 수 있었다.

"그랬군요."

그동안 환자촌에서 벌어진 일에 대해 들은 그레인이 고개를 끄덕거렸다.

"나는 그때 이후로 줄곧 사제님의 곁을 지켰지. 사제님의 힘을 노리고 불순한 의도로 접근하는 인간들이 분명히 있을 거라 여겼거든. 실제로도 그랬고."

"교단 측에서 딱히 조치를 취했을 거라 보기 힘들겠군요."

"그랬지. 지원 같은 건 처음부터 기대하지도 않았지만 말이야. 익명이긴 하지만 몇몇 거부가 기부해 준 걸로 그럭저럭 환자촌을 꾸려 나갈 수 있었어. 그럼에도 교단 측에선 정신을 못차렸어. 고작 한다는 게 페트로 사제님을 정식으로 성자임을 인정하고 성지로의 부임을 명한 정도였지."

던컨의 대답에는 교단에 대한 불만이 노골적으로 묻어나왔다.

환자촌을 둘러싸고 벌어진 일들에 대한 그레인의 질문에 페트로가 아닌 던컨이 대신 해명하는 구도로 이야기가 이어졌다.

"그런데 너희 둘, 용케도 내 눈을 속였구나. 이레귤러가 교단에서 어떤 취급을 받는지, 벤트 섬에 있을 때부터 알고 있었던 거 아냐?"

던컨은 예전 유적지로 처음 왔을 때, 시련을 견뎌내지 못하는 척하면서 이레귤러임을 속였던 두 명을 가리켰다.

"네. 자세한 사정은 말씀드리기 곤란하지만 그렇게 되었습니다."

"뭐, 어차피 나도 그때 그렇게 나온 건 계속 머물 수 있는 놈들은 놔두고, 도망치게 할 녀석들을 빨리 추려내기 위해서였으니."

자신이 한 이야기에 본인이 답답해진 던컨은 여송연을 꺼냈다가, 페트로를 의식하고선 도로 품 안으로 집어넣었다.

"그렇다 하여도 교단 상부에서 내려온 지시를 거부하는 걸넘어서서, 교단과 맞서는 것은 크게 다릅니다."

"그야 이전처럼 그냥 좋게 말로 해결될 일이 아니었거든. 급기야는 사제님을 강제로 하이브리드로 만들려고 했으니까. 다른 곳도 아닌 교단이 말이지. 넘어서서는 안 되는 선을 먼저 넘은 건 명백히 교단 쪽이었다."

"오히려 교단이니까 그렇게 나온 거 아닌가요?"

크루겐의 뼈 있는 지적에 던컨은 잠시 할 말을 잃었다가 피식 웃었다.

"하긴 그렇겠지."

허리에 찬 검을 어루만지는 던컨의 입술 끝이 살짝 치켜 올라갔다.

오랫동안 몸을 담고 있던 교단이지만, 점점 가서는 안 되는 방향으로 기울어져 버린 교단을 향해 그는 검을 뽑았다.

만약 이스트라와 함께했던 일이 들통 나지 않았다면, 영원히 방관자로 남았을지도 모른다. 그러나 교단의 추적을 피해 환자촌으로 도망쳤고, 그로 인해 운명처럼 성자가 된 페트로와 만나게 되었다.

교단과 맞설 수 있는 용기와 계기를 마련해 준 페트로를 흘낏 쳐다보며 던컨은 검 자루에서 손을 뗐다.

"하지만 교단의 지시를 계속 거절한 건 그 이전부터 아니었습니까?"

"그것은······."

방 안의 대화를 잠자코 듣고 있던 페트로가 처음으로 입을 열자, 다른 이들의 시선이 그에게 집중되었다.

"여기 계신 두 분께서 아버지를 통해 남긴 말 때문이었습니다."

"그래서 부탁드리겠습니다. 만약 아드님께서 이제까지의 모든 걸 뒤바꿀 운명과 마주하게 된다면… 그 운명을 피하라고 말해주십시오."

"아……"

단지 페트로가 다시 전생과 똑같은 운명을 걸을까 봐 우려해 남겼던 말.

그레인은 멍하니 페트로의 얼굴을 응시했다.

"아직도 저는 저에게 왜 이런 힘이 주어졌는지 알지 못합니다. 이것만으로도 저의 운명은 바뀐 것이죠. 그러나 제 힘을 보고 다가온 자들의 제안이야말로 제 운명의 갈림길이라고 생각했습니다."

성자로서의 힘을 각성한 이후 그에게 수많은 사람이 다가왔다.

그로 인해 세상은 선과 악이 뒤섞인, 혼돈 그 자체라는 것을 페트로는 깨달았다.

성자의 힘을 더욱 널리 쓸 수 있는 방법이 있다며 장삿속으로 찾아온 이들을 수도 없이 만났다. 십 년 넘게 고생하던 고질병에서 해방되어 고맙다며 눈물을 펑펑 흘리던 자가 그날 밤 자신을 납치하기 위해 목에 칼을 들이민 적도 있었다.

그러나 좌절하거나 후회하지 않았다. 아버지를 통해 전달받은 그레인의 말을 매번 떠올리면서 하루하루를 버텼다.

"그레인, 당신이 피하라고 했던 운명은 저에게 하이브리드의 자질이 있다는 점, 맞습니까?"

"…네."

"이런 질문을 은인께 하는 것이 이상하게 들릴지도 모르겠군요. 하지만 알고 싶습니다. 왜 저에게 하이브리드가 되는 길을 피하라고 하신 겁니까?"

그레인은 예상치 못했던, 성자라는 운명.

반대로 예상했기에 피할 수 있었던, 하이브리드라는 운명.

그레인은 전생에 대해 숨겨야 하는 상대로 어떻게 해명해야 할지 난감했다.

'페트로를 완전히 납득시키는 쪽은 포기해야 해.'

결국 원론적인 설명을 하되, 상대가 이해할 수 없는 부분을 남길 수밖에 없다는 결론으로 이어졌다.

"저와 크루겐, 그리고 자리를 함께한 베스티나 모두 하이브리드입니다. 하이브리드가 교단에서 어떤 존재인지, 어떤 취급을 받는지는 굳이 설명드리지 않겠습니다."

"네, 알고 있습니다. 그런 부분 때문에 저에게 그 운명을 피하라고 하신 겁니까?"

"그런 점도 해당하지만, 하이브리드는 교단의 명령에 근본적으로 거부할 수 없는 운명을 지닙니다. 저희들은 하이브리드들 중에서도 극소수에 해당하는, 시련을 받지 않는 육체이기에 교단에 맞설 수 있었습니다."

"저에게는 시련을 견딜 수 있는 힘도 있다고 들었습니다만……."

"저는 사제님이 하이브리드라는 족쇄에 얽혀 교단에 이용당하는 것을 원치 않았습니다. 그리고 저희들처럼 교단과 맞서는 운명에 뛰어드는 것 역시 원치 않습니다."

교단과의 투쟁에 있어서 성자의 힘을 필요로 했다면, 소문을 들은 즉시 페트로와 접촉하려 했을 것이다.

그러나 그레인은 전생의 은인이 다시 교단과의 투쟁에 휘말리는 모습을 보고 싶지 않았다.

본인은 전생에 대해 기억하지 못하더라도.

"무슨 의미인지 알겠습니다. 그럼에도 여러분들이 제 아버지와 저를 왜 구해주었는지 이해하기 힘든 부분이 여전히 남아 있군요. 처음 만난 저를 보고 왜 슬퍼하셨는지도 이해할 수 없습니다. 아마 물어봐도 알려주지 않겠죠."

"……"

"저에게 힘을 주신 그분처럼."

페트로는 고개를 들어 위를 바라봤다.

천장에 막혀 하늘은 보이지 않았지만, 그의 시선은 먼 곳을 향하고 있었다.

"그러나 여러분들 덕분에 제가 구원받았음은 분명한 사실입니다. 이미 말씀드렸지만, 다시 한번 말하겠습니다. 저를 구해주셔서 감사합니다."

가급적 페트로와 접하지 않는 쪽이 그를 위한 최선의 선택이라 여기며 했던 말의 여파를 실감하는 그레인의 눈망울은 촉촉하게 젖어 있었다.

운명은 바뀌었다.

최선의 방향으로 변하지는 않았지만 은인이었던 이의 활로를 열어줄 수 있는 차선의 방향으로.

"휴우… 죄송합니다. 요 며칠 사이 제대로 잠잔 적이 없어서……."

페트로가 길게 한숨을 내쉬더니 충혈된 눈을 깜박거렸다. 교단의 병력이 환자촌을 둘러쌌던 3일 동안, 자신을 지키기 위해 나선 자들을 걱정하느라 피곤이 극에 달했다. 직접 나서서 싸우지 않고, 보호받는 입장이라고 마음이 편할 리 없었다.

"사제님과 이야기는 나중에 해도 될까?"

"물론입니다."

"그리고 솔직히 말하면 우리들도 좀 피곤해. 남은 이야기는 한숨 잔 뒤에 생각해 보자. 너희들과 같이 온 사람들에게 경비 좀 맡겨도 되겠지?"

그레인은 고개를 끄덕였고, 선후배 사이인 던컨과 발렌은 페트로를 부축해 방 밖으로 나갔다.

"아차, 크루겐. 잠깐만."

세 명을 따라 자리에서 일어서려던 그레인은 무언가를 떠올리며 도로 앉았다.

"아까 듀란에게 무슨 이야기를 했지?"

"아, 그거? 생각해 보니 너에게도 알려주지 않았던 거네."

페트로에게 이름을 알려주고 미련 없이 떠나려던 듀란을 크루겐은 급히 붙잡았다.

크루겐은 듀란과 귓속말을 주고받았고, 깜짝 놀란 듀란이 뒤를 돌아봤던 장면을 그레인은 놓치지 않았다.

"이번 정보의 출처가 어디인지에 대해 설명해 줬어. 어디냐 하면……."

＊　　　　＊　　　　＊

순간 이동용 마법진을 통해 고성으로 돌아온 듀란은 주위를 둘러봤다.

암살을 마치고 복귀하지 않은 자신을 체포할 병력을 기다렸지만, 평상시에 마법진 주위를 지키고 있던 경비병조차 보이지 않았다.

'내가 없는 사이 다른 임무에 투입되었나?'

어두컴컴한 복도를 걸어가는 와중에도 고개를 좌우로 둘러봤지만, 동료들이나 경비병은 없었다.

결국 듀란은 그 누구의 제지도 받지 않고 자신의 방 앞까지 도착했다.

문을 살짝 연 듀란은 더 열지 못하고 그대로 서 있었다. 살짝 열린 문틈으로 듀란의 연구실 안에서 빛이 새어 나왔다.

탁자 위에 켜진 세 개의 촛불.

그 너머에 왼손으로 턱을 괴고 있던 맥스가 듀란을 물끄러미 바라봤다.

"이제 막 다녀왔나 보군."

"……."

"페트로는 어떻게 되었나?"

아무런 감정도 실리지 않은 맥스의 말에 듀란은 아래로 내린 양손을 강하게 움켜쥐었다.

"무사합니다."

"이레귤러 측에서는?"

"그들 덕분에 페트로를 구할 수 있었습니다."

"그래, 다행이로군."

"대장!"

쾅!

듀란이 양손으로 탁자를 강하게 내려쳤다.

탁자 위에 놓인 촛불들이 흔들렸다가 원래대로 돌아갔다.

"왜 페트로를 구하는 걸 반대했습니까?"

"대답을 듣고 싶나?"

"페트로가 위험하다는 정보를 먼저 입수한 쪽은 이레귤러가 아니라 우리 결사대였습니다! 거리상으로 봐도 우리들이 움직이는 쪽이 합리적이었습니다!"

환자촌을 떠나기 전, 크루겐이 알려준 정보는 듀란을 혼란에 빠뜨렸다.

"무엇보다 페트로의 구출을 반대했으면서, 해당 정보를 왜 이레귤러 측에 넘겨줬는지 이해하기 힘듭니다!"

덕분에 페트로는 구출되었고 교단으로 끌려가 강제로 하이브리드가 되는 비극을 피할 수 있었지만, 직접 행하지 않고 이레귤러에게 그 역할을 떠넘긴 맥스의 심중을 더더욱 이해하기 힘들었다.

"왜 직접 구하지 않은 겁니까? 회귀자가 아니기 때문에? 하이브리드가 아니라서? 현생에는 다시 동료로 만들 수 없다고 판단해서? 페트로가 당신에게는 구할 가치조차 없는 동료였습니까?"

"……."

듀란은 맥스를 앞에 두고 평소의 그답지 않게 감정을 노골적으로 드러냈다.

반면 맥스는 평상시와 똑같이 무표정한 얼굴을 할 뿐이었다.

"가치가 아니라 자격이 없었다."

"자격? 무슨 자격 말입니까?"

"그를 구할 자격이 나에게는 없었다."

맥스는 교단을 탈주하는 과정에서 전생의 동료이자 스승이기도 한 고든을 자신의 손으로 죽여야만 했다.

그 후로 맥스는 목적을 위해서라면 수단을 가리지 않는 쪽으로 방향을 바꿨다.

"난 이미 과오를 저지른 몸이다. 그걸 없애기 위해선 여태껏 내가 저지른 과오 이상으로 갚아야 하지."

교단의 섬멸이라는 목적을 이루기 위해 그는 자신에게 드리워지는 악명을 거부하지 않았다.

오히려 그 점을 이용해 방법이나 행동에 제약을 두지 않았다. 결과적으로 현생의 결사대는 전생의 결사대가 지녔던 한계에서 벗어날 수 있었다.

그러나 맥스는 대의를 위해 그동안 저지른 죄를 절대 망각하지 않았다.

"이레귤러에겐 그럴 의무가 없다. 그래서 성자가 된 페트로를 구한다면, 나보다 더 큰 인망을 얻을 것이다."

말을 마친 맥스는 턱에서 손을 떼고 자리에서 일어섰다.

그를 바라보는 듀란의 눈빛에는 분노가 아닌 안타까움이 서려 있었다.

'역시 눈치가 빠르군.'

성자라는 존재는 카르디어스 교를 믿든 안 믿든 상관없이 많은 이들의 우러름을 받는 존재.

그런 그를 이레귤러가 구한다면, 교단의 악행으로 고통받는 자들을 구했던 그동안의 행보와 결합되어 양쪽 모두를 빛나게 할 수 있다.

반대로 결사대가 직접 움직여서 그를 구한다면, 결사대의 어두운 면모가 성자의 이름을 더럽히는 모양새가 되어버린다.

맥스는 화염의 어금니가 이식된 오른팔을 들어 올리더니 얼굴 가까이 가져갔다.

고든의 목숨을 앗아간 오른팔의 힘으로 페트로를 구할 용기는 그에게 없었다.

"그런고로 페트로에 대한 건 더 이상의 논의를 거부하겠다. 이의가 있다면 지금 말해라."

"…아닙니다."

"그렇다면 네가 자리를 비운 사이 새로운 정보가 입수되었는데 확인해 보겠나? 나중에 확인해도 상관없다."

"아닙니다. 지금 확인하겠습니다."

듀란은 탁자 구석에 놓인 문서 뭉치를 집어 들고 읽기 시작했다.

"이건……."

"나와 똑같은 의견인가 보군."

대륙의 지도 위에 표시된 다수의 'X' 표시를 듀란은 손가락 끝으로 하나씩 짚었다.

교단이 비밀리에 발굴 중인 광룡의 코어에 대한 보고서였다.

제6장

뒤엉킨 갈림길

카르디어스 신성력 1400년 7월 15일.

며칠 동안 하늘을 가득 메운 먹구름이 사라지면서 푸르른 하늘이 모습을 그려냈다.

"날씨 한번 좋네."

크루겐은 이마에 손을 얹고 하늘을 올려다봤다. 태양에서 쏟아지는 햇빛에 미소를 머금었지만, 목에 찬 땀 때문에 이내 눈썹 사이를 찡그리면서 머플러 안쪽을 살짝 풀었다.

"역시 미련이 남지?"

"어쩔 수 없어. 정황상 우리들과 함께할 수 없으니까."

크루겐과 그레인은 사람들로 둘러싸인 페트로를 바라보며

아쉬워했다.

페트로가 머무를 은신처로 향하는 길이 높은 산맥 너머까지 죽 이어진 터라, 여전히 예전 성능을 발휘 못 하는 비공정으로 이동하기 더 이상 무리였다.

그래서 여기서 헤어지기로 하고 비공정에 탑승한 인원 모두가 아래로 내려와 페트로를 배웅 중이었다.

"그런데 정작 페트로와 함께 있었으면서 이야기는 많이 못 나눴잖아."

회귀자들 입장에서 페트로와 헤어진 지는 회귀 전 전생에서 보낸 5년과 회귀한 이후 시간을 포함하면 대부분 10년을 넘겼다.

그러나 재회한 페트로와 함께 비공정에 머문 시간은 고작 보름 남짓. 게다가 그 시간 동안에도 비공정 내 회귀자들이 페트로와 함께 어울린 시간은 그리 많지 않았다.

그를 대하는 회귀자들의 태도를 페트로가 의아하게 여기는 모습에, 그들은 과거를 기억 못 하는 그의 입장을 존중해 일부러 접근을 꺼려서였다.

"정말 전생에는 상상할 수 없었어. 저 페트로가 하이브리드가 아닌 인간들의 존경을 한 몸에 받게 되었다니……"

환자촌이 아닌 비공정 안에서도 페트로의 존재는 부각될 수밖에 없었다.

그가 지나갈 때에도, 식사를 할 때도, 이레귤러들을 의식해 홀로 기도를 할 때도 사람들은 그의 주변에 몰려들었다.

회귀자들은 다른 사람들에 둘러싸인 페트로를 멀리서 봐야 했지만, 그것만으로도 기뻐했다.

배웅을 하는 지금 역시 마찬가지였다. 오랜만에 재회했을 때에는 슬퍼했으면서, 떠나보내는 지금에는 기뻐하는 묘한 상황이라며 어색해하긴 했지만.

그렇게 멀리서 페트로를 배웅하던 두 사람을 향해 누군가가 걸어왔다. 그레인과 크루겐에게 있어서 절대 잊을 수 없는 인연이 된, 던컨과 발렌이었다.

"너희들, 진짜 성자님과 이런 식으로 헤어져도 괜찮냐?"

"그냥 자연스럽게 끼어들어 작별 인사라도 하고 오지 그래?"

던컨과 발렌은 둘을 향해 한마디씩 던졌다.

그러나 그레인은 가볍게 미소만 지었고, 크루겐은 머플러를 코 위로 잡아당기며 표정을 숨겼다.

"아닙니다. 저희들은 페트로 사제님을 여기까지 모시고 온 것만으로도 충분합니다. 앞으로 사제님을 잘 부탁드립니다."

"걱정하지 마라. 나는 몰라도 이 녀석은 제법 실력이 되니까."

"선배, 그거 알아요? 선배는 항상 남 띄워주는 척하면서 은근히 부담을 준다고요."

"그러라고 한 말이다. 너는 뭔가 부담을 주지 않으면 쉽게 해이해지는 성격이거든. 안 그러냐?"

던컨의 날카로운 지적이 이어지자 발렌과 함께 교구에 있었던 그레인과 크루겐은 동시에 고개를 끄덕였다. 지금의 모습과 전혀 딴판이었던, 해이해졌을 때의 발렌이 어떠했는지 그 누구보다 잘 알고 있었기 때문이다.

"끄응, 맞는 말이긴 합니다만······."

지적에 반박하지 못하고 우물쭈물하는 발렌의 모습에 나머지 셋은 웃음을 터뜨렸다.

전생에는 그레인과 만난 적이 없었지만, 현생에는 좋은 인연으로 이어진 던컨과 발렌.

둘의 티격태격하는 모습도 익숙하게 느껴질 정도로 비공정에서 많은 시간을 보냈지만, 아쉽게 그들과도 헤어져야 하는 입장이었다.

던컨과 발렌은 비공정에 남지 않고 페트로의 호위병에 자원했다.

그레인은 그들과 함께하고픈 마음이 적지 않았지만, 페트로를 믿고 맡길 수 있는 사람들이었기에 둘의 결정을 존중했다.

"아, 가기 전에 하고 싶었던 말이 있었어. 너희들, 도대체가 정체가 뭐냐?"

발렌은 얼굴을 앞으로 쑥 내밀더니 그레인과 크루겐을 뚫어져라 쳐다봤다.

"잉? 정체요? 아시다시피 이레귤러죠."

"그런 거 말고. 솔직히 말하면 나는 너희들이 아직도 어리게만 보여. 그런데도 이렇게나 강력한 세력의 주축이 될 정도라면 무언가 숨겨진 게 있을 거라 생각한다."

당연히 대답할 수 없는 질문이었기에 그레인은 입을 다물고 침묵했다.

"그리고 순순히 대답하지 않을 거라는 것도 예상했다. 나중에 때가 되면 속 시원히 털어놓을 수 있겠지?"

"아마도요."

"아무튼 성자님은 걱정하지 마라. 웬만한 놈들은 나와 선배님 선에서 해결할 수 있으니까. 아, 그리고 보니 선배님 친구분도 거기 계시지 않습니까?"

"그러게 말이다. 다시는 못 만날 거라 여겼는데, 이런 식으로 다시 만나게 될 줄이야. 사람의 인연이란 쉽게 끊기지 않는가 보다. 너희들이 그 녀석을 구해준 덕분이다. 정말 고맙다."

던컨은 그레인과 크루겐의 등을 다독였다.

페트로가 갈 은신처에는 이미 이스트라가 머무르고 있었고, 던컨은 친구와의 재회를 설레는 마음으로 기대 중이었다.

"그레인, 크루겐."

"네, 던컨 교관님."

"말씀하세요."

"교관이라, 지금 와서도 교관이라 불리니 좀 어색하구나. 너희들은 이미 나 따위 훨씬 뛰어넘었는데……. 하긴, 같이 발굴할 때 이미 넘어섰을지도 모르겠군."

던컨은 아직 소년티가 남아 있던, 유적지에 막 도착했을 당시의 그레인과 크루겐을 떠올리며 머쓱하게 웃었다.

발렌 역시 마찬가지였다. 세 명만으로 바쁘게 교구를 꾸려 나가던, 힘겨웠지만 즐거웠던 추억이 그의 뇌리에 자리 잡았다.

"너희들이 맘만 먹었다면 우리들 따위야 쉽게 제압하고 성자님만 납치할 수도 있었을 거다. 그런데 그렇게 하지 않았지."

성자라는 존재는 교단은 물론이고, 다른 세력에서 이용할 가치가 넘쳐나는 힘을 지니고 있다.

그레인 일행이 페트로를 구하러 온 것까지는 무척 기뻤지만, 이후에는 그를 어떻게든 이용할 거라고 환자촌의 사람들은 예상했었다. 실제로 도움을 받았으니 그만한 대가를 치러야 하는 게 당연하기에.

그러나 이레귤러 측에서는 페트로에게 자신들에게 합류할 것을 강요하지 않았고, 은신처를 마련해 주는 선에서 물러났다.

"순수하게 성자님을 존경해서냐?"

"그것과는 좀 다릅니다. 아니, 근본적으로 다르다고 하는 게 더 정확할 겁니다."

"그 누구였지? 아, 듀란이란 이름이었지. 아무튼 그 청년이 죽을 고생을 하면서 성자님을 구하는 데 전력을 다했는데도, 아무런 보답도 받지 않고 떠난 걸 지금도 이해하기 힘들다. 그런데 너희들도 그렇게 나오니 헷갈리기만 해서 말해본 거다."

순수한 힘일수록, 순수하지 못한 이들이 주위에 다가오게 마련.

전생을 모르는 던컨과 발렌 입장에서는 이레귤러 측의 '양보'를 이해하기 힘들었다.

"그리고 아까 발렌이 말한 것처럼 너희들이 모든 걸 밝히지 않았다는 것 정도는 느낄 수 있었다. 그러나 너희들이 말해줄 리도 없을 테니, 나중에라도 알려줘라."

"이해해 주셔서 감사합니다."

"감사는 무슨… 넌 성자님은 물론이고 내 친구까지 구해줬어. 고맙다는 말은 이쪽에서 해야 한다."

"나중에 무사히 볼 수 있었으면 좋겠다. 아니, 반드시 무사해야 한다!"

"네, 이스트라 교관님께 안부 부탁드립니다."

작별 인사를 마친 던컨과 발렌은 페트로가 있는 쪽으로 돌아갔다. 잠시 후, 페트로와 그를 호위하는 병력이 숲 안쪽으로 이어지는 길을 따라 자취를 감췄다.

"갔네."

"그래……."

계속 페트로가 사라진 방향을 응시하던 둘은 아쉬운 마음을 안고서 비공정 쪽으로 돌아갔다.

비공정에 올라타려던 그들을 두 명이 기다리고 있었다. 그 둘보다 멀리서 페트로를 지켜보고 있던, 회귀자가 아니면서 전생에 대해 알고 있는 베스티나와 펠릭스였다.

"그레인, 괜찮아?"

평소와 다를 바 없이 무뚝뚝한 그레인의 얼굴을 본 베스티나는 걱정스럽게 물어봤다.

"괜찮다고 볼 수는 없을 겁니다. 하지만 어쩔 수 없으니까요."

"저분은 너희들의 옛 동료이자 은인이라고 했지?"

"네."

"이런 식으로 헤어지면 미련이 남지 않아?"

속마음을 표현하지 못하고 페트로를 떠나보내야 하는 그레인과 다른 회귀자들의 입장은 제3자인 그녀의 눈으로 봐도 안 타깝게 보였다.

"그렇습니다만, 지금의 저로선 이게 최선입니다. 그래도 이런 식으로나마 전생에 진 빚을 조금 갚을 수 있어서 다행이라… 여기고 있습니다."

페트로가 비공정에 머무르는 보름 동안, 회귀자들은 교단과의 투쟁을 잊고 그가 살아 있는 모습을 보는 것 자체만으로도 행복했다.

페트로와 공유할 수 없었지만, 공유할 수 없었기에 가치가 있었던 기쁨.

그걸 누리게 해준 것은 페트로의 희생 덕분이었다.

그들은 전생에 이어 현생까지 살아남았다. 이번에는 그를 희생시키지 않기 위해 그들이 나설 차례였다.

"하지만 교단이 페트로를 노리고 있는 이상, 남의 눈에 띄지 않는 곳에 머무르게 하는 것만으로 만족할 수 없습니다. 이제는 그가 진정으로 행복해질 수 있는 세상을 만들어야겠지요."

그레인은 등에 찬 트윈 엣지의 검 자루를 움켜쥐었다.

비공정의 다음 목적지는, 본격적으로 양손을 피로 물들여야 할지도 모르는 곳.

교단에 가장 열성적으로 협력 중인 쉬르 왕국이었다.

*　　　　*　　　　*

카르디어스 신성력 1400년 7월 17일.

사방이 벽으로 막힌 지하 연구실.

연구실 한가운데에 그려진 마법진 위에 누워 있던 청년이 눈을 떴다.

"어… 나는 분명히……."

청년은 오른손을 왼쪽 가슴 위에 얹었다.

가슴을 뚫고 심장을 관통했던 검은 맞은편에 서 있는 사내의 손에 쥐어져 있었다. 그러나 아무리 손끝으로 확인해 봐도, 검이 들어갔다 나온 상처는 느껴지지 않았다.

벽에 달린 횃불은 모두 꺼져 있었지만, 청년의 등에서 솟아난 한 쌍의 날개에서 뿜어져 나오는 불길만으로 모두의 시야를 밝히기엔 충분했다.

"지, 지금 저… 살아 있는 거, 맞습니까?"

"맞다."

사내의 말에 청년은 천천히 몸을 일으켰다.

의식을 잃기 전까지 그를 괴롭혔던 고통이 기억 속에 선명하게 남아 있었다. 그리고 당연히 고통을 이기지 못하고 죽을 거라 청년은 여겼다.

"저, 정말로 제가 죽었다가 되살아난 겁니까?"

"그렇다. 너는 이전보다 훨씬 더 강한 힘을 지니게 된 거다."

불사조의 날개가 지닌 잠재 기술.

체내의 마나가 완전히 소진되기 전까지는 코어를 이식받은 자를 강제로 죽음에서 끌어내 되살리는 기술, 불사(不死).

제대로 코어의 이식이 완료되었는지 확인하는 방법 자체는 간단하면서도 강렬했다.

직접 죽인 뒤에 되살아나는 걸 두 눈으로 확인하는 것으로 충분했다.

"이전의 네가 이식받았던 코어 따위와는 비교도 할 수 없을 정도로 강한……."

청년에게 새로운 코어를 이식한 쉐일은 지그시 눈을 감았다.

그의 인생 속에서 성공과 실패가 반복되었지만, 실패 쪽이 더 많다고 여겼다.

하이브리드도 인간으로 대했던 친구는 그가 가르치던 하이브리드에게 살해당했고, 쉐일은 슬픔에 빠져 좌절했다.

유능한 하이브리드들 중 교단에 충성할 거라 믿었던 이들에게 더 성능 좋은 코어로 교체시켰지만 그들 중 대다수가 교단에 등을 돌렸다. 특히 친구를 죽인 자를 쓰러뜨리기 위해 가장 최적의 힘을 지녔다고 판단한 그레인의 배신은 그에게 적지 않은 좌절감을 안겨주었다.

그것으로도 모자라 남은 두 명의 친구는 그와 다른 방향의 길을 걸어갔고, 억지로라도 같은 길을 걸어가도록 힘을 썼지만 모두 자신의 곁을 떠나갈 뿐이었다.

도중에 성수를 개발하고, 추기경의 지위까지 올라갔지만 쉐일의 가슴속 깊숙한 곳에 메워지지 않는 부분은 여전히 존재했다.

그 누구보다 소중했던 친구 고든을 죽인 맥스에 대한 복수.

그것을 위한 발판이 지금, 완성되었다.

'불의 힘을 다루는 맥스를 쓰러뜨리기 위해서 정반대되는 냉기의 힘에 매달릴 필요는 없었어. 강렬한 불을 삼킬 수 있는, 절대 꺼지지 않을 불을 만들어내면 되는 거였다는 걸 지금이라도 깨달은 게 다행이야.'

쉐일은 발상의 전환으로 이뤄낸 성공을 만끽하면서 미소를 지었다.

"자, 그러면 약속대로 너희들에게 포상을 내리도록 하겠다."

불사조의 날개로 코어를 교체받은 청년을 제외한 나머지 네 명의 청년들이 쉐일 앞에 모였다.

전원 두 개의 서로 다른 코어를 이식받고도 살아남은 이들이면서 동시에 이레귤러가 아닌 하이브리드들이었다.

"그… 그렇다면 저희들이 정말로 이단 심문관이 되는 겁니까?"

"그래, 약속대로다. 신의 이름 아래, 배교자를 처단할 권리를 얻은 거다."

쉐일은 고든이 추구하던 방향과는 다른 쪽으로 하이브리드를 대했다.

먼저 가버린 친구는 하이브리드가 인간과 동등한 취급을 받으며 어울릴 수 있기를 바랐다.

그러나 복수심에 지배당한 쉐일이 추구한 평등은 뒤틀린 의미의 평등이었다.

하이브리드에게 교단의 노예로서 핍박받은 만큼, 되돌려 줄 수 있는 권한을 부여해 주었다.

"인간이든, 하이브리드이든 간에 공평하게, 말이다."

쉐일은 다섯 명의 청년에게 책을 한 권씩 나눠줬다.

검은색의 표지가 아닌, 활활 타오르는 불길의 색을 입힌 표지의 성서였다.

"그리고 너희들을 이끌 지휘관은 바로 너, 이그나다."

쉐일은 이그나의 왼쪽 어깨에 손을 얹으며 미소를 지었다. 불사조의 날개에서 솟아오른 불길이 쉐일의 손을 훑고 지나갔지만, 표정 한 번 일그러뜨리지 않았다.

"미, 믿기질 않습니다. 제가 정말로 그런 권리를 얻은 건가요?"

"그래, 실력을 지닌 자라면 인간이든 하이브리드이든 구별 없이 그에 맞는 자리를 준다. 이것이 나의 방침이다."

여태까지 일방적으로 고통받던 입장에서, 이제는 교단의 이름 아래 떳떳이 고통을 줄 수 있는 입장이 된 이그나는 전신을 부들부들 떨었다.

교단의 노예로 살아야 했던 그의 마음속에 새로운 쾌감이 몰아쳤다.

"맡겨만 주십시오! 교단을 거역하고 거짓된 가르침에 사로잡힌 이들에게 진정한 가르침을 선사하겠습니다!"

이그나는 한쪽 무릎을 꿇고 교단에 대한 충성을 다짐했고, 뒤이어 다른 네 명의 청년이 그를 따라 했다.

그의 두 눈은 광기로 물들었고, 불사조의 날개로부터 강렬한 불길이 활활 치솟았다.

*　　　　*　　　　*

카르디어스 신성력 1400년 7월 18일.

높은 산맥 중턱에 위치한 작은 마을 위로 햇볕이 쏟아졌다.

마을 인구의 대다수를 차지하는 병사들은 땡볕을 피해 나무 그늘 아래에서 열기를 식히는 중이었다. 물론 수시로 주위를 둘러보며 경계를 게을리하지 않았지만, 사람 자체가 올 일이 없는 지역이라 평상시와 똑같이 평화롭기만 했다.

몇 개 없는 건물 사이를 오고 가는 이들은 예전 그레인 일행과 크라켄 해적단에 구출된 자들 중, 교단과 맞서는 쪽을 택한 하이브리드들이었다.

그러나 정작 그들은 교단과 직접 싸우지는 않았다. 대신 이스트라의 주도하에 진행 중인 하이브리드에 대한 연구에 자원했다. 물론 교단에 있을 때처럼 잔인한 실험에 억지로 투입되지 않았다. 어디까지나 자율적으로, 몸을 해치지 않는 선에서 실험은 진행되었다.

"휴우, 이제 겨우 끝났군."

허름한 건물 2층 연구실에 있던 이스트라가 깃털 펜을 책상 위에 내려놓고 눈을 비볐다.

한때 교단의 추기경까지 올라갔던 그는 모든 걸 버리고 자신이 저지른 죄를 씻기 위한 연구에 전념 중이었다. 하루의 대부분을 연구실에 처박혀 보낸 탓에 수염이 삐쭉빼쭉 자라났고,

로브 여기저기에는 얼룩이 묻어 있었다.

"어디 보자, 시간이……."

책상 구석에 놔뒀던 모래시계를 쳐다본 이스트라는 순간 멍하니 있다가 쓸쓸하게 웃었다.

한참 전에 아래로 흘러내린 모래로는 시간이 얼마나 흘렀는지 알 수 없었기에 그는 창밖으로 시선을 돌렸다.

창문을 통해 들어오는 햇빛의 열기는 뜨거웠고, 해가 저물려면 아직 한참 멀어 보였다.

그는 시선을 왼쪽 벽에 걸려 있는 달력으로 돌리더니, 손가락으로 숫자를 세기 시작했다.

"벌써 시간이 그렇게나 흘러갔나."

제자들에게 구출된 이후로 1년하고도 반년 가까운 시간이 흘러갔다.

비록 밖에 나가지 못했지만, 한 달에 한 번씩 오는 전령으로부터 정기적으로 보고를 받은 터라 바깥세상이 어떻게 돌아가는지에 대해서는 알 수 있었다.

"정말 많은 것이 변했어."

제자들이 한때 합류했었던, 교단을 쓰러뜨리기 위한 결사대의 행보에 관해 들을 때엔 착잡한 심정이었다.

자신을 구출해 준 결사대의 대장이 고든을 죽였던 맥스라는 사실을 알게 되었을 땐 뭐라 형용할 수 없는 감정에 휩쓸리기도 했다.

그 뒤 그레인 일행이 결사대를 떠나 이레귤러라는 조직을 새로 결성했다는 이야기까지 듣게 되었다.

"미안하구나."

그레인, 크루겐, 그리고 베스티나.

그의 눈에는 아직도 어리게만 보이는 제자들을 피가 흩날리는 전장에 뛰어들게 만든 건 교단의 횡포였다.

그걸 적극적으로 막지 못했고, 오히려 하이브리드를 육성하는 교관으로 일했던 자신의 과거가 아직도 가슴 깊숙한 곳에 남아 있는 죄책감을 가중시켰다.

그래서였을까, 이스트라는 예전 교단에 있을 때보다 훨씬 더 연구에 계속 매진했다.

이곳에 오기까지의 연구가 교단과 친구의 강요에 의한 것이라면, 지금은 속죄의 의미로 매달렸다.

"이럴 때가 아니지."

이스트라는 의자를 책상 안쪽으로 당겨 앉으면서 다시 깃털 펜을 들었다.

다시 집중한 이스트라는 문서를 작성하기 시작했고, 고요한 연구실 안에는 종이 위를 펜이 빠르게 지나가는 소리만이 들렸다.

식사 시간이 다가왔다는 것도 까맣게 잊을 정도로.

똑똑.

문 너머에서 누군가가 노크했지만, 연구에 집중 중인 이스트라의 귀에 들어오지 않았다.

다시 노크가 이어졌지만 여전히 이스트라는 대답이 없었고,

문이 열렸지만 이스트라의 시선은 한창 작성 중인 문서에서 떨어지지 않았다.

"교관님, 식사 시간이에요."

"아, 이런… 또 못 들었나?"

난처해하는 이스트라를 향해 체이니는 싱긋 웃으면서 들고 온 쟁반 위의 음식을 책상 옆 테이블 위에 하나씩 올려놨다.

빵과 샐러드, 스프로 구성된 간결한 식단이었다.

"매번 미안하구나."

"뭘요. 교관님께 입은 은혜에 비하면 이런 건 아무것도 아니잖아요."

그레인과 함께 벤트 섬에서 하이브리드로 훈련받았던 그녀의 몸에는 더 이상 코어가 존재하지 않았다.

"절 구해주신 것만으로도 거듭 감사드려도 모자란데 절 다시 인간으로 되돌려 주셨으니… 저는 교관님께 크나큰 빚을 졌어요. 그러니 이 정도 일 가지고 일일이 미안해하실 필요는 없다고요."

벤트 섬에서 훈련 과정을 수료한 이후, 체이니는 교단의 하이브리드로 살아가면서 미소를 잃었다. 가까스로 탈출해 이곳에 도착했지만, 사라진 미소는 돌아오지 않았다.

그러던 그녀의 얼굴에 다시 미소가 찾아온 건 이스트라가 만든 비약을 복용한 후였다.

"솔직히 말하면 아직도 믿기지 않아요. 그래서 그런지 잠에서 깨고도 멍하니 누워 있는 경우가 허다해요. 이 모든 게 꿈이 아닐까 두려워하면서……."

지금으로부터 2주 전, 이스트라는 그동안의 연구를 집약한 비약의 제조에 성공했다.

　그것은 다름 아닌 코어를 무사히 제거하면서 하이브리드를 인간으로 되돌리는 비약.

　남은 것은 누군가에게 비약을 복용시킨 후, 제대로 비약이 작용하는지와 시련을 받는지 안 받는지에 대한 확인 절차를 거치는 것뿐이었다.

　그러나 이곳에서 진행된 다른 실험과 달리 선뜻 지원하는 이가 없었다. 실패할 경우, 최악에는 목숨을 잃을지도 모른다고 말했기 때문이다.

　결국 지원자가 없어 다음을 기약하려던 순간, 그의 제자이기도 한 체이니가 부들부들 떠는 손을 천천히 들어 올렸다.

　비약을 복용한 후 꼬박 하루 동안 진행된 실험이 완료되자 체이니는 다시 인간으로 되돌아갈 수 있었다. 믿기지 않는다는 표정을 짓는 그녀를 다른 하이브리드들이 울음을 터뜨리며 껴안았다.

　"몸에 이상한 점은 없나?"

　"네. 하나도 없어요."

　이스트라의 우려에 체이니는 미소로 화답했다.

　비록 하이브리드로서의 힘은 잃어버렸지만, 시련에 고통받지 않아도 되는 인간으로 되돌아갔다는 사실 하나만으로도 가장 행복한 순간을 보내고 있었다.

　"그래도 완전히 마음을 놓기엔 이르다. 조금이라도 이상이 생기면, 절대 숨기지 말고 나에게 알려주도록."

이스트라는 빵을 찢어 한 조각을 먹고선 메스껍다는 얼굴로 고개를 설레설레 저었다.

다음에는 깨작깨작 스프를 떠먹더니, 결국 반도 먹지 못하고 스푼을 접시 옆에 내려놓았다.

"아직도 입맛이 없으신가요?"

항상 미소를 짓던 체이니도 이 순간만은 얼굴에서 웃음을 지웠다.

막상 체이니를 구했음에도, 그 비법이 지닌 무게감 때문에 겨우 회복되나 싶었던 그의 건강은 다시 악화되기 시작했다.

"너무 무리하지 마세요. 이러다가는 정말로 쓰러지시겠어요."

"미안하구나."

"아이 참, 미안하다는 말 대신에 쉬세요."

체이니는 다시 일을 시작하려는 이스트라의 손에서 깃털 펜을 쏙 빼내더니 탁자 구석에 놨다.

"그러면 과일이라도 몇 개 깎아 올게요."

이스트라가 의자 등받이에 몸을 기대도록 살짝 민 체이니가 방 밖으로 나갔다.

활발한 모습으로 걸어 나가는 제자의 뒷모습을 보면서도 이스트라는 마음 편히 기뻐할 수 없었다.

'지금의 비법과 다르게, 누군가의 희생을 필요로 하지 않는 방법으로 만들어야 해. 어떻게 해서든……'

그가 만든 비약은 아직까지는 '모든' 하이브리드를 인간으로 되돌릴 수는 없었다.

게다가 비약에 들어가는 재료가 하이브리드의 희생 없이는 얻을 수 없는 것이었기에 개선할 여지가 너무 많았다.

그래서 이스트라는 연구를 멈추지 않았고, 현재의 성과를 이레귤러 측에 보고하지 않았다. 그가 걷길 원하는 속죄의 길은 아직 멀기만 했다.

"응? 무슨 일이지?"

과일을 가지고 다시 연구실 안으로 들어온 체이니는 건너편 창문을 향해 고개를 돌렸다.

항상 조용하던 마을 입구 쪽에 경비병들이 잔뜩 몰려들어 시끌벅적했다.

"누가 온 것 같은데요? 혹시 대공 전하께서?"

체이니는 창문을 통해 바깥 상황을 조심스럽게 살폈지만 멀리서 봐도 눈에 확 띄는, 거대한 덩치의 사내는 없었다.

"설마……."

이스트라의 시선은 경비병들에게 둘러싸인 한 남자를 향했다.

"혹시 아는 분이세요?"

이스트라는 대답하지 않고 자리에서 일어나더니 급히 밖으로 나갔다.

복도를 질주하며 아래층으로 내려온 이스트라는 멈추지 않고 마을 입구로 달려갔다.

"너… 어떻게 여기까지?"

가슴을 움켜쥐고 거칠게 숨을 몰아쉬는 이스트라는 자신의 두 눈을 믿을 수 없었다.

시련을 받지 않는 하이브리드를 남들 몰래 탈출시키다가 교단에 발각된 이후, 따로 도망쳤던 친구가 아무렇지 않은 얼굴로 서 있었기 때문이다.

"뭐, 그렇게 되었어."

던컨은 뒤통수를 긁적이더니 양팔을 활짝 벌렸다.

"아무튼 살아서 만나서 정말 다행이다, 이스트라!"

"나야말로……."

두 남자는 격하게 포옹하면서 서로의 등을 두들겼다.

"자자, 이젠 좀 비켜달라고. 친구와의 재회를 만끽하고 싶으니까. 응?"

던컨은 자신을 막아섰던 경비병들에게 오른손을 휘저었다.

갑자기 불쑥 나타난 던컨 일행을 경계하던 경비병들은 멋쩍어하며 자리를 비켜줬다.

"짐 안쪽에서 넣어둔 걸 꺼내느라 고생했는데, 필요 없게 되었군."

던컨은 펠릭스의 인장이 찍힌 문서를 경비병에게 휙 던지고선 이스트라의 등을 연신 다독거렸다.

"미안하다. 내 일에 끼어들게 해서 괜히 너까지……."

"다 지나간 일이야. 게다가 나쁜 일을 한 것도 아닌데 왜 미안해해?"

"그동안 고생 많았지?"

"고생? 솔직히 고생 좀 하긴 했지. 하지만 덕분에 이분을 만나게 되었으니 오히려 행운이랄까?"

던컨은 포옹을 풀더니 뒤에 있던 청년을 향해 손을 내밀었다.

"여기에 온 이유는 너를 만나고 싶어서도 있었지만, 이분을 데리고 오기 위해서였어."

"이분은?"

"페트로 사제님이셔. 이쪽에도 사제님의 소문이 퍼졌을려나?"

"페트로? 그렇다면… 저분이 성자님?"

"성자님? 정말로 성자님이?"

"진짜야?"

순간 모두의 시선이 페트로에게 집중되었다.

성자라는 말에 물러섰던 병사들이 페트로 주변으로 우르르 몰려들었다.

"페트로라고 합니다. 던컨 님으로부터 이야기는 많이 들었습니다."

"여… 영광입니다."

"이스트라 님의 제자인 두 분과 동년배이니 편하게 대해주십시오."

그러나 그를 편하게 대하는 사람들은 하나도 없었다.

누가 시키지도 않았음에도 병사들이 성호를 긋기 시작했고, 개중에는 아예 무릎을 꿇고 주저앉은 이들도 있었다.

*　　　　*　　　　*

카르디어스 신성력 1400년 7월 31일.

"헉, 헉······."

법의를 걸친 청년이 수풀 사이를 빠르게 가로질렀다.

쉬지 않고 계속 달린 탓에 그가 걸친 법의는 땀으로 흠뻑 젖었고, 그 위에 달라붙은 흙먼지로 엉망진창이 되었다.

"더, 더 이상은······."

달릴 여력이 남아 있지 않은 청년은 비틀거리며 나무 아래 털썩 주저앉았다. 나무에 등을 기대고 숨을 돌리는 와중에도 땀은 멈추지 않고 비 오듯 흘러내렸다.

회귀자이면서 하이브리드가 아닌 인간으로 남는 선택을 한 바릭투스.

전생에 교단이 얼마나 맞서서 싸우기 힘든 집단임을 뼈저리게 실감했던 그는 아직 회귀하지 않은 척하며 성직자로 살아가는 길을 택했다.

물론 그것으로 만족하지 않고, 역사의 흐름을 알고 있는 이점을 활용하여 움직였다.

절대 눈에 띄지 않으면서, 교단과 회귀자들 간의 세력에 영향을 끼치며 눈치를 살폈다. 어느 한쪽이 압도적인 승기를 잡을 때가 오면, 그쪽으로 들어간다는 계획을 진행했다.

"젠장, 내가 왜 이렇게까지 몰렸지?"

바릭투스를 머리를 감싸 쥐면서 오늘의 결정을 후회했다.

쉐일 추기경의 명령 아래 바릭투스가 머무르고 있는 나라의,

주임 사제 이상의 모든 성직자가 소집되었다.

쉐일은 왜 성직자들을 모이게 했는지 알리지 않고, 우선 식사를 마친 뒤에 이야기하겠다며 물 잔을 들어 올렸다.

술 대신 물로 모두 목을 축인 이후, 식사를 시작하려던 성직자들 중 몇 명이 당황하며 양손을 들어 올렸다.

"성직자들에게도 성수를 먹일 거라는 예상 정도는 했어야 했는데⋯⋯."

성직자들이 마신 건 물이 아니라, '성수'였다.

하이브리드의 자질이 있음을 나타내는 빛이 성직자들 손에서 피어올랐고, 모두가 혼란에 빠진 사이 바릭투스는 손을 탁자 아래로 급히 감췄다.

자리에서 일어난 쉐일은 병사들을 시켜 성수에 반응한 이들을 억지로 끌어냈다.

"이 모든 것은 예하님의 뜻입니다."

왜 자신들에게 성수를 먹였냐며 항변하는 이들에게 쉐일은 비웃음을 지으며 말했다.

그러자 끌려가기를 거부하던 성직자들은 고개를 떨구며 저항을 포기했다. 그래도 성직자이니 다른 하이브리드처럼 대하지 않을 거라는 실낱같은 기대를 품고서.

그러나 바릭투스가 알고 있는 교단은 그런 곳이 아니었기에, 그는 혼란을 틈타 잽싸게 탈출했다.

"진작 이런 경우를 예상했어야 했는데, 내가 너무 어리석었어."

전생에 성수는 등장하지 않았지만, 하이브리드의 자질을 미리 파악하는 비약 자체는 개발되었었다.

그렇게 해서 성직자 중에 하이브리드가 된 자들 중 한 명이 바로 결사대의 두 번째 대원, 고든이었다.

다시 반복될 수 있는 과거를 망각한 결과는 바릭투스에게 혹독하게 돌아왔다.

"내가 여기까지 오느라 얼마나 고생을 했는데! 고작 이런 식으로 무너질 수는 없어! 없다고!"

바릭투스는 고함을 마구 지르며 주먹을 움켜쥐었다.

회귀자들만이 지닐 수 있는, 미래를 예측할 수 있다는 이점을 바릭투스는 쏠쏠히 활용해 살아왔다.

그러나 그 장점은 시간이 흐를수록 점점 희석되어 갔다.

이미 현생은 전생과 너무 달라져 버렸고, 다시 교단과 싸우는 결정을 택한 옛 동료들을 비웃던 여유는 온데간데없었다.

"여기 있었군."

"누, 누구냐!"

수풀 너머에서 들린 누군가의 목소리에 바릭투스는 다급히 단검을 꺼내 들었다.

"너는……."

왼쪽 수풀에서 부스럭하는 소리와 함께 나타난 청년을 본 바릭투스는 이내 인상을 찌푸렸다. 청년이 걸친 법의 위에 그려진 문양은 인간이 아닌 하이브리드임을 나타냈다.

"감히 하이브리드 따위가 날 막아서려고?"

바릭투스의 도발에 청년은 가소롭다는 비웃음으로 맞받아쳤다.

"하지만 하이브리드보다 못한 게 바로 배교자 아니었나?"

"배, 배교자?"

"예하께서 내리신 운명을 거부하고 도망친 너야말로 배교자다."

쉐일에 의해 전격으로 서임된 이단 심문관 중 한 명인 이그나는 허리에 차고 있던 성서를 오른손으로 집어 들었다.

검은색이 아닌, 이단 심문관에게만 허락된 붉은색의 성서였다.

"이, 이단 심문관? 하이브리드 따위가 어떻게……."

바릭투스는 어이를 상실했지만, 이내 고개를 가로저으며 정신을 차렸다. 지금 중요한 건 어떻게든 이그나를 쓰러뜨리고 도망치느냐의 문제였다.

'나… 나는 전생처럼 하이브리드가 될 순 없어!'

휙! 휙!

바릭투스는 이그나를 노리고 단검을 크게 휘둘렀다.

그러나 이그나는 몸을 비틀며 여유롭게 단검을 피하더니, 바릭투스의 오른쪽 손목을 강하게 붙들었다.

"고작 그 정도로 날 쓰러뜨리려고?"

화르르르.

이그나의 등 뒤에 접혀져 있던 한 쌍의 날개가 활짝 펼쳐지면서 불길을 일으켰다.

"으아악!"

바릭투스의 입에서 비명이 터져 나오며 살점이 타오르는 냄새가 사방으로 퍼졌다.

고통을 이기지 못한 바릭투스가 손목을 부여잡고 땅바닥에 마구 나뒹굴었다. 그는 눈물을 글썽이며 물을 찾았지만, 근처에는 호수는커녕 작은 웅덩이 하나 보이지 않았다.

그사이 바릭투스를 추적하던 쉐일이 부하들을 이끌고 천천히 걸어왔다.

"잡았군."

쉐일은 바릭투스 앞에서 한쪽 무릎을 꿇더니 그의 머리채를 잡아서 들어 올렸다.

"그러면… 이레귤러가 될 수 있는 소중한 실험 소재인 만큼 귀중하게 다뤄야겠지?"

"으으……."

신음을 내는 바릭투스의 법의 안쪽에서 주사위가 툭 떨어지더니 땅바닥 위를 데구루루 굴렀다.

멈춰 선 주사위가 나타내는 숫자는 가장 낮은 수인 '1'이었다.

『30인의 회귀자』 8권에 계속…